Le Très-Haut

布朗肖作品集

MAURICE BLANCHOT

（法）莫里斯·布朗肖 著

李志明 译

至高者

Le Très-Haut

南京大学出版社

"我对你来说是个陷阱。即使我什么都对你说了,也没用;我越是光明磊落,就越是在欺骗你:欺骗你的正是我的坦诚。"

"请你明白,你从我这里知道的一切,对你来说不过是谎言,因为我才是真理。"

一

　　我不孤独,我是个普通人。这套说辞,怎么会忘记?

　　病假期间,有一次,我去市中心的一个地方散步。多美的城市,我心想。进地铁站的时候,我撞到一个人,他狠狠地冲我吼了一声。我大声说:"你别吓唬我。"我还没缓过劲来,他的拳头就松开了,我倒在了地上。很快,人就围了过来。那人想趁乱逃走,但没能溜成。我听见他疯了般的抗议说:"是他撞的我。别烦我!"我人没事,但是帽子滚到了水里,当时,我脸色肯定很苍白,浑身在发抖。(我的病刚好。医生嘱咐过我:不要激动。)人群中走出一个警察,心平气和地让我们跟他走。上楼梯的时候,我俩一前一后,中间隔着一群人。他同样也是脸色苍白,甚至可以说没有一点血色。在警局里,他的愤怒爆发了。

　　"事情很清楚,"警察打断了他,"他和这位先生发生了冲突,朝他的下巴打了一拳。"

　　"你要起诉他吗?"警长问我。

　　"我能不能问我的……问这个人一两个问题?"

我走了过去,看着他。

"我想知道你是什么人。"

"这跟你有关系吗?"

"你结婚了吗?有孩子吗?不,我想问的不是这些。你打我的时候,是不是觉得非打不可?你非要打我,因为我在挑衅你。现在,你后悔了,因为你知道了我和你是一样的人。"

"和你一样?这真让我恶心!"

"和你一样,对,和你一样。严格来说,你可以打我。但你会杀了我,或是灭了我吗?"我冲着他往前走。"如果我和你不一样,为什么不一脚踩死我呢?"

他慌忙地往后退。一阵哗然。警长抓住了我的袖子。"这人……这人是个狂人,"他嚷道。警察拉开了我。出门的时候,我看到一张张面孔都冷漠而僵硬。打我的那人冷笑着看了我一眼,脸色却是一片惨白。

拥有一个家庭——我知道这意味着什么。有时候,我对这件事没什么想法,我工作,对所有人来说都是有用之人,我们彼此之间很亲密。但突然发生了某件事:我因而可以回头看看过去。诊所的会客室里,妈妈和妹妹在等我。多么小家子气的地方!几张扶手椅、长沙发和几块地毯,一架钢琴,冷冷的灯光永远不明不暗。医院倒是很现代。可也有气氛的问题,太过安静了:医生跟我说过这个。我感觉很不自在。我已经好多年没有见过妈妈了。我感觉到她在细细地观察我。

"你的脸色不大好。"

她问我为什么没有早一点让她们知道。

"我一能写信就通知你们了。我那时发高烧,只是发烧。我等着其他症状,但是都没有。我想我当时说了胡话。其实,我当时不觉得难受。倒是现在觉得累,很沮丧。"

"你住的地方条件太差了。你那住处简直像是死人住的地方。为什么不回家来呢?"

"我住的地方?是,我生病的确跟它有关。你们见过医生了吗?"

"没有,他不在,但是我们见到了护士。"

"我应该回去工作。我不能游离于公共生活之外。在单位里,会有人接替我。但我想工作。"

她们两人都看着我。

"我知道这很可笑。我的职位是那么的不重要。但这又有什么关系呢?我得做好自己分内的事。"

妈妈只好说:"情况能不能好转全看你。"我觉得一阵难受:我们两个都在撒谎。更糟的是我们并没有撒谎。我说应该要说的话,但突然之间,我从这一瞬间抽离了出来。我意识到所有这一切可能曾经发生过,在几千年之前,仿佛时间被割开了,而我正是从这裂缝中坠下。妈妈变得实在令人讨厌。我不知所措,但同时更加明白她的态度为什么如此冷淡,这些年来,我为什么没去看她,为什么……原因由来已久。我的妈妈曾是另一个人,一个不朽的人,一个可以将我卷入绝对疯狂之事的人。这就是家庭。关于法则尚未形成时期的回忆,一声尖叫,从前粗糙的言语。我看了一眼妈妈,她正一脸不安地盯着我。

"回去吧,"我说,"明天见。"

"你怎么回事?我们才刚到。"

她哭了起来。她的眼泪使我更加难受。我向她道歉。

"你变得真是冷漠,"她边哭边说,"真是陌生。"

"不是的。是生活让人这么想。人必须工作度日。我们献身于所有人,却和自己的家人分开。"

"那就在康复期回家来。"

"也许吧。"

"你瘦了很多。你这病让我担心。你现在感觉怎么样?累吗?"

我看着妈妈,没有回答她。

"好啦,妈妈。"露易丝冷冷地说,"你别烦他了。"

中午,我在市政厅邻街的一家小餐馆吃饭。餐桌并排放置在狭小的餐厅内。因为没有空位,我只好在一张已经有人的餐桌旁坐下。

"我不在的这段时间,有什么新鲜事吗?"我问女侍者,"不管怎么说,菜单是没变的。"

"这几天倒是真没见你来。你休假去了吗?"

"不,我之前生病了。"

她做了个鬼脸。

"不好意思,"我对邻座说,"我见过你好几次了,你是这儿的常客。你在附近工作?"

"不能说是在附近,"他打量了我一会儿,"几年前,我曾经在附近的一家商店做售货员。之后我换了地方做事,但还是经常来这儿。"

餐厅里充斥着各种噪音:东西碰撞的声音,汤匙刮盘底的声音,饮料倒进玻璃杯的声音。在我对面,两位邻桌的女士正在交谈。"她窥视我,骚扰我。"这些话我听得一清二楚。我无精打采地吃着饭。

"这里的食物倒不怎么样。"

他卷了一支烟。

"但是价格便宜,而且分量足。"

之前给我上的这道菜里,有好些蔬菜和一大块白煮肉。

"调料都放了,"我一边用餐叉敲打肉块一边说,"但还是糟蹋了东西。"

"嘿!今晚可能会有碗好汤。"他继续夸张地称赞这家餐馆。"你呢?"他问道,"你在哪里工作?"

这个男人身材矮小,衣着相当整洁,说话时带着威严。"那么,坦白跟她说好了,"对面的女人说。"啊,不,我再也不要和她讲话了。"

"我在市政厅工作。"

"公务员?这工作有它的好处。"

他还想说点什么。但是那女人哭了起来,之后突然起身,朝房间里面走去。

"怎么回事?"我问女侍者。她收走了我的盘子,推给我一小块蛋糕,但是没有回答我的问题。那样子像是在说:你指望有什么? 这可不关我的事。

"她在一家缝纫厂工作,我猜她和监工处得不怎么好。"

"那你呢? 你和领导关系好吗?"

她耸了耸肩,微微一笑。

"非常好。"她边说边走开了。

这段对话,我的邻座听得聚精会神,可一旦只剩下我们两个人,他就埋头看他的报纸去了。那女人回来了,面色镇定,容光焕发。

"有什么新闻?"

在他递给我的那一页报纸上,我读到了这些标题:《女士意外从五楼坠下》、《卫生服务新法规》、《西区再发火灾》(我住在这个区)、《……涨水》……我不耐烦起来,身体有些发热。

"这条新闻你看了吗? 在中央大道,有个女人坠楼? ……"

"我看了。"

"你认为这是意外,还是自杀?"

"我不知道。如果相信文章的标题,我会说这是一场意外。"

"但是,"我激动地说,"自杀也是一种意外。看看这个故事。根据医生的证词,这名女子生前身体有轻微不适。她劳累过度,单位里的监督员曾给她放了假。注意这里:放假。领导方面没有过错。员工身上一出现疲劳的迹象,医生就建议她休息,给她开药,这套体系运作得好极了。但病人恰巧头晕,需要新鲜空气。她走到窗边,身体突然不舒服。这时,发生了什么呢?她为什么会掉下去?为什么她正好从最难掉下去,同时也是最危险的那边坠楼呢?而且,也许她是自己跳下去的,因为……因为觉得自己生病了,因为她为自己不能继续工作而感到羞愧,谁知道呢?你可以这么想,也可以有其他各种猜测。归根到底,谁对这件事负有责任呢?文章的作者暗示医生没有很好地履行他的职责,他本应该把病人送去医院的。"

"所以呢?"他注视着我说道,人坐在我对面,手肘支在桌子上。

"喏,这很清楚。"

"什么很清楚?"

"我不知道,"我说,感到有点累,"你刚刚是在责备我,因为我做出了批评。你认为我们不能提出批评?"

"我吗?我责备你了?"

"关于餐馆。"

"你这人真有意思。我只是觉得这家餐馆还不赖,和其他店差不多。我对这地方没什么兴趣。"

"但是,"我热切地继续说道,"批评呢?嗯,你不喜欢这种行为。你认为胡乱批评会导致浪费和混乱,怀疑会毒害思想,这是有害的落后行为。在工作中,你也会批评,但那是在相关部门,依照规定的方法进行的。你讨厌我大声说出这家餐馆太随便了,对那个抱怨监工的女人,你也同样感到不快。是这样吗?"

我望着他:尽管音量不高,但我能感觉到我的意思已经传达到了。

"抱歉。我对这些事情的感受很强烈。我并不反对你看待问题的方法。但是,你看,这篇文章给出了证明。作者没有说:责任不在任何人。相反,他毫不犹豫地指控某个人。会有一个针对这件事的调查,这将带来一场变革。我没有其他要说的了。"

那人重新拿起报纸,专注地读了起来。过了一会,他把报纸折了起来。

"你可以想怎么批评就怎么批评。个人来说,我不在乎这个。你还要读吗?"他把报纸递给我时说。他起身招呼女侍者过来。"我和其他人一样知道怎样看到不足的地方,"他沉着脸说道,"我也可以直言不讳。但是我不会跟随便什么人胡乱抱怨不该抱怨的人。容易受影响的人够多了。"

他做了个手势,像是说:不要再谈这个话题了。女侍者找了他零钱。"你今晚还来吗?"她问。"是的,我会来,晚上见。给,这份报纸送你。"之后我也要求结账。餐馆里人还是很多。客人耐心地站在餐桌周围等位,顺从而被动。女侍者没有过来。"小姐!"我叫道。她没听到似的走了过去。"什么鬼地方!"我高声地说,然后去柜台付钱。

到家的时候,我发现家门口有个陌生男人在等我。

"我非常希望能认识你。"他热情地对我说,"我听过人们夸奖你。而且,我就住在你隔壁,要是我们之间能有良好的关系,我会感到很高兴的。"

我看了他一眼,没作回答。

"你之前生病了,对吗?"

"是的。"

他静静地注视着我。这人个子很高,脸盘奇大。

"我是听看门人说的。搬家的时候,我担心会打搅到你,但他告诉我你正在诊所接受治疗。你现在完全恢复吗?"

"完全恢复了。"

"健康是个奇怪的东西。如你所见,我天生强壮,从来没有真正生过病,身体非常好。但是,有些时候,我不想起床,什么都不想做,甚至不睡觉。我感觉自己的血液停止了指挥,而我等着它重新愿意发号施令。你家挺小的。"他看着我们所在的这个房间说道。很明显,加上玻璃门后面的另一个房间,就是我的整个公寓了。

"我一个人,这房子够住了。"

他笑了起来。

"不好意思。你的语气意味深长。我想你活得很孤独。你不怎么喜欢和人打交道吧?"

我盯着他瞧,他也看着我。

"也许是吧。"我心平气和地说,"我是说,我乐意和所有人打交道,没有偏好,特殊关系在我看来没有用处。"

"噢,你这么认为?"

他静静地待在那儿,手搁在膝上,背靠着窗:他的样子就像一块接在山上雕刻、加工粗糙的石头。

"你是公务员?"

"我在市政厅工作。"

"具体做什么工作?"

"当然是办公室工作。"

"那么……这份工作你还满意吗?"

"非常满意。"

"几天前,我干了件莽撞的事。"他突然说,"好像是前天,你当时走在街上,我在你后面。我知道你是谁,一路留心观察你。"

"你观察我?为什么?"

"为什么?事实上,这么说显得有些无礼。但是,我知道你是我的邻居。我知道你的人品。这么做没什么不好的。所以我跟踪了你。当时,你正沿着马路往前走,速度很快,目不斜视。你也许是下班回家?"

"我每天都回家,而且都是在同样的时间。我的每个夜晚都是一样的。"

"那天晚上天色很暗。你记不记得有个男人?……"

"记得,怎么了?"

"他向你走了过去,对吗?"

我们四目相对,我发现他正盯着我看,眼神里一半好奇一半赞许,很快,这种表情又彻底消失了。

"那人是个乞丐。"我说。

"我确实好像看见了你给他钱。"

"你连这个也看到了?看来你的确是在离我很近的地方观察我。"

"是的,请原谅。"

"听我说,如果你对这件事感兴趣,我可以再告诉你一些细节。"

"我们别管这事了,拜托。好奇心已经让我走得太远。"

"让我说吧,这件事情在你看来很奇怪。不然,为什么你会来和我说这些呢?也许你想知道那个男人跟我说了什么?我很抱歉,没什么特别的。他跟我说的,是一般人在这种情况下会说的话。至于我,我当然可以把他送去某个政府部门或者问他为什么没有工作。我本该让他交代清楚。但我没有这么做。除了钱,他什么都没得到。"

我在他的脸上看到了一种犹豫不决的表情,他似乎想用一种模模糊糊的情绪来掩饰自己。

"你希望我具体描绘一下这个男人吗?你肯定注意到了,他的衣着并不差,穿着一件挺括的皮衣。正因如此,我实在抱歉。很明显,如果他穿得破破烂烂的,我的行为也就更容易理解一些了。"

"这话怎么说?在我看来,这是再自然不过的行为。"

"我不知道,或许吧,"我盯着他说道,"这样的故事也许完全是捏造的。我想,拦住路人求助的那些人,有些并不像他们自己所说的那样贫困。他们也并不是要利用公众的慷慨。他们可能是为了另一个完全不同的目的：比如使人们感到前景堪忧，感到尽管体制的网眼越收越紧，但总免不了漏过许多令人痛心的悲惨案例，又或者，甚至感觉工作对一些人来说已是不可能。为什么？不是因为健康状况，不是出于善意，也不是宗教信仰的缘故。他们想要这么做，也可以这么做，然而他们做不到。这一切值得我们深思。"

他兴致勃勃地看着我，我能感觉到自己的脸在他眼中有多么紧张，多么阴郁。

"你认为，我作为公务人员，会出于忠心而觉得自己必须捍卫官方观点？我不受任何限制。我是绝对自由的，和所有人一样。而且，我的观点什么也不算，不过是打个比方，我并不相信它。"

"可你还是给了这个乞丐钱？"

"没错，所以呢？我想做什么就做什么。我当时害怕，这就是事实。我感觉不舒服。为了不解释那么多，我给了他点钱。你也得考虑到个人反映。"

"你是个敏感的人，对吗？"

"如果拒绝他，我就得把他请到有关部门去，或者仔细询问他生活困难的原因。我得努力说服他。靠什么呢？这是很荒谬的。按照他的要求做，我用最少的代价结束了这件事。"

他把臂肘支在我的书桌上，静静地打量着我。我这才意识到他的脸对我来说多么有吸引力，与众不同。这是一张过分红润的脸，两颊几乎是红色的，而有些地方又白得过分：他的前额纸一样白，耳朵也是。他的表情中有某种威严的，专横得令人不舒服的东西,那是一种无所顾忌的放肆。突然,我还在他脸上读到了怀疑,这种狡猾又笨拙的情绪使他异乎寻常的镇静显得可疑。

"你别介意,"他说,"其实在我眼里,你和别人不一样。你年轻,我肯定要大你很多。所以我可以跟你这么说,尽管这样的话,人们通常不会说出来。你让我非常惊讶,也许是因为你说话的方式,或者是你的想法,又或者是你的某些动作?抱歉,我坦率得可笑了。你不是外国人吧?"

我摇摇头。

"我以前是个医生,需要给人分类。和你相反,我不寻求微妙的解释。此外,通常来说,没有人关心理论和教条。你听说过关于我的事吗?"

我摇摇头。

"我曾经在国外生活了很长一段时间。你知道那是怎么回事:习俗不同,吃的东西不一样;风景不同,至少在一定程度上是这样,因为大城市本来就很像。还有语言……算了,没必要多说。总之,一切都不同。不同国家之间总有很多不一样的地方。然而,除去最初的不适应和其他类似的感觉,人们很快就会意识到出国没有多大意义,并不存在所谓外国。人们会深刻地感觉到自己离开的国家延伸到了其他所有国家,它覆盖了比自身大千倍的面积,其他国家也是它自己。旅行者都能感受到了这一点,更何况是配不上这个称号的人,他们将自己的城市当作中心,等同于世界,满足于模模糊糊地想象其他事物。"

他停了下来,小眼睛呆呆地盯着我看了一会。我不自在地发现，对于他那张大脸来说，他的眼睛实在太小了。

"我不觉得用精妙的解释来阐述这样平庸的见解有什么用。有些人觉得自己了解世间的一切。这是一种令人陶醉的感觉，但是这实际上意味着什么呢？不过是狡猾的理论家看问题的视角。"

"为什么你觉得我与别人不同？"

"不，你没有太不一样。你已经陷入一般的观念之中，并且开始被弄得晕头转向。你隐约感到这些观念可能什么都不是，但如果它们被瓦解了，还会剩下些什么呢？是虚无，而它们又不能什么都不是；所以，它们是一切，并且使你窒息。知道吗？"他天真冒失地说，"你有时会边走边说话，动动嘴唇，甚至做一些手势。你似乎没有一刻想要打破名言警句式的思维方式。你的思维实实在在是由公务活动造就的。"

那一刻，我有一种预感，它像裂痕一样出现在我们的谈话中，无论他说什么，我都听不见，我听到的是其他东西，然而他说的内容和我认为自己听到的内容可能并没有太大差别。我努力让自己只看他。他正在仔细地查看着房间。

"你有很多书，"他说，"你喜欢阅读？"我注意着他眼部的动作，感觉他的眼睛几乎要像小轮子一样转动起来。他站起来读了几个标题。"我没有时间读书。"坐回去的时候他说。他久久地看着我，也许只是不自觉的行为。"在国外的时候，我花了很多时间学习，也写作。"

"你当时是记者？"

"是的，我在几家报社干过。"他补充道，"我到这个国家来的时间还不长，属于人们口中的移民，尽管这样的词已经没有多大意义。不当医生以来，我一直忙于各种事情。"

我又努力了一次。

"你当过医生？现在离开这个行业了？"

"我被开除了。"

我把目光投向他的衣服，他的手，接着透过窗户往外望去，看到街上黑压压一片，昏暗得令人难以置信。

"我被停职了。"他声音平静地重复道。

我听见邻居的收音机正高声播报。一首激烈嘈杂的歌从一层传到另一层，力量难以抵抗，是真正的集体之声。

"看来我惊到你了。"他突然笑着说道，"其实，这么说也许有点奇怪：我被辞退了，丢了工作。不能这么说。而且，我也不是真正的医生，只是助理，在好几个单位待过。实际上，我也只是实习，这份工作不适合我。"

"你去过很多地方。"我费力地说。

"是，是也不是。我在国外生活过。但是在那里，我不怎么出门旅行。我住在酒店的房间里。"

"但是，你是以哪种身份待在那里的呢？"

"哪种身份？"他盯着我看，"我还以为你已经明白了。"他冷冷地说。"我介入了一些政府的事情，有时候必须离开这个国家。"

"这不可能！你什么意思？为什么要告诉我这个？"

"你冷静点，"说着他也站了起来。"这有什么大不了的？我觉得你是一个正直的人,我可以信任你。"

"你在说什么?"

"现在这里一切正常。你没什么需要担心的。我没有违法。"他强调道。

我感觉他正站在我旁边,于是自己靠向了书架。

"这是一个无关紧要,而且没有重大影响的故事。我向你保证,没有发生任何不体面的事。我没有遭到起诉。我是自由地在他乡远行,因为我喜欢这样,而且我希望尝试去弄明白某些事情。我现在有一份工作,我做事。这些解释对你来说够了吗?"

"但为什么要跟我说这些?"我低声问道。

"你问过我。你总有一天会知道这件事,到时候,你会因为我的保留而责怪我。我叫皮埃尔·布克斯。"

"布克斯,"我说,"那你就是因为这个原因离职的?"

"是……是的。除此之外,我再说一遍,我不适合在这样的条件下照顾病人。我很快就明白自己没有办法继续这一切。"

"你一个人吗?有没有家人?"

"没有,我没有家人。你知道的,我年纪已经不小了,父母都已经不在了。在国外的时候,我结过婚,是在巴塞尔。但是,我的妻子已经去世了。我那时活得很孤独。这一路上的朋友大都有自己的职业或工作。她死后,我全身心投入到了工作中,我清楚地知道,即便我用劲全力也只成功地改变了一件事,搬动了一根稻草,它也不会是无用的。而且也许,我以后做的会多得多。"

他打开门之后又等了一会儿。

"你要走了吗?"

他没有动。

"我发现我的话使你感到不自在。希望你不要认为我有胡言乱语的习惯。我会这样是因为对你有好感。就像我跟你说的,我觉得你身上有某种非常特别的东西,并不是说就在这一刻,也许它还没出现。在这个城市里,我知道随便找个人说话是没有用的。没什么要说的,没什么要了解的。这正是所谓城市。但你不同,我一见你就想和你说话。我跟踪你。总之,你使我情绪激动。但是,如果你不喜欢这样的关系,我自然不会强求。我们是邻居的事实,也不必考虑在内。"

他走了以后,我惊讶地发现心中涌起强烈的厌恶感。感觉像是目睹了可耻的一幕。尽管如此,我仍希望再见到他。总之一句话:多好的演员啊!

第二天,露易丝来收拾屋子。我听着她在屋里扫地,四处走动。她卷起地毯,推开凳子,又把椅子倒了过来。"我们做什么呢?你想去看电影吗?"我拿起一份报纸,在床上坐了下来。"别弄了,你在这儿打扫让我心烦。"她开始拉被子,我想要抓住她的胳膊,撵她出去,但我没有,我只是在一边待着。"妈妈见过我之后说了些什么?你说吧。"

"她没说什么特别的。"

一出门我就后悔了。天气温热潮湿。我们乘地铁来到了O广场,那里的空气中充斥着烟味和噪音,人声鼎沸。"吵死了,"我冲她喊道,"一到星期六,所有人都出来买东西了。"我挽住她的胳膊,把她拉到旁边的小道上。那里人要少得多:人群从我们眼前经过,离我们不过几步之遥。

"帮我个忙,"我对她说,"仔细描述一下你所看到的一切。"

"什么?"

"我说真的,你到底看到了什么?"

我们继续观察了一会儿街上慢慢走过的人们。有时,一个女孩从人群中离开,朝商店橱窗挪过去。她犹犹豫豫地往前走,动作拘谨窘迫,在那儿待了一会儿之后,又哆哆嗦嗦地快步跑开,再次消失在人群中。

"你很想去看电影吗?"我问露易丝。

咖啡馆里挤满了人,一派节日景象,每个人看上去都兴奋不已,十分激动。露易丝要了一份冰淇淋,尝了尝就推开了。"不好吃吗?"她笑了笑。卖报纸的经过我们这桌,递给我们一份对折的报纸。"奇怪,"我说,"又是一场火灾。"顾客来来回回地走动表情严肃得近乎苦涩。他们什么都没说,周围却有震耳欲聋的喧闹声、尖叫声、乐器走音又被调好的声音,甚至还有从里间传出来的吼叫声,似乎是服务生和领班之间发生了争执。

"我说,你们在家里经常谈到我吧。你能不能一字不漏地告诉我某一次谈话的内容? 比如,在餐桌上说的。"

"某一次谈话? 妈妈希望你能回来。但是,这你是知道的,她告诉过你。"

"那你呢? 你希望这样吗?"

"我认为迟早有一天会吵起来。"

"吵起来?"

音乐突然响起。这是一支管弦乐队,成员全部是女性,她们高大强壮,身上穿着白底红色刺绣衬衫。她们演奏的开篇曲目喧闹而狂野;钹每响一次,大家就跟着喊叫,沸腾。我感觉自己累了。大家都昏昏沉沉的。露易丝打开她的包,我以为她是要找口红,这时我才发现,她的脸可以说没有化妆。我看了看她的眼睛,她的嘴唇,面对面地看着她。

"我可怜的露易丝,你穿得真寒酸。妈妈为什么不给你另外买条裙子呢?你看上去像有三十岁了。"

她敞开大衣,目光向下落在裙子的黑色面料上,那是一种脏脏的,褪色了的黑。

"怎么回事?现在我才明白,是这个印象让我整个下午都感到不自在。我没法儿看你,感觉有种让人不舒服,觉得难受的东西。你为什么要穿得像个穷人?"

她定定地看了我一眼,神情近乎轻蔑。

"你太夸张了。"她说。

"你的样子很奇怪。你生病了吗?是在怪我吗?你人在这儿,我们却什么都不跟对方说。"

"我们见面不一定要说话。"她冷淡地说道。

我想要告诉她,她的整个态度表现出令人难堪的矜持。她一脸正直地看着我,好像我做错了事,应该受到指责。正是这样的表情使她显得苍老,让她看上去像是另一个时代的人。她不仅自己看上去像是过时了的人,并且希望我也变成这样。我叫来一个提着花篮的小姑娘,给她买了一束紫罗兰。

"我们应该去看电影的。"出来的时候我说。

我在疲倦中醒来,心想,星期天真是可怕。看门人敲门进来。她的眼神使我明白,她对我的衣着、凌乱的房间和仍然关着的百叶窗都有意见。她给我带来了饭菜,盛在两个密封的罐子里。

"我能打开吗?"

她推开窗子。我还没有穿戴整齐,感觉自己身上很脏,头发蓬乱,眼睛也睁不开。

"怎么睡的!"她气恼地说。

她收拾我的衣服,把放着餐盘的椅子推到沙发旁边。在此之前,她好像停下来注视了我一会儿。我疲惫不堪地躺着。

"你应该到户外去走走。至少,要试着吃点东西。"

当她走到过道的时候,我叫住了她。

"今天早上有人游行吗?"

之前,我在半睡半醒之际听到了人群的尖叫声,远处的钟鸣声。这些并不是街上的声音,而是从邻居家的收音机里传来的。

"没错,大家在庆祝……周年。她报出一个日期。"

想到这个庆典,我可以想象出主要的画面:空无一人的街道,大门紧闭的商铺,城市的一部分完全地陷入了寂静;而与之相反的是,市中心那边人山人海,摩肩接踵,人们寸步难行,眼神凶狠地盯着另一群人,他们正举着标语牌,拉着横幅,一本正经地往前走,像是在坚定地表示,再没有什么是比这一刻公众的安宁更加重要的了。

"我很喜欢这些庆典,"我说,"一早上都在从收音机收听。如果身体好一点,我肯定一个都不会错过。"

"我也喜欢,"她说。

"还有其他有意思的聚会。对很对人来说,星期天是参加运动的好时机:他们聚在一起,情绪高涨,大吼大叫;有什么好责怪他们的呢? 这正是完美的时刻。"

"运动是件很好的事,"她说。

"是的,应该要让青年人拥有强壮的体魄。但看电影也是一项健康的娱乐。说到底,所有聚会都是好的。"

她笑出声来,低下了头。我也笑了。"怎么了?"

"你可不常出门!"

我看着她,突然想要详细地向她解释我是如何看待事物的。我觉得她理解我,她为人单纯,是个强壮的年轻女人。我们处境相同。但她说:

"主要是你身体不好。"

"谢谢,我的情况正在好转。你知道的,我单身,但这并不是问题所在。我不比其他人更孤独,我活得一点也不孤独。我参与所有事情,关心所有人。我不需要通过结婚,或是参加聚会来成为好公民。"

"啊! 我没想要冒犯你。"她赶紧说道,"楼里所有人都称赞你。大家都知道,你这个人认真又勤奋。"

我静静地看着她。

"没错,我是认真,但还不够:但愿人们能一直记得,最细微的印象,最琐碎的言语也有其重要性!而且,我还经常生病。"

过了一会儿,我听见门被关上了。我以为会独自待上一整天,听着头顶上人群的喧闹声,比赛的报道,观察路边的树木,在我的扶手椅上睡觉。这个睡觉的念头唤起我一个奇怪的记忆。有那么一会儿,诊所和护士又出现在我眼前。我想起曾在那里进入深度麻痹的状态,一件微不足道的事情使我醒了过来,我知道自己没有睡着,我相信睡眠中蕴含着戏剧、幻想和欲望的成分:我从不曾迷失,我的谵妄和发烧确认了这一点,我重申这一点,是因为无论如何,人得保护自己。这一刻,这个想法又回到我的脑子里,并且纠缠不休。我没必要去想它:我数着门上的玻璃,我看着餐桌。而且,这算一种想法吗?我揭开餐盘的盖子,吃了饭。

傍晚,隔壁传来噪音。留声机里响起咿咿呀呀的音乐。我听到木地板发出嘎吱嘎吱的声音,一群人模糊而杂乱的脚步声,他们像是在地窖深处跺着脚走路。尖叫声不时穿墙而来,回应它的则是没完没了的笑声。这些声音吵了我几个小时,到了晚上,我套上睡袍,走向厨房。我没有开灯,借着对面房间的灯光喝了杯水。杂乱拥挤的桌子和变质食物的气味都使我感到难受。我沿着过道慢慢向前走,认出左边不远处是布克斯家的门,然后右转面向墙壁,音乐正像从坟墓和刑场里飘出来一样从那里面传出来。

我使劲地敲门。过来一会儿,门开了,但来人不是我期待的那个年轻女人,而是一个只穿着衬衣的男孩。他头发光亮,脸圆圆的,似乎还有些红。玄关后面一片光亮。突然,音乐停了下来。

"我想和这间屋子的主人谈谈。"

"你想干什么?"

"我住在这栋楼里,我有点累了。这声音……"

这时,那个金发女人过来了。

"很抱歉打扰你们。"我看着她说。

"我们太吵了吗?"

她被身后的灯光照亮,然而,她脸上闪耀着的光芒,却是来自她那光彩夺目却又苍白无力的面容。她穿着一条宽松的家居裙,裙子相当优雅,但是在我看来有些旧了,面料也一般。

"今天可是周日,"那个男人说,"现在也还没到九点。我们有权放点音乐。"

"现在才九点?不好意思。"

"但你不是说你生病了吗?"她问。

这时,她打开了玄关处的灯。

"生病?不是的;我之前不舒服,现在也还觉得有点累,我今天下午本来试着睡觉,但是听到了你们聚会的声音。我还以为你们有一群人。既然只有你们两个,我不该来的。"

男人转向年轻女人,他的样子像是在说:这算怎么回事!什么人呐!她看了他一眼。

"不要紧,"她机械地说,"我们刚好要出门。你可以休息得更安稳些。"

我继续盯着她看:她的脸在灯光下显得瘦削,有些普通,但是,她的皮肤有种健康的美感,泛着青春和生命的光泽。

"不要特地为我出去。"

"得了,这样挺好的。"那个男人过了一会儿说道,"祝你身体健康。"

我沿着过道往回走。到家之后,打开了所有房间的灯。我本想写一个报告,关于这一天,也关于我的整个人生:报告,不过是指普通的日记。如果每个人对法则都是同样的忠诚,啊!这个想法令我陶醉。每个人都似乎只凭自己的喜好行事,都有别人难以理解的行为,然而,这些隐匿的生活周围升起一个光圈:没有一个人不把他人看作希望,看作惊喜,步伐坚定地朝他走过去。"那么,"我问自己,"这个国家是什么?"它存在于我的每根毛发之中,我所做的每件事都让我感觉到它的存在。所以我坚信,只要一小时接一小时地写下我对自己行为的评论,我就能够从中找到一个至高真理的发展。它在我们之间积极流动,公共生活不断推动着它的发展,监督着它,重新吸收它,再把它扔回到无法摆脱且考虑周密的游戏之中。

二

我起了个大早,感觉又累又烦躁。昨天夜里,风刮了一整晚,那是一种秋天的风;玻璃窗震动的声响吵得我没法睡觉。

等我到了楼梯处,风还是没有停,窗子被吹得不停震动。女邻居也正在下楼,我追了上去。

"请让我陪你走一段。我有话想对你说。"

外面狂风大作,有时甚至需要停下来,倒着往前走。她系着一条围巾,头发塞在围巾里面。

"你要跟我说什么?"

"那天晚上,我表现得有些无礼。整个下午,我被那些音乐搞得晕头转向。我以为是一个愉快的聚会,一开始还觉得它还挺讨人喜欢的。当时有脚步声,爆笑声,所有这些声音离我只有几米远,不过一墙之隔。但突然之间,我的神经受不了了。"

"算了,这件事没什么大不了的。"

"对,不是什么大事。"

我们在树下肩并肩地往前走。在街尾,我看见了地铁站。

"你是在市政厅广场工作？你也许知道，我也在那一带上班。我经常在你店里看见你。"

她没有回答。周围所有人都脚步匆匆，我们也加快了脚步。

"我还是要谢谢你。你本来不必对我那么客气的。当一个邻居跑来跟你说，你们太吵了，人们通常是不怎么愿意好好听他说话的。"

"可是，我们当时对你的态度有那么好吗？"

"有，当然有。至少你在我看来相当友善。证据就是，我回到家的时候，内心十分激动。原来人与人的关系可以如此简单，如此圆满，这在我看来实在非同寻常。想想吧，整件事简直不可思议。我去敲你的门，你不认识我，甚至不知道我的存在。尽管如此，你完全理解我这么做的原因。你接受我的理由，满足我的要求，尽管在你看来，这可能相当令人不快。"

"大家都是邻居，应该的！"

"听我说，我心里很清楚，你对我的客气，不是因为你之前已经留意到我，或者是突然对我有好感。对你来说，我不过是一个陌生人，一个邻居。但是，让我激动不已的原因，正是我不需要特殊的推荐。你对我不感兴趣，但还是接待了我。我们这样了解彼此，你不觉得意外吗？我跟你说话，你回应我；也许你觉得烦，但我们确实交谈了，就像没有什么能使我们分开，就像我们本质相同。我想你一定把我看得一清二楚了。"

"你……你这个人为人热情。除此之外，我没有看出这场对话有什么意义。"

"我认为正相反,"我看着她说,"你看穿了我。"

我们到了地铁站,需要跟着乘客的队伍往前走。两个男人接连挤到了我们中间,我看着她的红色围巾在人群中浮浮沉沉。到了站台,我在门边重新找到了她。整个路上,我就在她旁边,我试着好好看看她的脸。她的脸实在很普通,实际上,我只看到了光彩照人的白皙肌肤。也许,这算不上是一张真正年轻的脸,但它的轮廓,它的颧颊有一种健康蓬勃的气质。

"我得赶快走了。"下地铁的时候,她说。

"我还有话跟你说。是非常重要的事,我保证。"

"拜托,你让我走吧。"

一整个早上,我都没有办法冷静地工作。有两个人来找我,问我要一份丢失文件的副本。他们的态度让我生气。这两个人又笨又腼腆,和我说话像和上级说话一样。我不可避免地骂了他们。他们走了之后,我拨通了家里的电话号码。为什么这么做?是为了缓解我的焦躁不安,因为和妹妹说话能够使我冷静?但接电话的是另一个人。听到这个声音,我心里想:是看门人。其实我知道,是妈妈。我轻轻挂断电话,离开了自己的办公室。进伊施的办公室要等,我于是挨个观赏那一整排石柱,上面刻着些历史人物的头像,风格古典。我看着它们,感觉有些奇怪:记忆中的它们和眼前的完全不一样,没有这么一本正经,也没有这么僵硬,更像是真正的活人;眼前的这些有种葬礼的庄严。

"你到底为什么把这些半身雕刻像放在办公室?"

这时,伊施也饶有兴趣地看了它们一眼,又看了看挂毯,装饰过的天花板,以及整个房间,随后,他的眼神黯淡了下去。

"几个星期没来上班,我过来表示我的歉意。我还没有完全恢复工作状态。但是,离开的这段时间也让我得以看到了许多从前没有注意到的细节。"

虽然他是我的上级,我还是可以盯着他。他面色红润,没有胡子,几乎秃顶,看上去年轻,却没什么精神。我平等地同他说话:级别不会改变我话中的意思,我们使用的是同样的语言。

"生病的这段时间里,我思考了各式各样的问题。我意识到自己对我们这个时代没有一个恰当的认识。这是一个新发现,我不是学到任何东西,而是隐约感觉到了自己厌倦了的东西的重要性。不久之前,人们还只是一些碎片,他们把自己的梦想掷向天空。这就是为什么,过往由一系列的陷阱、斗争构成。但现在,人开始存在了。这就是我的发现。"

"不错啊,你小子。"伊施吹了声口哨说道。

我笑了笑。

"我坦白对你说。生病的时候,不能工作使我感到痛苦。但更痛苦的是,我不觉得自己真的生了病。无所事事对我来说难以忍受。我本想要做些有用的事,但却被迫休息。我意识到自己有时必须表现得奇怪。我曾经抓起扫帚来打扫走廊,还曾因为听到病人的呼叫铃声而匆匆忙忙赶到办公室。这些过失使我变成了护士的眼中钉。但是,即使我的确引起了公愤,表现得像个不守规矩的疯子,我的行为方式里仍然包含着一种合理的憧憬,即意识到工作是生活的基础,一个生活在工作中只是受辱且自我毁灭的世界中的人,其实是不存在的。"

"你怎么了?"伊施说,"这可是哲学啊!"

"你注意,我自己知道这是些过时的观点。"

我看到他拿了一张白纸,挑着眉,开始状似随意地涂涂写写。

"从前,"尽管想要就此打住,我还是继续说道,"我不是很喜欢这份办公室工作。很抱歉,但我确实不喜欢。也许是因为空闲时间太多,或者是官僚作风的关系……总而言之,我讨厌这一切。但我意识到,即使是在这个岗位上,我也是有贡献的。而且,什么是工作呢?工作不仅仅是待在自己的办公室,做登记,给秘书点东西去复印。我相信,不论我做的是什么,都是有用的工作,这就是我的发现。说话的时候,思考的时候,我都是在工作,这是显而易见的。所有人都明白这一点。即使我是用看的……不论看的是什么东西,这间办公室也好,这些半身雕刻像也好,没错,我仍然是在工作,以我的方式工作。在这个观念里,有一个按照该有的方式看待事物的人,他存在,与他同在的还有我们为之斗争了许多个世纪的观念。我敢肯定,如果我变了,或是掉了脑袋,历史将会分崩离析。"

"你想得太多了。"伊施沉默了一会儿后说道。

透过窗子,我能看见河上的桥和河畔的树木。水流湍急,船只在涨潮的漩涡之中顺流而下。岸边有垂钓者在等待。我朝窗户走过去。树木和房屋出现在柔光之中。这一切是如此真实!多么寂静的景象!这正是我们的河流,不是随便的一条。我搞错了吗?也许,我的解释苍白无力?突然,我听到伊施说"你想得太多了",不禁为之一震。

"你说得对,是不应该说得太过笼统。"

我看到他正在信件上签名。秘书站着帮他翻页,看着他读信。"你还不认识我的新秘书吧,她叫苏珊。"她冲我微微一笑。"这可怜的女孩刚遭遇一件不幸的事,家里失了火,几乎失去了一切。"她还是笑,脸上光芒四射,仿佛只是想起这场灾难,就已经足够让它变成无限的祝福。

"你家失火了?没能灭掉吗?"

"是几件倒霉事凑到了一起,"他一面说一面把我送到了门口。"你知道的,我见过你的继父了。如果你还需要请假,别不好意思开口。"

"不了,多谢,暂时不需要。"

风一直吹,但现在吹的是暖风,是中午的风。女邻居工作的店在我看来实在是很小,加上各式各样的东西堆在一起,就显得它更小了。强光照亮了墙壁,上面挂着数不清的相片,笑容凝固在里面,引人注目。女邻居从小间里走了出来。

"我需要证件照,"我对她说。

她拉起帘子,让我在一个小房间里坐下。我的眼前突然闪起一道闪光,一会儿亮一会儿暗。拍完了照,我开始看那些挂在墙上的相片。相片中人的样子都很相似,尽管轮廓有一些不同。这些面孔大胆开朗,但也使人安心。当中一张放大了的照片引起了我的注意。那是她,照片里的她有着浑圆的肩膀,脸向后仰,表情纯真又挑逗。我从来没有想到她会有这样的一面。之前让我印象深刻的是她的活力,她健康的气色,而现在她在那里,像她自己理想中的那样:像她的法则一样,然而,这个法则和她并不是分开的,只要她一转身,我确信自己可以在她脸上重新找到这个法则,但是,它被隔离在了这个相框里,存在于纯粹的状态下,异常的意图之中。这的确只是一张普通的广告照片,但却丝毫无损她的魅力。相反,她的脸变成了公开的,她有一张供大家观赏的脸,这件事使我陷入了沉思。

这时,我的照片弄好了。她刷了刷照片,裁剪好之后递给了我。我刚看了一眼,她就把它们包了起来,我付了钱。

"那如果你有话跟我说,"她愤愤地说,"请你马上讲,然后不要再在我周围打转了。"

我坐了下来,而她仍然在门边站着,样子非常生气。

"我不知道自己现在能不能跟你说。现在的你在一个新的环境里面。你在这儿工作很长时间了吗?"

"有几年了。"

"你是雇员,还是负责管理?"

"我代理经理的职务。"

在收银台的一角,盛开着一些鲜艳的花朵,它们使人联想到的并非乡村,而是温室,是属于城市的诱人奢侈。"这家店非常现代。"我惴惴不安地继续说着。我也曾在其他的情况下无意间胡言乱语,但说出口的内容要更镇定,更普通一些,可这一次,我说的话显得自己狂热,无能又无知。我对她的解释并不是没有道理。我突然注意到大家主要是为了一些正式文件来找她,比如身份证、护照等等。从这个角度来看,我们的工作几乎是相同的,大家一起合作:因为我们,人们得以拥有一个法律上的身份,留下持久的记录,让人知道他们是谁;总之,我想要向她说明,以法则的眼光来看,我们的职责相似。这是些幼稚的想法,但却并不缺乏条理。但是在她看来,我的话可能即混乱,又不合时宜,所以她仍惊讶地盯着我看。我自己也想就此打住。但我没有,因为我越来越了解她的个性:她既不古怪,也不狡猾,但她身上有某种更为高级的东西,那是一种强大、普遍的个性,它正是这个时代女孩的性格,什么都知道,拒绝独特的观点和碍事的废物。幸好,这时来了一位客人,也是为了证件照。

"你有存档吗?"客人走后我问。

"存档?我们是有一些名人的照片。"

"你每次拍照的时候,为什么不留一张样片呢?你可以把它们贴在一个大本子上,添上姓名、地址、日期和一些评论。这将会是绝佳的档案材料。如果你的每个同事都这么做,我们在这里就会有真正的档案,几乎和警局里的同样完善。"

"但为什么要这么做?"她思索着说,"这么做有什么用?确切地说,已经有其他单位负责这个事情了。我们的资料会有什么价值呢?"

"在邮局和其他一些地方,你会需要证明。或许这些手续作用不大?是的,它们最多不过是一些材料。"

"这就是你要跟我说的?"

"不,完全不是。几个星期以前,我生了病。我一个人住。昨天晚上,我身体不太舒服,精神亢奋,几乎是在发烧。我之前的病也是从高烧开始的。所以,我突然很害怕再次病倒。我想到……听我说,这肯定会让你生气,但是错在我周日不该去找你。我意识到我们俩完全是比邻而居,当时我对自己说,'只需要敲敲墙就够了'。那么,如果我发生很严重的事,比如说瘫痪,或是站不起来了,我可以敲吗?"

"你担心自己会瘫痪?"

"我并不特别担心会瘫痪。我甚至不害怕生病时独自一人。当然,晚上病得透不过气,没有一滴水喝,叫人也没人应,这种情况的确让人很痛苦。但是,这种孤独也有它的好处。总之,这样的情况应该是可以忍受的。我害怕的完全是另一件事。每当夜晚降临,我会感到特别孤独。醒来的时候,我想起所有的一切:家人,办公室里的同事,曾经见过的面孔;我认出自己的房间,外面有大街,其他房屋,每样东西都在它自己的位置上,无论在哪,总有人和我一起,然而,这对我来说还不够。在那一刻,我希望有个人真正在我身边,或者在另一间房里,在我说话的时候回应我:没错,就是这样,但愿有个人在那里,让我知道我讲话也是为了他。然而,如果没有回应,如果提高音量的时候,我明白了自己是在自言自语,人几乎会发抖;再也没有什么是比这更糟糕的了。这是种耻辱,是一种真正的错误。我有种犯罪的感觉,我活在公共利益之外。而且,我真的存在吗?存在在别处,在那成千上万聚集在一起的人中间,他们共同生活,和睦相处,创造了法则和自由。你也许不会想到,我在那样的时刻有怎样疯狂的想法:这些可耻的想法不甚光彩,我不能告诉你。昨天晚上,我想起一个场景,事情发生在前一天,我当时没有什么特别的感觉。在地铁上,一位女士突然喊抓贼,说有人偷了她的钱包,并且指出了那个人:一个一脸威严、衣冠楚楚的男人。他站在离那位女士几步远的地方,不屑地表示自己没有偷东西。但那位女士扑了过去,在他大衣的口袋里搜寻了一番,真的从里面拿出了她的钱包。到站之后,两人下了车,周围的人非常激动,呼声不断,还有几个目击证人跟着他们;我猜他们一群人去了警察局。好了……嗯,就这些。"

我看了看她。

"你觉得这个故事奇怪吗?"

"不,"她想了想说,"我不觉得有什么奇怪的地方。"

"不奇怪,对吧。但是,那个夜晚对我来说简直难以置信。我对自己说,'这个男人为什么偷东西?'他的确拿了某个东西(假设他真的拿了),而且很明显,他并没有权利这么做。这怎么可能?有那么几分钟的时间,我完全糊涂了,什么也想不明白。我一直在想,如果我在这一点上弄错了,那我就都弄错了。突然之间,我明白了。我想起来他并没有真的做错什么,他虽然偷了东西,但仍然是个人。警察当然可以将他扔进监狱,但不会再有更多实质性的惩罚。这不过是个幌子,是那种为了运作法则而存在的游戏,也为了提醒每个人注意自由的深刻性和不可侵犯性。人都是一样的,你得明白:喊抓小偷没有意义,至少没有那种我们以为存在的意义,这种行为只是在申明,真相、太平和法律都站在我们这一边;而且,这人偷东西,并不是因为他不守法,而是因为政府需要这样的例子,需要时不时打个岔,好让历史和过去加速前进。"

她转过头看了看电子钟,已经过了中午十二点。我问她要不要和我一起在附近吃个午饭,然后再回店里。这个时候,广场上热闹嘈杂。汽车缓缓驶过。人行道上,人们一言不发地等待着,屈从于不可违抗的规章条例。当我看到她坐在我身边,准备和我吃一样的东西,做一样的动作,看一样的人,我惊呆了。不只是感到意外。我总能预感到将来会发生的事。我知道我们生活在一起,彼此映照,但是这种共同存在的事实因为她而变得令人晕眩,变得疯狂。首先,我有证据,我能够跟她说话。我所说的话与一般的见解完全一致,与新闻报道的智慧一致,这种智慧在我看来有时像是属于另一个时代。但我心中还有另一个非常不同的感受。法则始终处于运动之中,它不停地从一处到另一处,无所不在,它的光辉平等、透明而绝对,以多变却又一致的方式照亮每个人,每个东西。通常,所有东西都使我感觉到这一点,而在感觉到的时候,我时而感觉狂热兴奋,时而又怀疑自己是不是已经死了。但在这一刻,我看着她的手,那是一双非常美丽的手,指甲精心修过,手掌宽大有力,和她的人一样,我既不能想象这双手与我的手是相同的,也不相信它是独一无二的。困扰我的是该怎样抓住它,触碰它。没错,如果我成功地触摸到这幅肉体,这片湿润肿胀的肌肤,通过它,我将触碰到法则。法则在那儿,显而易见,它可能因为我而在那里稍作停留,以一种神秘而谨慎的方式抽离世界一段时间。

当我意识到这个想法的时候,我努力望向餐厅:和往常一样,人很多，其中有几个我认识，有的见过，有的说过几句话，甚至有一个是我办公室里的同事。但奇怪的是，没有人在看我，他们似乎都没有注意到我的存在，完全像那里没有人一样，仿佛我们周围只是一片嘈杂的虚无，一个真正荒无人烟的地方，普通而脏乱。而且，自从我们坐下之后，大家就一直尴尬地沉默着。女邻居吃得津津有味，几乎算是狼吞虎咽：她一边吃一边直视前方，表情严肃，眼神漠然。看到这一幕，我感觉很奇怪：她变得只剩下一张嘴，不停咀嚼，看不出满足，却有着出于肺腑，难以抑制的深切需求。我越是盯着她看，就越是觉得她的表现奇怪。但看是没用的，这不是看得见的东西，而是更为深刻的改变，这种改变即将发生，要想实现它，需要的不止是有人看它一眼，还有其他的东西，比如我手的靠近。在我看来，这是不可避免的。只要我一动，这张脸就会跟着我，因为我而立刻有所变化。我眯着眼睛，轻轻向她靠了过去。没错，就是现在，即将有事发生。她人微微晃动，接着，她看着我笑了出来。我浑身是汗，紧紧地抱住自己，颤抖得厉害。她说了句话，好像是"你没怎么吃东西"。之后，她继续跟我聊她的工作，她接待过的客人，我清楚地听到了家人这个词。我再一次想要和她说话，疯狂地想要这么做。

"我和家里关系很僵。"我盯着她说，"我爸爸过世了，妈妈改嫁。我和妹妹经常见面。之前我生病的时候，妈妈到诊所看我，让我去他们那里住。我父母住在南区一个带花园的别墅里，园里有些树，地方很大。是个漂亮的房子，很宽敞，至少我记忆中的是这样，因为我有很久没回去了。你有家人吗？"

她告诉我她妈妈还健在。

"你妈妈?她照顾你吗?我是说,你们关系怎么样?亲密吗?你做什么都会告诉她吗?"

她耸了耸肩。

"不会,当然不会。"

"我就知道是这样。你对她撒谎,这是必然的。听我说,我不能回那个家去,但我觉得妈妈会逼我回去。她太坚持了。妹妹已经被卷入她的游戏之中。她专制又固执。回去是很可怕的,你不会明白这是为什么。请答应帮助我留在我的公寓。"

"但是,"她说,"这有什么大不了的?你是自由的。"

"是,我是自由的,但要是我生病了呢?你想象不到我有多怕这病卷土重来。你从没生过病吗?生病时发生的事令人难以置信。那是一种持久的诱惑,病人会不再明白这是怎么回事,认不清人,但是对一切事物的理解却要透彻得多。不再有开始,一切被摊在恬静充足的光线之下,所有人的观点都相互吻合,它们消失了,你明白吗?"

"你怎么了?"她说,一面用手肘轻轻撞了撞我,"你注意点,你太激动了。"

我盯着她的双眼,那是充满希望和力量的一刻。我确信,因为说出了这些话,我又到达了生命中的一个重要时刻。

"你这是妄想症。"她说。

"没错,妄想症。"我停下来说道,"可怕的是,在它痊愈之后,人会觉得失去了知觉,变得幼稚无用,死气沉沉。'你从床上起来,'护士对我说,'然后围着桌子一直绕圈。'是不是很蠢！但我向你保证,它是有意义的,甚至是一个出色的标志。可即使是这样,生病仍然是祸事,是灾难:生病的人不再握有法则,只是静静地看着它,这对病人来说十分不利。在这样的情形下,妈妈可以轻易把我弄回她家。"

"你好了吗？"她说,声音真诚,甚至称得上温柔,"我们走吧？"

"你不问我为什么不去父母家？在你看来,这是很自然的事,对吗？"

"走吧。"她拉着我的袖子站了起来。

这时,发生了一件荒谬的事,影响深远。我跟着她往外走,脑子里全是想要对她说的话,忘了自己没付钱。女服务生在门口拦下了我:"还没付钱呢！"这声提醒惹恼了我。她的语气伤人,好像我不愿意付钱似的。在女邻居面前忘记账单的行为实在是笨,是真正的蠢事。为了在这场口角之争中重新占据优势,我大喊一声:"下次给。"我应该还推了她。可这时,她紧紧抓住我的胳膊,仿佛我是个小偷,而且厉声喊叫,一面推我一面尖声骂人。简直无法忍受,滑稽可笑。之后发生的事,我完全没有印象。我感觉自己参与了一件可耻的事,所有人都在看着我。我做了什么？也许是做了个威胁的手势,作势挥拳打她。但是,她的反应速度快到不可思议。她使尽全身力气扇了我一巴掌。我被打得一只眼看不见东西,把钱包扔给她就走了。

大街上,呼吸着新鲜的空气,我彻底平静了下来。我什么都看不见,看不见我的女邻居,她的离开在我看来既遥远又平常。

当她重新来到我身边的时候,她把钱包递给我,那是她在我离开之后捡起来的。她是一个遵守纪律,办事有条不紊的人,所以她会回来在我看来毫不意外。我们可能漫无目的地在街上走了一会儿。没过多久,回去上班的时间到了,她朝我伸出手,动作轻快友好。

"我脸上有东西吗?"

她说没有。我感觉她还有话要说,但人潮已经将她卷入其中,团团围住,直到消失不见。在单位里,我可以走后楼梯,避免经过对外开放的编辑办公室。我不是故意到那里去的。我希望在黑暗中度过整个下午,与灰尘做伴,不被人记起。当然,我也做好了工作的准备。办公室的同事之中,有几个和我关系不错的,但交情不深——典型的同事关系。他们是些没什么想法的年轻人,都很普通,这是我喜欢他们的原因,也是我讨厌他们的原因。他们来来往往,我一般很少关心,也不清楚他们做的事。而当我和他们在一起的时候,我自己也是其中一员,就是这样。那天,我正在起草一封信,名叫阿尔贝的男孩来找我,恳求我和他一起再看一遍他需要仔细核对的一长串名单。他把单子给了我,自己找了把椅子坐下。我瞟了一眼这些名单,抬手就把它们从桌子上扫了下去。阿尔贝被这个玩笑逗得大乐。他放声大笑,拍了拍我的肩膀,然后乐呵呵地拾起散落一地的单子。他刚刚重新整理好,我又用手指一弹,弄得它们向房间的四周飞去,为了使我的行为显得更加严肃认真,我说:"我今天不工作。"这话说得不对,因为它恰恰像是在接着开玩笑。对这个游戏十分满意的阿尔贝满房间追着他那些可怜的单子跑。但是,当他在门边重新站了起来,他看了我一眼,面有愠色地走了,耸了耸肩,没再多说什么。一刻钟之后,又来了一个体质虚弱的大男孩,大家称他为残疾人,因为他的左胳膊受伤,瘫痪了。我对他感兴趣,是因为他和我同名。而且,有时我看他一动不动坐在自己的位子上,把脸埋在记录簿里,却一个字也没写,我想他大概也正被那些我曾经面对过的难题折磨着,正在努力克服工作上的困难。但是,需要说明的是,每当我向他提供帮助的时候,他都用极其生硬的方式拒绝了。他在我的办公桌上打开了一个比《圣经》还要厚的大部头文件,让我花几分钟时间帮他整理。我马上明白了他打的什么如意算盘。于是,我缓缓站了起来,眼睛盯着他看:在这张虚弱、令人捉摸不透而又拘礼的脸上,谎言确实存在,它使装腔作势变得使人怀疑,令人厌恶,隐约有告密的意味。这时,我又有另一种想法。也许他什么都不知道。他有做不完的工作,是真的需要我,管理工作使得他那总是摇摇欲坠的平衡恰好在这一刻坍塌。他就像是一条遇难的船只。帮助他,既是救他,也是救我自己。真巧!巧得有些刻意。我摇摇头。"我今天不工作,"我对他说。他转过身去,我听到他小声说了句"抱歉"。实际上,这可能是装出来的。之后并没有其他人来,和我期待的一样。但我还是预想了这样的场景:一群抄写员,每隔一刻钟就带着他们的材料和统计表来找我,而我固执地向他们回复……我的那一句话。结果,他们没有来。我胜利了,彻彻底底地胜利了。说服他们可能会让人很愉快,但现在,他们的蠢话停在了我的门前。他们在说什么,在做什么?

我想起另一个同事,他在咖啡馆里看到我挨耳光,肯定会拿这件事来开玩笑。算了,有什么关系!我起身出门。

街上十分敞亮,风息了,闪着光在空气中流动,从一个路人到另一个路人,从一辆汽车到另一辆汽车。街道和房屋熠熠生辉。我用手指轻轻掠过一面墙,接着是一个玻璃橱窗,一扇铁栅栏门,然后又再次触碰到墙面上粗糙的颗粒。这时,我看到一个白色广场出现在较为暗淡的地平线上,真是一幅耀眼的画面。穿过广场,我看到了照相馆矫饰的色彩。我当然不会过去。我不想这么做,我完全没有看到某个人出现在我面前的渴望,而且,我甚至认为这是不可能的。我在一条路上走,之后又换到另一条路上。我一直向前,没有遭到任何人的阻拦,阳光灿烂,这样的日子完美地解释了为什么四季之中,昼夜更替之外,存在着永不消失的光亮。每个从我身边经过的行人都让我觉得他知道我所有的秘密,而我也知道他的:他的秘密,是指他在走路的时候脑袋里的想法,而这个想法对我来说却没有任何值得惊奇的地方。我跑了起来。为什么呢?在城市里,人们一般不用跑的。但我正好可以不按常理出牌。我的确可以。我无所不在,外面的每个人都可以看到我,经过大楼,经过警察的白手套,经过远处河流的堤岸,尽管我在奔跑,我其实并没有在跑,我有种获胜的感觉,从来没有像这一刻这样肯定,天空也是属于我们的,我们有和他人一起管理它的义务,我每时每刻都在触摸它,研究它。我到了河边。这地方我很少去,因为如此宁静的景象会使我感到胆怯和混乱。这地方的确很静。河水潺潺流动,岸边有人钓鱼,有人看书,远处,一艘拖轮正拉着几条驳船前进。这样的景象充满了危险。它在要求一些东西,是什么呢?在这里,我嗅到了阴谋的味道,这感觉让我透不过来气。我预感到了其中的动机和片段,它们的线索静静地从我手中经过:这就是这条河流的声音,这片宁静,以及这些属于另一个时代的静止画面的可笑意义。这一带非常老旧,不仅如此,它还给人一种从来没有过改变的感觉。这条河也是,它仿佛穿越时空而来,用自己宽广的平静表明,既无开始,也无终结,历史没有创造任何东西,人从未存在,而我又知道什么?这份镇定中升出对谎言,对无尽欺骗的呼唤,例如令人窒息的骗局,这是为了使高尚的情操堕落而做出的暗示。除此之外,它只能算是不诚实的蠢话。

我沿着河畔往前走,之后又换到另一条路上,心中已经不再激动。阳光太过强烈,让我感觉很不舒服。我喉咙一阵痉挛,感觉奇怪而痛苦,像是要把这一天吐出来,就像人有时会吐出一些清水。我无缘无故地又一次感到恶心。我被感染了。这种感觉不会持续很长时间,再说,也不怎么难受,连痉挛也是迷人的。我知道这条路通向哪里:她的店。但我不想见她。从店门口经过的时候,我看见了她的背影。她侧身朝着后面的里间,很像是在和另一个房间里的某个人说话。我当时还不了解这地方的布局:除了那个小房间,还有一个拍"艺术照"的小工作间。摄影师会在特定的时间过来。房门将工作间和大楼过道连接了起来,过道对面还有一个用来堆放杂物和供经理使用的房间。我走了进去,甚至没有在看她。我认出了这个地方,这些相框、放大了的照片和小沙发。我累极了,感觉自己已经来过一百次这地方,而实际上,我只是路过了一次。在我这次造访的整个过程中,这种感觉一直萦绕在我心头。

她坐了下来,也许是因为时间已经不早了,她不指望再有客人来。她现在的举动和早上的态度明显不同。解释可以有很多种:她习惯我了,餐厅里的争吵让她对我有所同情,或者她已经有了什么计划。她跟我聊起我们那栋楼里的一些房客。我和他们不怎么来往,对他们有所提防。跟他们在楼梯里遇到的时候,我一个都认不出来。她坚持要告诉我一些事。说的是住在七楼的一户人家,因为这家的大女儿生了重病,可能会传染。几个星期之前,他们家最小的孩子死了,请女邻居去给这孩子拍照。她现在手里拿着给我看的正是那些照片。那不是一幅令人愉快的景象:一个死去的孩子是没有任何美丽和青春可言的。照片里的人瘦得可怕,样子像是在墓穴里偶然发现的一堆骨骸。女邻居认为,他是被姐姐传染的。在她看来,他们家看上去很干净,只是感觉空气不流通,墙壁又渗水,这才使它变得又脏又乱。后来,那个生病的女孩逃出了医院,即使是在小孩去世,医生查看过之后,卫生部门也没有采取措施,所有人都很惊讶。事情最后是这样结束的:他们家有一个男孩在警队工作,非常年轻(虽然穿着制服,还是一副青少年的模样,甚至有点像女孩子),肯定没什么权力,但他的干预还是被指构成了违章行为,使他的家人获益,也使他们面临威胁。

毫无价值的故事,我心想,不过是些风言风语。"你叫什么?"

"我的名字还是我的姓?"她取下自己的照片,我把它拿在手中。照片中的那张脸像是远远看着我,带着鼓励人的舒心微笑,但也看着我身后,用其他人代替我的位置,我不知道那人是谁。照片的下方大大地写着她的名字:玛丽·斯卡德朗。我把照片放在了椅子上。她正在收银台算账。透过橱窗望去,广场变了样,成了一个沐浴在阳光下的灰色平台,汽车呈扇形快速前进,造成一片混乱。"这照片是很久之前拍的吗?……"她快速翻阅着手中的书。"六个月,"她说,"差不多这么久。"我站了起来,往门外望去:橱窗前站着几个人,他们被照片里的面孔所吸引,这些面孔精致耀眼,干净而又难以捉摸,不留一丝痕迹。他们靠在橱窗上看了一会儿,而后在水汽弥漫的街上慢慢离去。我回头看见照片里的她一直静静地盯着我瞧,仿佛这六个月以来,我一直在她面前,对着纸样的灯光说是,也对着背后假装存在的,充满希望的画面。"我走了。"我说。

地铁口的光线仍然昏暗。天还亮着,阳光仍然耀眼,薄雾中,几乎比中午的时候更具穿透力,更加光芒四射。人行道旁,一名警察正在监控车流。几米开外还有另一名警察,手放在交通信号的开关上,让人群洪水般缓缓涌上街,直到行人们提前料到了他的手势,在信号灯再次亮起的时候,大家一拥而上,黑压压一片,缓缓前进。我一动不动地站着,在一分钟的时间里,行人不断聚集在我周围,然后又不可避免地慢慢涌向马路的另一边。我于是跑了起来。她还在店里,外套挂在胳膊上,店里面的灯已经关掉了。"你能给自己照张相吗?""现在?"她意味不明地笑了笑。我走进工作间找开关。"这会儿没人帮忙。"她在我身后,边说边打开灯。尽管如此,她还是给我看了看设备,这些设备让人可以自己给自己拍照,并且选择恰当的曝光时间。但她突然生气了。"今天晚上不照,我累了,现在太晚了。"她还要把一个相框收到杂物间里去。那是唯一一个照明不佳的房间,里面有很多东西,家具,文件柜,甚至还有一张老沙发。在她走来走去的时候,我坐了下来。我们听见有人按门铃。"等一下。也许是我老板。"她说。在她离开的这段时间里,我在文件柜的抽屉里发现了各种尺寸的照片,是些拍得不好、报废了的照片,有厚厚的一沓。我伸手拿了一些出来,成打的在膝上摊开。这么多的脸让我有一种奇特的感觉。我手边大概有一两百个,我把它们堆在我面前。这些照片都很相似,像是职业摄影师那里拍的:一样的姿势;一样的节日服装,从一个人换到另一个人身上;相貌的不同消失在相同的表情之下;总之是极度的单调刻板。然而,我没有听任自己一直看下去,它们需要花费我越来越多的时间。这是些一样的照片,但数不胜数。我把手贴在上面,抚摸着它们,陶醉其中。

就在这个时候,我的女邻居回来了。她的思想已经完全被她的老板占据,只想跟我说有关他的事情。这是一个了不起的男人,个性坚强。而且,他还拥有非常丰富的技术知识,发明过一个新的设备……所有这些资质使他得以进入经济委员会。这份赞扬在我看来太过了。所以,我也开始赞美我的上级。平常,我对他们没什么好的看法:不好也不坏;我不做任何评判;我们各司其职,本质上来说是相同的。但此刻,我将他们从各自的职位中抽离出来,给予他们大量不符合事实的称赞。实际上,这不过是一个尝试,试着将伊施描绘成一个干劲十足的新派管理者,对每件事都感兴趣,仿佛它们是独一无二的,但又不失全局眼光,试着说他一丝不苟地审查报告,同样专注地倾听每个人的意见,说他下班很晚,大大晚于规定的时间,但我真的做不到。首先,这不是事实。伊施为人粗鲁,相当散漫粗心。当我尝试将一些具体事例与他本人联系起来时,我感觉他表现得并不像公职人员的楷模(而且,我们私下常常公开批评他)。尽管如此,我还是不得不承认他所有的优点,他的缺点不算什么。需要发现的是一些更为模糊的特点,不仅适用于他,也适合所有人;因此,我说了守时的问题,这不重要,是用来描述他的。

说完这番话后,我发现她重新坐在了我对面的沙发上。她双手抱膝,摇晃着身体。"我们走吗?"她问。她看了看我,我走过去在她旁边坐下。"随你。"她的一只手摊放在裙子上,手掌宽厚,手指在逆光下显得扁平,红色的戒指让她的无名指肿了起来。我想把这枚戒指从她手上拔下来。她人微微往后仰,眼睛继续盯着我看,头枕在沙发靠背上。她的手慢慢伸到肩膀处,绕过脖子,解下来一条吊着一个小银坠子的项链。"我有一个男朋友。"她说。她看着项坠,神情做作,眼睛湿润,她对着它吹气,弄得它不停摆动。"是我在你家里见过的那个男孩吗?"她没有摇头,也没有点头。接着,她把目光投向我的脸,避开它,又触碰它,带着某种惊讶。我也觉得惊讶,仿佛她和我同时在这一刻意识到了我的存在。"我只是个打工的,"她说,"但我竭尽全力工作。你不该在工作时间到这儿来。""没错。"她的眼睛仍未从我身上移开。她起身,我也站了起来,抓住她的手。我猛地抱住她。她浑身僵硬得让我联想到榔头。突然,她裙子的面料出现在我的指缝间。这面料很奇怪,表面刺激而光滑,像一种黑色的皮肤,不停滑动,时而贴着我的手掌,时而离开,翻腾起来。她就在这时发生了改变:我发誓,她变成了另一个人。而我自己也变成了另一个人。她开始大口喘气,身体的每一部分都发生了改变。这么说有些奇怪,但在那一刻,我们拥有了同一副身体,一副真正共有的身体,不可触及却又显而易见。这幅身体以惊人的速度一分为二,消失不见,在它原来的位置上,形成了一个炽热的厚度,一个潮湿贪婪的奇特之处,它什么也看不到,什么也认不出来。是的,我发誓,我变成了另一个人,而且,我越是按着她,就越是觉得她变得陌生,坚持让我看见一个不同的人,不同的东西。没有人会相信我,但在那一刻,我们被分开了,彼此都感受到了这种分离,我们曾经给了它一副身体。很明显,我们最后不再触碰彼此。

现在,我得试着弄明白接下来发生的事。她重新站了起来,关掉灯,把门推上。没过多久,我们就离开了。到了家里,我跳上床,身体紧紧地贴着墙壁。天气太冷了。八点或八点多的时候,看门人来敲门,给我送晚饭。天这时已经完全黑了。过来一会儿,又有人敲门,我以为还是看门人。开门的时候,我撞到了托盘,在过道里看到了一个人影。一开始,我以为是女邻居的男朋友,但还没开灯,我就认出他来了,是皮埃尔·布克斯。他的出现令我十分不快。在这个点过来,简直是疯了。

"你不舒服吗?"他问我。"我是作为邻居过来的,如果妨碍到你,你告诉我。"

我让他坐,自己重新躺下。

"我那天没跟你说实话。我不关心政治。以前,我的一个朋友曾经卷入这种事里,但我跟他已经没有来往了。我目前在一家医疗机构工作,职位很低,但还算体面。"

他说话的声音非常轻,床头灯几乎没有照到他。

"虽然我自己就在诊所里工作,但我想找个好医生。最近我总觉得累。我想我是患上了失眠症。"

我朝他做了个手势,表示这事我不了解。他没说话。一只小虫子正绕着灯在飞,突然,它重重地落在了我旁边,我不禁打了一个哆嗦:这时,我才知道自己有多冷。

"我对这栋楼里的住户是些什么样的人完全没有了解。也许,他们和别人没什么两样。说到这儿,你上次对我说的话让我很是惊讶。'我乐意和所有人打交道,没有偏好。'你说出了很重要的东西。"

我盯着他看,没作回答。接着,我产生了一个十分强烈的想法,强烈到让我觉得自己已经把它说了出来。"这是官方教义,"我说,"况且,即使当我们偏爱某个人的时候,我们偏爱的也不过是随便某个人。"

"啊!"他说,"你真是严格遵守教条!你对当局的忠诚让我吃惊,应该说不只是忠诚,那是一种真正崇拜。你的每个动作都透露出这种崇拜。而且,你还把它说了出来。抱歉,但这会让初次见你的人觉得你有些奴性；人们会觉得你是公务员，想升官。你别因为这样的想法不高兴，我很快就不这样想了。我甚至在想你有没有其他完全不同的想法，你说得太多，想得太多，这不正常。"

没错，我心想，已经不是第一次听到这种话了。

"我想告诉你一些事：有个在医院里工作了十五年的收银员，人特别老实，也很勤劳。他家人口多，但有几个孩子已经工作了，所以总的来说还算宽裕。他自己曾经好几次受到表彰，但后来，医院里发生了一些不合规矩的事，大家怀疑是他干的。于是，他不得不归还奖章。在这之后，大家紧密地监视他，深信他偷东西。好吧，我看了他的领导写的报告，他们给他定的罪名不是偷窃，而是从事阴谋和破坏活动。"

"你为什么跟我说这个？"

"我还要告诉你另一个故事。还是在医院，里面有一个傻里傻气的护工，是个真正头脑简单的人。他打扫卫生，干点小活儿，但无论做什么，总是半吊子。他的薪水自然很低。他确实是个不错的男孩子，算是个幻想家，可是最好不要派给他任何工作。不过，你知道他为什么被留下来吗？领导亲自跟我解释过：不管怎么说，他还是让自己成了有用的人。"

"这些故事是编的。"我突然对他说，"我讨厌这样的表达方式。而且我身体不舒服，我想我得睡觉了。"

他站了起来，同情地看着我。

"你看起来是真的很难受。请原谅，我不该进来的。我看到你同那位也住在这一层的年轻女孩一起上楼。我以为今天过来会使你不那么难受。而且,我来正是要问你一个关于那个女孩的问题。"

"什么!"

"我不认识她,我知道她在经营一家小型摄影工作室。我有一些特殊的活儿要给她做。你擅长心理分析:我能信任她吗?"

"你说什么?"

"不是什么难事:她能帮我做些假身份证吗?"

我看着他。

"我完全明白你的心思了,"我对他说,"你试图用那些令人惊愕的故事来刺激我。但它们并不使我感到不舒服。你希望我对那个收银员遇到的情况说点什么?他的确犯有从事阴谋活动罪,因为没有什么是凌驾于法则之上的。实际上,所有的不法行为都是针对法则的阴谋,人们想要违抗而不能,所以挑战它的合理性。从前,人们可能只是偷东西,而现在,通过偷东西,人们干的是比从前严重得多的罪行,是最可怕的罪行,但却是一个不会实现,注定失败的罪行,它留下的只是毫无意义的痕迹:偷窃。这一切简单明了。而且,你为什么提醒我注意我针对特殊关系说的话?为什么之后又用可笑的借口跟我说起那个年轻女孩?非常明显,你所有的话都是暗示。但是,请你相信我,我或许有妄想症,可你的干预是多余的。你没有教会我什么,你只是说出了我所想的事,当你说话的时候,说话人是我不是你。所以你并不使我感到恐慌。"

"请原谅,"他说,"这实在是个误会。事实恰恰相反,我对你很有好感。"

"这不是好感的问题。况且,有没有好感也不重要。我或许是有些奴性,就像你所说的那样,但是'奴性'这个词不会触怒我。我对谁有奴性?正是因为我骄傲独立,我才是有奴性的。你自己也是有奴性的。"

"请你冷静点。如果你希望我离开,我马上就走。但请让我再说一句话。我不知道你是怎么看待这个世界的,你表达的方法很奇怪。但有一点,这个社会在你眼中十分完美。为什么?在我看来,这只是一个不公的体制,一小撮人与一大帮人抗争。在社会底层,无名无权的阶层每天增加几千人,这些人在政府眼里不复存在,像霉菌一样消失了。政府自己将这些人划掉,抹去,之后便可以宣称所有存在的人都颂扬它,为它效力。这是它的伪善。它极度狡猾虚伪。它在自己的公务里面加入了人们能说和能做的一切。没有一个想法不带有它的标记。所有的政府都是这样。"

"你没有使我感到惊讶,"我对他说,"也没有使我感到气愤。你只是一本不知年月的过时老书,仅此而已。现在,请你让我一个人待会儿。"

"我还有句话要说。我告诉过你,我对你有好感。你不了解我,但我们的关系也许要有所改变了。刚刚过来的时候,我曾想要推翻之前说过的话,否认自己从事政治活动。但现在,你也看到了:我说的话已经不同。我不再隐瞒了。"

"是。"我说,"你会是什么人呢?骗子?间谍?还是个倒霉鬼？你像只苍蝇一样在我耳边说个不停,而且说的话都经不起推敲。为什么说'我不再隐瞒了'？你完全有公开谋反的自由,政府不会因此而不安。你只在帮助那些你自以为在打击的对象。'我不再隐瞒了！'说得好像你瞒得住一样。好了,晚安；我会相信你是真的来看过我的。"

他走进过道里,我又等了五分钟,十分钟。现在,我非常平静。风轻轻吹打着玻璃窗。夜晚也自有它的温柔。我敲了几次墙,但是,正如我所料想的那样,她没有来。于是,我不得不问自己,为什么来的是他不是她。过了一会儿,我彻底醒了过来,看见房间里始终有光亮。我的眼睛一直盯着床的另一边,那里有一块正在微微移动的污迹。我对这块污迹非常熟悉。第一次见它是在父母家里,它当时静静地待在沙发背后的墙上。诊所的墙上也有它,就在我的对面,门开着的时候,那个位置会被遮住。在这里,它是水流过的痕迹。它的特别之处在于它不只是一块污迹。它无形无色,除了灰尘的渗透,没有什么能使它被人看见。它是可见的吗？它不存于墙纸之下,也没有任何形状,但却与肮脏腐烂的东西相似,也和干净的东西相像。我看了它很久,没有什么理由移开目光。尽管它只是一块污迹,却十分吸引我。它从来不看我,正是这一点使得我的观看成为不正当的行为。我站了起来,摸索着走进过道。

"是你？"他说。

他衣服还没换,但应该是要休息了,人在长椅上躺着。他的房间很宽敞,比我那边的要大得多,在我看来几乎空荡荡的,没有地毯,也没什么家具。这不是贫穷,而是某种比穷更糟糕的东西,我不知道该怎么说:是一种放弃了生活的贫瘠,一种纤尘不染的脏乱,是医院和诊所里没有任何文件随意乱放的肮脏不堪。

"我还以为来的是我的同志,"他说。他看了看我,没有让我坐下。"他住在这栋楼里,叫多特。你也许碰见过他?"

"你为什么对我有好感?"

"现在很晚了。我想你不该下床来。需要我陪你回去吗?"

"回答我。我的做法在你看来也许不合常理,但是,我有理由立刻知道答案。你有没有说过'对我有好感'这句话,有还是没有?"

"有。"

"为什么?"

"喂,伙计,你不觉得自己把一句话看得太重了吗?"

"那只是一句客套话?"

"好吧,是出于礼貌。"

我转身走到门厅处。

"拜托,"他喊道,"别这样走掉。为什么你要向我提这个问题?"

"你的好感对我来说意味着某些事,某些危险的事。我们是同一类人,而且你还把自己的计划透露给了我,丝毫没有注意到我对它们的厌恶。你用最不得体,最使人反感的方式讲话。对,你跟我说话。为什么是我?你回答说是因为好感。我希望你能坦白地对此做出解释。"

"没问题。首先,抱歉,我对你的好感没有那么强烈。我的确想要和你好好相处,但这似乎给你造成了太多的困扰,最终,我们开始恶语相向。"

"为什么一直在我周围唧唧歪歪?"

"我没有。我甚至不明白你这么说是什么意思。也许你没有意识到自己的态度奇怪,又爱幻想。总的来说,就是你喜欢把事情复杂化,而且极端敏感。我好奇你是什么样的人,就是这样。"

"我是什么样的人……"我盯着他说道。

"你的言语举止有时候出人意料。呐,现在是凌晨两点。但你在我家里。为什么呢?'因为我对你有好感。'这太奇怪,简直离奇。"

"我的做法没什么奇怪的地方。你为什么告诉我你的计划?"

"对不起,我不觉自己向你透露了什么:你所说的计划是指什么?"

"我不想再提到那些令我感到受伤和不快的字眼。我希望自己从来没有听到过。"

"看吧,多么敏感!你一直都是这样吗?你正在发烧,这也许这是一场大病的先兆。而且天太冷了。把这个毯子盖上。"

我坐了下来,他把毯子递给我。

"我没生病,也很冷静。"

他看着我小心翼翼地把自己包起来,然后起身在房间里慢慢踱步。

"你为什么说'我没生病'?你好像很害怕生病。生病发烧没什么好难为情的。"他补充道,"我刚才跟你提到的多特也发烧了。他以前经营一家规模很大的修车行,有很多员工,维修设备非常现代化;他是个技师,学了很多东西,念过很多书。后来生意下滑,他放弃了修车行的生意。有几天,我给他开了大量奎宁,但他的情况还是时好时坏。你一直没吃药吗?"

"你说你有失眠症?"

"是的,失眠。或者说,我得注意我的血液,它非常活跃。到了晚上,它疯狂地在我体内自由窜动,是我的主人,过后会平静下来,但我还是一晚上睡不着。"

"你的朋友和你看法相同吗?"

"别谈这个了……睡眠问题太过奇怪。好几年以前,在我要从医院离职的那段时间里,我总是重复做同一个梦。我梦到有一天早晨,自己在一个不合适的时间出现在一位法官家里。佣人们自然是拒绝接待我,尤其我还穿得很差。但我还是进去了。走到盥洗室门口的时候,我喊道:'我有罪。'我手上好像还拿着一根棍子。这时,正在刮胡子的法官十分惊讶地转过身来,震惊之余,对我说了一句奇怪的话:'有罪?那是什么意思?我还从没见过有罪的人。'我意识到这句话使我的问题严重了许多。但这不过是一种感觉。法官热情地接待了我,给了我一些吃喝的东西,把我安置在最好的房间里。最后,他打发我走。从那时开始,这个梦开始以噩梦的方式继续,因为它找到了自己的路,也因为我几乎每晚都重复地梦到它。我已经提前知道了梦里将会发生的所有事,所以我甚至找不到做梦的动力。每一次重新造访法官家,我都知道他们会怎样接待我,为什么我会有这样好的待遇。各种关心、美食、宴会,所有这些只有一个目的,那就是让我放弃上诉,让我忘记有罪这个词:一切都透露出这个目的。但我没能明白的,是隐藏在背后的东西。这是个圈套吗?还是一次获救的机会?也许他们希望我消失,这样他们自己就可以远离这件坏事。还是他们在等,等一个信号,或是等我忘记的一刻,好来攻击我,毁了我。这些疑问使我疲惫不堪,却又没有任何帮助,我没有要决定的事。一幕幕场景机械地展开,结局在那些我烂熟于心的信号预告下缓缓而至。梦里的法官变得越来越卑躬屈膝,他们充当我的仆人,我备受尊重,受到极为尊敬的对待。灯光闪耀,有音乐,是个舞会:我不安到了极点,突然明白了一切。这些天来,我在法官家里四处寻找的,我到处都找不到的,甚至在这个人山人海的舞会里也没有找到的是……"

"是什么?"

"抱歉,我想是个女人。我需要一个女人。不过,就算是在这个舞会上,也没有。因为这个原因,司法世界让人感到窒息。宣告无罪并不意味着女人的存在,但我只能在没有女人的监狱里追求被判无罪。惩罚就在这里。"

"你的梦证明了你的思想不健康,而且放荡。你说了很多。我感觉你也生病了,身体不太舒服。"

"我告诉你的,是一个我做了多次的梦。也就是说,梦是这样发展的,但通常结局不一样。你还想听我告诉你它是怎么结束的吗?"

"不。我明白你的暗示。但是这段隐晦的长篇大论持续了太长的时间。如果你的谜底是我的女邻居以及我和她今晚的散步,那别讲了。"

"你听着,亨利·左尔格。我很忙,肩负重任,日夜工作。我向你保证,你可以想见谁就见谁,我对此不会有任何想法:我不感兴趣。"

"我知道你对我做的事感兴趣。而且,你错了,这个女孩的品行非常端正,她经营着那家小店,做事很有能力,她负责照顾她的母亲,养活她。我见过她两三次,就是这样。"

"让我来告诉你梦的结尾不是更好些吗?"

"什么梦?"

"好的,让我说完。我跟你说过,我曾经在一家诊所当助理。而我在梦中的最后一个法官就是诊所的负责人。恰恰是在他面前,我觉得自己是无罪的,并且决定证明自己的无罪。但是,在我都还不知道自己可以说什么的时候,他就已经用我之前的供词把我弄得哑口无言了。他塞住我的嘴巴,不让我提出异议,假装采纳我的意见,即使是在我的梦里,这种行为也让我觉得不舒服。我呼吸困难,感到阵阵恶心:这就是他们所掩饰的,这就是他们为什么那样款待我,卑躬屈膝到不可思议的地步。因为我没有意识到这些就已经供认不讳,因为我提前把话轻率地说了出来,所以在唯一一个他们要求我坦白讲真话的时候,我的这个权利已经被剥夺。多么卑鄙!多么无耻!"

"所以他们把你从诊所里赶了出来?"

"有什么关系!"

"你相不相信,"他慢慢地说道,"我们可能会遇见……比如说一个女人,看着她,接近她,然后感觉我们与她的共同点一点一点消失不见? 谁在那儿? 是其他的某个东西。这不过是个圈套! 有些时候,我们触摸到某种陌生的东西。我们触摸它,你明白我的意思吗? 这不是一种感情,这一点毫无疑问,非常明显。它只是一种诱惑。"

"是的。你累了吗? 如果你愿意,可以在这沙发上过一夜。我要关灯了。"

我看着他从角落拿出几张毯子,铺在一张长椅上,然后用剩下的把自己包了起来,毯子一直拉到下巴处。

"但是,"我说,"你不睡吗? 我还是回家好了。"

他已经关了灯。过了一会儿,昏暗的光线透过没有窗帘遮掩的窗子射到了屋内。

"你真的要找那个女孩做这种事吗? 我不认识她,不知道她是什么人。"

这时,我说话声音很低。他没有回答我,但在黑暗中,我感觉到他转过身来对着我,在仔细地听我说话。

"我知道,"我说,"现在还有一些散发反政府小册子的组织。他们召开会议,制造事端。你要当心,政府什么都知道,这些事情中也有政府的参与和煽动。"

他还是固执地一言不发。我仿佛看见他的双眼如动物的眼睛一般在黑暗中发光,这炯炯的目光表现出的不是别的,只是焦虑和害怕。

"我不认为你是在监视我,"我说,"我甚至对你相当信任。至少,在一定程度上是这样,因为我对你个人非常怀疑。尽管如此,我对你的看法已经改变。你常常使我感到不快,你的借口常常让我十分不舒服,可我还是在这里。太奇怪了,我有时甚至怀疑你是否真的存在。我想是因为你生病了。"

"你同意加入我们的组织,在市政厅里你所在的部门成立一个工作小组吗?"

"不。"

"为什么?"

"这与我的观念相悖。"

"一个以解放之名行欺压之实的体制,逼得漏网之鱼没法存活。你的观念能使你和这样的体制站在一边吗?"

"这些我已经在册子里面读到过了,这是傻话:政府没有做出欺压的行为——人不会自己欺压自己。真相是,所有这些批评都是由法则挑起的,它需要这些批评,它因此感谢你们;如果没有这些批评,一切都会停止。"

"那么,那些不受法律保护,处于社会底层的人呢?"

"什么?"我等了一会儿。我能辨认出他的脸,尽管相当模糊。"这些我都听说过。但你太疯狂了。"我突然大声喊道,"这都是从前的事,只剩下模糊的记忆。你是一本书,你并不存在。"

"别说傻话。你很清楚,我置身于法律之外。现在,你是在为自己的阶级斗争,在你心里,这个阶级包括了一切。你为你的政府高唱赞歌,甚至没有意识到除了你们之外,也还有其他事物,但你总有一天会出错。"

"永远不会。不可能会。开下灯。"

我一阵动作,他开了灯。

"你为什么跟我说?你为什么会有这种想法?"

他几乎没在看着我,只是快速说道:

"我不知道,这是一种感觉。而且,我可能会连累你的继父。你去睡吧。"

我站了起来。到门边的时候,我想要跟他说些什么,但后来忘记了,或者是我的脑袋晕了。我回家睡了。

三

一到床上躺下,我就陷入了一种疲惫的状态之中,不是觉得困,而是清醒着,却没有精神。没错,是死亡,我对自己说。第二天,露易丝过来带我回家。到家后,我回到自己从前住的房间里。这时,每个人都开始留心我的样子,看我是否已经振作精神。多么荒谬!我知道自己想振作的时候自然能振作,现在这样不过是因为没有睡觉。在此之前,我不想多说什么。一天早上,露易丝下楼来到我的房间。当时,大家都还没起床。她穿着一条红裙子,那红色很奇怪,暗得发紫。她走在我前面,带着我穿过一个房间,又经过另一间更大的,最后来到门厅处。我跟着她走,眼里尽是这抹如此奇怪的红色。在门厅处,她把我推向楼梯,我们一语不发地上了楼。到了二楼,面前是一个大厅,两侧各有一扇门,后面也有一个。她指着其中一扇门走过去,一面继续指着门让我看,一面坚持悄悄地盯着我。啊!她那双乌黑的眼睛,如此陈旧,仿佛一直在以这样的神情看着我,带着期待、责备和命令。她的手伸过去握住了门把。我用尽全身的力气看着她。当她的手推开房门的时候,她的动作中有一种奇怪的意图,一份不可思议的模糊记忆,我想起自己曾经和她一起来过这里一次。那一次,她也是用这种疲惫却灿烂的眼神看着我。于是,我发起抖来,不只是现在,过去也是,或许仅仅是在过去;于是,那些我感觉到从自己皮肤上滚落下来的汗水,其意义不过是又一滴汗水,众所周知,那是从我身体里流出的,以后还将流出,直至终结的死亡之水。

她猛地将我拉走,让我去爬另一个楼梯。随后又把我推进一个房间。一进去我就醒了,一种奇特的感觉袭来:寒冷、潮湿、破败。这种感觉是如此的强烈,以至于我有些不知所措,甚至生气。夸张的是,这破败潮湿为了使自己更显眼,像是将自己从房间里剥离了出来,比墙壁、窗子和瓷砖这些更加显眼。"我们在妈妈起来之前下去。"露易丝说。

"这是你的房间?你为什么住在这样的地方?"

"可我一直是住在这里的。"她站在一张大幅照片的旁边,照片被摆在桌子的正中央,后面是一张旧挂毯,挂毯上的人物面孔已经模糊,颜色也褪了。我突然想到,这张旧挂毯尽管仍然不失庄严,却诠释出了整个房间的寒酸。

"可以给我看看这幅照片吗?"

照片真的很大,她没办法将它抬起来,一路搬到床上去。外面的相框像是花岗岩石桌,每一面都厚实光滑,重得很,和里面普通尺寸的照片相比,简直大到可笑的地步。我看了看这张瘦削的长脸,它不怎么生动,但一双眼睛凶狠地凝视着前方,在这张没什么表情的脸上十分引人注目。肯定是个循规蹈矩的人,看上去有四十岁的样子。露易丝在后面扶着相框,看照片的同时,我也看着她的脸。她的目光同样冰冷尖锐,因为嫉妒而有些不耐烦,从相框的上方投向照片,像是为了确认。我想起所有其他的照片,它们背后也有需要探寻的东西,而今天,它们都像是将我送回给这张眼神凶狠的脸,唯一透露讯息的只有它的眼睛。

相框重重地压在我身上,我感觉自己的两条腿轮流发烫,要变成石头了。但我刚做了个手势,露易丝就赶紧过来把它拿走,没有让我继续拿着它。当它远远地待在底座上时,真像是一副圣像。房间里开始亮了起来。它相当狭长,很低。床被摆在房间深处,阳光从那边射进来,只能照到屋内一半的地方,刚好到达挂毯边。接着,阴影处形成一种私人空间。总之,整个房间就像是个货物箱。

"这里还是和你小时候住的房间一样。"我评价道,"来吧,"看着她一动不动地待在照片旁边,我对她说,"过来。"

我抓住她的手,拉向我的额头。她粗鲁地摸了摸它,动作毫不温柔。在我的太阳穴附近,她碰到一块疤,于是慢慢地查看,仔细地研究伤痕,然后不停地触碰它,抚摸它,坚持几乎像是种怪癖。

"为什么垂下眼睛?"我稍稍推开她之后说,"你不适合这样。我离开家的时候,你几岁?"

"十二岁。"

"十二岁!那你就是在十二岁的时候朝我扔的石头。"我一边说一边给她看我的太阳穴。

她摇摇头。

"怎么不是！我当时在挖坑,你站在边上。你拿起一块石头,一小块砖头,在我站起来的时候朝我扔了过来。"

她还是摇头。

"你自己清楚,"她说,"你在小的时候摔过一跤,妈妈让你摔的。"

"妈妈？对,是妈妈。但这些还是事实：小时候,我是你的受气包,对你百依百顺。就是在这里,你要我在床底下趴了几个小时,而你自己扫地,把灰尘和垃圾弄到我身上。"

她看着我的表情越来越严肃,我的胡言乱语没有让她笑出来。我赶紧拉起她的手,亲吻它,希望让她露出笑容。我确实感觉她的面色有所缓和,脸上似乎有类似微笑的表情闪过。但没过一会儿,她的脸突然皱了起来,抽搐得厉害,让我觉得她就哭成一个泪人儿了。她一动不动地待了有一秒钟的时间,然后整个人扑过来抱着我,用力地拥抱我。这个举动使我不知所措。她向来只以沉默和蛮横来向我展示她的情感。我仍是惊讶,几乎觉得有些恐怖,结结巴巴地说了些什么。当我再次看到她的时候,她双手在胸前交叉,脸上又恢复了之前那种恶狠狠的表情,我恨死她了。

"现在该下去了。"她说。

我忘了自己的腿麻了。有那么一会儿,我不得不靠着她的手臂,还瞥了一眼那张挂毯。这东西肯定很旧了,已经被磨得露了线,而这些线本身也已经烂了。我刚想要走过去,向上面的羊毛哈口气,就被十来只小蝴蝶的絮状残骸包围,满眼都是它们,我把它们吐了出来。

"这东西脏死了,"我一面遮住脸,一面喊道,"就是个虫窝。"我想到里面有成千上万的蠕虫、蛀虫,以及各种各样的虫子在大量繁殖,觉得十分恶心。"你怎么能留着这样的垃圾?"

阴云密布之下,她也低了头。

"它很旧了。"她低声说道。

"很旧了!很旧了!"我在重复这些话的时候,突然看见一匹高大的骏马在墙上出现,跑进房间,疯狂地挣开缰绳,朝天上奔去。它扬起的头样子奇特,表情凶猛,但眼神涣散,像是被愤怒、痛苦、仇恨纠缠着,这份对它来说不可理解的暴怒慢慢变成一匹马:它燃烧,它撕咬,所有这一切都发生在空气中。画面疯狂,而且很大:它占据了整个前景,除了它看不见其他的东西,我甚至看不清马的脑袋。然而,背景上肯定还有很多细节,但在那里,磨损处应该有颜色、线条和印记,即使是在织线上。我往后退了几步,也看不见更多的东西;走近些,又把一切都弄混了。我一动不动地待着,感觉在这破旧的混乱背后闪过一丝光亮,轻轻地碰了碰它;明显有东西动了一下;身后的照片在观察我,而我也在观察它。那么,究竟是什么东西?废旧的楼梯?圆柱?躺在台阶上的身体?啊!这虚假、奸诈的图像已经消失了,不可毁灭;啊!它诚然是个古老的东西,古老得可恶,我想要斥责它,撕碎它。因为感觉自己被湿云和土地包围着,我被这些存在所表现出来的盲目和极端不自觉的行为震惊了,这些东西使他们成为死气沉沉的可怕的过去的卫士,要将我也引入这最无生气,最为恐怖的过去之中。

我十分厌恶地看着露易丝,她正紧紧挽住我的胳膊,不愿松开,可能永远不愿意撒手。啊！女孩,被诅咒的女孩;突然,我想起了刚刚在她拥抱我的时候,自己不小心说出的话。"我什么都听你的。"我说过这话,我确定。这个记忆立即使我平静了下来。我仍然目瞪口呆,看着她。我听见她小声说:"来吧。"她开了门。我看见她已经到了楼梯处,把她的红裙子转向我,等着我。"来吧,"她说,"快来。"

下午,我躲进了花园。平常,我一般不去那儿,而是把自己关在房间里。

天气已经相当热了。我在棚架旁的长椅上坐下。这么一个小小的花园,周围却是高得过分的围墙,投下了太多的阴影。树呢？树也太多了,对于这样巴掌大的一块地方来说,这些树长得太过高大茂盛。土地呢？是黑色的土地,沙砾无处可藏,虽然贫瘠,但颜色是黑的,连表面都是。我把小石块弄开。实际上,这些泥土没有任何颜色,不是灰的,不是黄的,也不是赭色的,可它是那么的黑,就像地下的某一层已经与地面齐平,它的表面跟满是化石的土地一样暗淡,在那里,东西甚至已经不可以腐烂,只能像永远消失了一样被藏起来。我脑子里想着那个坑,可能是挖在了最大的那棵树旁边。那是一个很深的坑,有我人那么高。当时,我在坑里,她待在边上,我看到了她的腿和胳膊,我确定她瞄准了我。为什么？她想要干什么？

"你是该出来走走。"妈妈说,"以前,你很喜欢这个花园的。"

我看着她一步步慢慢走下楼梯。远远看过去,她的样子极其端庄,几乎称得上高贵;我想起露易丝在提到她的时候,总叫她王后。

"我一直都很喜欢。"我说。

她在长椅上坐下,快速地斜看了我一眼:这正是我所不能忍受的。我可以忍受任何人看我,甚至是露易丝,但她不行。我烦躁起来,失态了。我的拘束显而易见,于是她只敢偷偷地观察我,脸上的表情既是担忧,也是猜疑,使我觉得更加不自在。我听她告诉我说,在我离开之后,他们填了一个水池,现在那里是一个小丘,就在小径中间,周围开满了鲜花。在整个花园中,那是唯一有些生气的地方。

"你和妹妹相处得好吗?"

"好。"

"是吗,好极了。她人很好,但不容易接触,平常沉默寡言。你们在一起的时候,话说得多吗?"

"还行,看情况。"

"我很看重她,甚至觉得自己挺佩服她。但你可能不知道她的心思有多深。你生病的时候,我敢肯定她把医生寄来的信藏了起来。她希望只有她自己知道你生病了,没告诉任何人,最后不得已才说。她去诊所看过你吗?"

"没有,应该没来过,我没有印象。"

"她一口咬定自己去看过你,而你跟她说不要让我去。为什么呢?其实是她不希望我们见面。出于愚蠢的妒忌,她想要再次把我排挤在外。多么可怕的性格!她从来没爱过我,"她突然激动地说道,"她小时候,我就知道……对,这种话难以出口,我想她是恨我的。她三岁时就已经恨我了,曾经抓伤过我,她曾钻到桌子下面,为了窥伺我,找机会打我。现在,她的情绪算是好了一些。但有的时候,你注意到没有,她一直皱着眉头,脸上几乎都有皱纹了。她自己不说话,好像也听不见似的。但实际上,她什么都听见了,一字不落。看见她这样,完全没有反应,我就会走开,她让我觉得痛苦。"

我听见她哭了起来。她的眼泪也使我极为生气。我希望她要么别哭,要么哭得再厉害一些。露易丝从来没有掉过一滴泪,因为这个,我对她们两个都有意见。这时,我突然想起了某件事,是一个场景。这个记忆来得如此强烈,而我之前又完全不记得这回事儿,以至于我感觉现在才第一次经历这个场景。事情发生在下午将近四点的时候。我打开房门,看见在露易丝站在房间中央,背着手。她那时只有五岁,看上去骨瘦如柴,像个幽灵。而几步之外的地方,妈妈正举着拳头威胁她,动作中透露出气恼和愤怒。这一幕我看了一两秒钟。我看见露易丝脸色阴沉,瘦得可怜却又镇定,那是一种超越了年龄和时间的镇定。在她的对面,是妈妈举起的拳头。妈妈的威严沦为威胁,同样可怜,面对这片红衣,她比面对掩盖自己罪行的面具时更加无能为力束手无策。接着,她看到了我,意识到自己举着拳头。她的脸上闪过一种惊恐的表情,当时的我还从未在其他人的脸上看到过这种表情,以后也不希望再看到。并且,它使得我们将视线从对方的脸上移开,眼神的交汇只能是短暂猜疑的。

"你为什么怕我?"我问。

我察觉到了她望向我的眼神。我一直觉得她的眼睛非常美,有异域风情,颜色很淡,属于一种让人联想到光的淡蓝色。而此刻,我只看到她的眼珠子在不安地微微转动。

"你为什么这么说?我有时是怕你。你让我们觉得害怕,这是事实。你总是孤零零地一个人,又经常生病。你生病住院,等到我发现的时候,你已经在诊所待了几星期了。"

"我不孤单,我的生活和所有人一样。"

"你需要有人照看。等你身体好一点,你愿意去乡下待一阵子吗?"

"我不知道……我还没想过这个。"

"我很担心,我承认。我的担心也许是多余的。但你自己想想,你离开了这么长时间,我对你的事情几乎没什么了解。关于你的消息,我只是从你妹妹那里逼问到一些只言片语。平常,我都让你一个人,因为我感觉自己的在场……没错,我害怕自己是多余的,很可悲不是吗?"

说这话时,她又哭了出来,眼泪使她的声音显得拘束而陈旧,仿佛哭丧妇一般。

"你为什么问我是不是怕你?谁让你有这个想法?"

"没什么,我弄错了。"

我把手伸了过去,但没有看她。尽管感到有些尴尬,她还是轻轻地握住了它。

"你的手很漂亮,"她说,"像女孩的手。"

她说话的时候,我听到一些动静:在最大的那棵树旁边,几乎是在树干后面,可以看见她红裙子的阴影,一动不动地待在那儿,像是从树上掉下来的,没怎么露面,却又太过显眼,仿佛要是看见了它,你就看见了不该看的东西。我想抽回我的手,什么都不知道的妈妈却试图继续握住它,抚摩安慰。但是,等到她也意识到了是谁在那儿,她便松开了我的手,匆忙地抛开了我。

"噢,你在这儿,"她说,"事情做完了?"

红衣人有些紧张,在这次冰冷沉着的出现中变得软弱无力,再没有什么威胁能使她后退或离开,也许是因为她已经退无可退。

"今天周六,"露易丝说。她待在小丘旁,没有看我,也没有看那我不知该拿它怎么办的手,仿佛这一切都已在她强硬的评判下被抹去,被碾碎了。

"你今天早上把他带到你的房间去了?"

"是的。"

"我看出来了,你允许他进入你的圣殿。但你为什么选在那样的时间?"

"因为他是这么要求的,也是为了杜绝关于这件事的流言蜚语,如果这件事可以不传开的话。"

"你真是奇怪,"妈妈口气惊讶,但仍然平静,"专挑那些别人羞于出口的说。这是傲慢,是为了居高临下地对我吗?而且,你甚至不说实话。"

"我知道,"露易丝说,"你不会喜欢看到他回到那里去的。"

"为什么？你大可以高兴做什么就做什么。我早就习惯了你的行事作风。你总是把我晾在一边。没错，我离你太近了，所以要被侮辱。我做你的母亲，只是被你伤害，被你冒犯。你使我感到羞愧，事实就是，多亏了你，我才知道什么是耻辱。但是，你会受到惩罚的，我感觉得到，我们都将受到惩罚，因为这个……的恶毒。"

"闭嘴。"露易丝低声说。

我对她们接下来的谈话充耳不闻。妈妈好像说她是蜘蛛。这确实是，她小时候就像只红色小蜘蛛。我曾在黄杨树，或者是柏树枝上看到过这种蜘蛛。它很小，还没有一颗纽扣大。我花了好长一段时间观察它，研究它。它以一片潮湿的小树叶为家，也不动，似乎连最小的网也织不了。我觉得它非常奇怪，但也很漂亮。最后，因为想要碰碰它，我把它碾死了。

"总是秘密，"妈妈说，"但实际上有什么秘密呢？什么都没有。"

"你自己，是你自己把生活变成了你想要的样子。"

"我的生活！你凭什么评论我的生活？当然了，你总是急着评判我。你一无所知，却用自己的无知和无情来做判断。你觉得自己在所有人之上，只有你是正直的，是忠诚的，你拥有一切的美德。"

"闭嘴。"露易丝低声说。

"你不用说'闭嘴'的。我不出声，或是忘记一些事情也许会对你有利。你并不拥有一切的美德，你远没有这么好。我跟你说这个,不是出于恶意,而是因为伤心,因为这的确使人伤心,你天性恶劣,身上有某种邪恶的东西。至于那上面发生过什么事,没错,的确是不说的好。但至少今天,不要打扰你哥哥,有点分寸。你脑子里在想什么? 你想要什么? 我连想都不敢想。"

"闭嘴。"露易丝低声说。

红衣再次出现,在树丛中穿梭,引起一阵窸窣声。衣料的声响非常奇怪。我被它吸引,站起来想跟着它走。

"你要走了,"妈妈惊慌地说。

"嗯,我想我要回去了。"

"再留一会儿,就一会儿。我很抱歉让你看到所有这些如此令人不快的场面。但是,也没有必要夸大它们的重要性。露易丝骄傲得要命,容易感情用事。每当有人说她个性不好的时候,她总是回答说'我冷酷又虚伪',因为我曾经指责过她的冷酷和虚伪。但她其实更像火。说到底,我不懂她。她只是有些小女孩的想法,就是这样。她跟你说起过我吗?"

"提到过几次。"

"那上面,是怎么布置的? 十年来,我一次都没有进去过。不止是我,任何人都没有进去过。她不允许任何人进去,连猫都不行。她这是孩子气,是怪癖。"

"连猫都不让进?"

"没错。你怎么说? 关于这一点,我还要告诉你一件大概发生在两三年前的事。当时,我们有只非常漂亮的猫。你还记得它,你的……总之在这儿,大家都很喜欢猫。一般说来,动物们都不喜欢露易丝。但这只猫是个例外,它非常喜欢露易丝。尽管露易丝不情愿,它也总是跟着她;只要一看见露易丝,它就离开自己的宝座,朝她跑过去。露易丝则和往常一样不太在意。有一天,它突然不见了,再没人见过。它遇到了什么事?不会是被偷走了,因为它从来不出去,没离开过家里,几乎都不怎么到花园里去。据我看,我没有证据,但是……"

"怎么?"

"它经常跟在露易丝后面转悠,我想它肯定成功溜进过那间房里。看门人说,有一晚曾经听到了可怕的猫叫声。"

"她杀了它。"我肯定地说道。

"怎么?她跟你说了什么吗?她跟你提过这猫?"

"是这么回事。一天晚上,她醒过来的时候感觉房间里有人,而且就在她旁边。她没有起来,也没有动,尽管她肯定非常害怕。她没想到是这只猫,也不认为会是家里的人。因为这间房总是关着门,里面跟废墟一样,家里的人怎么可能进来?于是,在接下来的几个小时里,她一动不动地待着,唯一的感觉就是旁边有个人,这人不可能是通过一般渠道进来的,而是像影子一样带着阴影而来,也许正是她期待已久的。他是谁?那天晚上,她以为自己和谁睡在一起?这我还不知道。第二天早上,她看见了这只猫,她用斧头砍死了它。"

"这是她告诉你的吗?"

"事情就是这样。她告诉我的。"

我回到自己的房间里。傍晚,我轻轻地打开房门,听见一个奇怪的声响,是窃窃私语的声音。黑暗中,我蹲了下来。原来的声音停止了,但寂静中仍有动静:衣料的窸窣声,轻柔的水声,或者更像是人声的接近。没错,这是一个害羞而有耐心的尝试,为的是接近声音发出的地方。这倒并不令人惊慌,如果说我稍微有点害怕,相反是因为那里太过安静,太过奇怪了,十分平静,极度谨慎:这是一个已经完成的完整故事,讲的是没完没了的一天里的事。动静突然变大了,我看见一张嘴,几乎是张开的,一双半眯着的眼睛,还很迷茫,看不见东西,直到完全没了动静的那一刻,明确的眼神取而代之,盯着我看,它和那动静拥有同样的宁静和严肃,以及随和、谨慎、热忱的外表,却也没有其他什么了。

"嗨,"他说,手还是放在电灯上。接着,他挺直身子站了起来。

他的个头小得令我惊讶。他一定非常强壮,就连他那又大又圆的脑袋,在我看来都结实得危险。他拖着步子走过来。

"抱歉,"我说,"我听到有动静,想听听是怎么回事。"

他向我伸出手。

"没关系的,是我的错。"

我没有站起来,只是看着他的手。他的手非常白,和他粗糙的外表比起来,纤细优雅得出奇。

"晚上需要工作的时候,我总是在晚饭前试着睡一会儿。"

我又看了他一眼。

"但也许……"

"没错,"我起身说道,"我认出你来了。"

"好吧,很高兴见到你。"他平静地盯着我看。"之前没见过你,你看起来气色不错。"

"是的,谢谢,我感觉好些了。"

我感觉到又有一扇门开了。我突然发现自己在想:多棒的会面!一切都堪称完美!而且,仿佛我脱口说出了这个想法,露易丝快步走过来,严厉地看了我一眼。

"前天,"他说,"我和伊施谈过了。你别担心,关于你放假的事情,都安排好了。"

"伊施?"

"没错,你的部门主管。"

"是,谢谢。"

"我是来带你去吃饭的。"露易丝说。

"去吃饭吧,"他赶紧说。

吃饭的时候,露易丝不说话,也不离开我身边。晚饭过后,她没有收拾餐桌,妈妈进来的时候,看到桌上一片杯盘狼藉。"露易丝不在吗?"问完,她看见露易丝在房间里面,正坐在地上,屁股底下垫着垫子,眼睛也正盯着小桌子、托盘和脏盘子。妈妈走近餐桌,露易丝也站起来走了过去。我看着她们的双手来来回回,挨得很近,相触相碰,却不触及对方。露易丝端着托盘,动作古怪地往后退。她一直盯着门看。门一开,她就走了,姿势不变,仍然愣愣地端着她的托盘。

"你吃好了?"我的继父问,"我可以在这儿待一会儿吗?"

他坐了下来,似乎没有注意到房间的黑暗深处有奇怪的东西出现,正在他身后,目光冰冷地凝视着他。

"你看它们!"他指着自己的两只猫说。它们来来回回地跑,有时交错而过,显得张皇失措,十分害怕。看上去还没有完全把这里当作自己的家。他拎起小的那一只,检查它绑着绷带的爪子,鼻子凑近那可怕的黄毛。可他立马皱起了眉头,抓住猫脖子,把它放在膝上,离自己远远的,那只猫则摇晃着努力地保持平衡。"真是奇怪,"他转向我说道,"我们给这两只猫洗了澡,用了各种消毒剂,甚至把它们放进过消毒锅里,但都没有用,它们身上还是有这股焦臭味。"他低下头,又去闻那些黄毛。"我不知道这究竟是什么气味,是一种烧焦的糊味,臭味。很难形容,非常奇怪!它们是我有一次走访的时候,在一栋失火大楼的废墟中捡来的。你从来没有进去过这样的屋子吧?那里面的气味可真难闻!恶心得让我几乎没办法忍受。人仿佛置身于一堆火炭之中⋯⋯但又不是:只有沸腾的火花,烟雾中的各种垃圾。总之是臭气熏天。"

我听见妈妈问在这样的地方逗留会不会有害健康。他神秘地笑了起来。

"我们可完全没有多作停留!走访的时候,我们进进出出也就几秒钟的时间,有时候只是在街上看一下烧黑的墙面。就算有鼠疫,也来不及传染给我们。"

"怎么说也是流行病。"

"报纸上确实报道了,说有十几例疑似病例。但你要仔细看,这其实是政府使的手段,是为了使老区告别脏乱差,让落后区域按规矩行事。而且,有专业人员管这些事,就连这些小东西都去过实验室了。"

"那这些火灾是怎么来的?"我突然问。

"这些火灾……你不是看过报纸了吗。有各种各样的原因。安全部门度过了一个黑色时期。从社会方面来说,这些火灾是非常奇怪的现象,非常复杂:这是件古老的事情,也是公共的事情。当人们看到一间房子起火,总会觉得这是从前的故事,觉得是一种古老的感觉,古老的仇恨放的火,或者更准确地说,是一个被遗忘了的小碎片突然醒了过来,它来自最遥远的时代,想要再次绽放自己的光芒。看看这些火灾中的火光是多么地奇怪:它既发光,又不发光;它使自己窒息;它觉得自己是不合法的,是受威胁的,是不可能的。这就是为什么它感到痛苦,心中有恨。这件事想想就觉得疯狂。现在,火灾已经完全不受重视,但从前,首都也曾失过几次火。而且你看,就算是今天,一旦有地方起火,马上会有无数群众来围观,仿佛这样的场景使他们感到兴奋,让他们陶醉。结果就是,破坏行动混入其中,旧的思想再次出现。但这其实是一件好事,它使我们忙得不可开交,也帮了我们的忙,而且最后烧毁的正是该要烧毁的。"

我半支着身子坐在沙发上:我知道自己看着他,听他说了太多。

"我们也许该让他睡觉了。"妈妈说。

"你想睡觉吗?"

"不。"

"说话对我来说就是休息,"他抱歉地说道,"当我很累的时候,我就得说话。在我们委员会,这已经变成了一个趣谈。如果我做了一次特别好的演讲,我旁边的人会仔细观察我的脸色,盯着我的眼白看,说:'你讲得很好,也得到了休息。'实际上,这是真的。我要么说话,要么睡觉。在我的长篇大论中,我平常给人留下的深刻印象不见了,之后它又回来,然后再一次消失。最终,它变成了别人的,再也不属于我:我觉得很舒服。你呢?你很少讲话?"

我盯着他看,没做回答。

"在我们视察的过程中,我去过了你住的那一带,我想甚至还去了你住的那一条街。"

"那里太不卫生了,"妈妈说,"他住的那地方条件太差了。"

"确实脏,不怎么吸引人。那里的房子倒是应该被烧掉。你不想换个地方住吗?"

"你从我们那栋楼前经过了?"

"没错,我想是的。你知道官员队伍是怎么走的:他们从不拖拉。你笑什么?"

"没什么。"

"也许在你看来,这些仪式很可笑?但是我们不得不这么做。你看,报社的人在那儿,照相师,摄影师。每个人都在场,从他们看见我们也在的那一刻起,废墟就已不再是完全意义上的废墟,而是变成了新房子的开始。"

"你说什么?"

"除此之外,你说的也不错:这些活动中不乏一些滑稽的细节。今天就发生了一件可笑的事。按照行程,我们到了一条街的街头……在离我们要去的那栋楼不远的地方,我们看见了一大群人,他们已经涌到马路上,妨碍了交通。这是怎么回事?他们可能是附近的人,知道我们要来,出于好奇,或是游行的兴趣,或是其他完全不同的原因,在那里等着我们。总之,真是奇怪,又令人不舒服。保安队往前狂奔,我们的车子缓缓驶近。我们的一个同事站着在看,他大声喊道:'这可是一场集市阅兵。'实际上,大家围在一个小型街头乐队旁边,里面有些摔跤手,好像还有跳舞的。可是,人群中的某些人有新的发现:他们认出了我们的车。于是,大家开始尖叫欢呼,唱起了爱国歌曲。你是知道我们的民众的,他们热爱生活,喜欢演出,多棒的民众!可惜,规定是严格的。保安队按他们的方式进行了干预。他们想要疏散广场上的人群,但是人手不多,民众又不停反抗。他们失去了耐心,警笛响起。接着好像就打起来了,有人叫喊,有人骂人。最后,我们在车上等了一个小时之后,周围重新恢复了平静,仪式得以照计划继续进行。"

"这有什么可笑的?这件事什么地方好笑?"

"确实,也许并不好笑,"他严肃地看着我说道。这个严肃的神情让我为之一震。我肯定这个人,这个如此重要的人,他理解我,比这更重要的是:他重视我。

"我好像看到你走路一瘸一拐的,"我说。

"老毛病了!只是风湿,稍微有点不舒服。"

"听我说,我觉得你今天遇到的事情非同寻常。是的,我知道你为什么把它当作一件可笑的事情来讲。你们肯定驱散了人群，把大家赶走，让自己周围没有人：没人有资格参加你们的仪式，可它又是为所有人做的。这很奇怪，但恰恰体现出了法则的高深莫测：每个人都应该躲开，作为个人，他们不应该在那儿，而是应该以一种看不见的方式集体出现，比如在电影院那样。你自己也来了，但是，是为了做什么呢？这是一个官方行为，意思简单明了，也受人尊敬。在你，或者其他任何人来视察这片废墟之前，新楼房的建设已经开始了，这些坍塌的房屋就是重建的材料。就连只是为了看房子燃烧的纵火者也已经灭了火，修复房屋。这就是为什么报纸可以大做文章，但实际上，大家不能谈论火灾，从来没有过真正的灾祸，更遑论废墟。这就是真相。"

"我没想到你也会主动说话。我的一个同事会喜欢你的看法，他一定会问你他最喜欢的一个问题，是他常常挂在嘴边的：'今天呢，有什么苍蝇？'苍蝇，就是指太过深刻，或是太过细腻的思考，追求真理的思想和有深度的思想，当它起飞，想要脱离自己的动作的时候，它嗡嗡地叫，听见自己在颤动。你看，又是一个讽喻。"

我知道自己说话的时候激动得可笑，但我仍然兴奋不已：有什么关系。尽管他认为我有些滑稽，但我感觉得到他是赞同我的。他说话的方式亲切感十足，他的语气如此平静，如此正直，因此，他所说的一切都使我备受鼓舞。

"你刚刚说的是谁？"

"你应该听说过艾蒂安·阿格罗夫吧？他是个非常优秀的

人,做出过杰出的贡献。他是档案室的负责人,所有的重要报告都要经他的手。可惜的是,他年纪已经大了,眼睛几乎看不见东西;他总是什么都知道,但也总是什么都忘记,他的部门确实受到了不少诟病。"

"他为什么要说苍蝇?"

"反对他的那些人把他的部门叫作苍蝇部门。这种影射不过是粗俗的玩笑。但是,他这个人矮小瘦弱,穿着邋遢,因为近视,走路歪歪斜斜的,还会撞到椅子上,就为了去找个人,好用他那刺耳的声音问人家:'你今天找到苍蝇了吗?'当你知道了这一切的时候,你就会觉得这个绰号十分好笑,因为他自己就是个……苍蝇。"

他滔滔不绝地讲着这些,天真得几近厚颜无耻,十分奇怪。可他这个人本身粗鲁专横,甚至有些残暴,这样一对比,这无边的和善就显得令人难受了,让我不禁打了个哆嗦。他站了起来,身上穿着家居服,胳膊下夹着那两只猫。他站了一秒,两秒,接着看了我一眼,脸上的表情看不出情绪,算得上死气沉沉,如此殷勤好客,却又如此奇怪,以至于我可耻地发了慌。尽管他没有朝我伸出手,我还是抓住了他,结结巴巴地说:

"我对你只有好感和信任。我一般不说这些,但我肯定你能理解我的想法。"

"谢谢,我的确非常理解。"

他看着我,表情仍旧淡淡的,没有神采。

"你对自己在办公室里的工作还满意吗?"他说,"没有任何要抱怨的吗？"

我终于放开了他的手。

"不，没有。"

"好了，休息吧。来，"他突然欠身，把那只黄猫放在鼻子底下，补充道，"闻闻这气味。"

起初，我只是隐约觉得有股怪味，来自浑身湿透的动物，出于客气，我向他点头表示同意。但等他走了，等所有人都离开我之后，我刚关掉灯，就开始怀疑房间里有东西发出臭味。这股气味缓缓而至，沙发上有它，我的袖子里也有它，但紧接着它又不见了。在某个时刻，它在黑暗里定住不动，在距离我的脸几步远的地方等待着，令人吃惊：我猜测它在那儿，深呼吸也没有用，它不靠近我，可以说是在观察我，聚集在一处，从那里窥伺我，像一股气味能做的那样，奸诈而猥亵。在这天晚上的一段时间里，它就那么远远地待在我面前；我非常生气，决定不再管它，它没有更加靠近我，但是，它阴险地让人察觉到它，并且觉得它是一种拒绝被人闻到的气味，一种低下、卑贱、骄傲的气味，一种阴森的怪味，在远处，总是在远处，带着一股淡淡的药剂味儿。

早上，我不怎么高兴地想到前一晚。我意识到，整个晚上，我都默认他的步履蹒跚是我从前用小斧伤了他的结果。这只是昨天晚上的想法，因为他走路一瘸一拐，而报纸上也提到，他的髋关节在一次袭击中受过重伤。然而，我的解释在我自己看来是对的，也使我感到高兴。我的脑子里又冒出另一个问题：露易丝为什么接受和他一起工作，做他的家庭秘书？为什么她不走，而是赖在家里？甚至于如果他们以这样那样的理由让她离开，她肯定会为了回来而在地下挖个洞，并且在黑暗中孜孜不倦地进行她老鼠打洞的工作。她明显是讨厌他的，谁都可以感受得到。可是，虽然我可以忘记她和妈妈一起的那个场景，我却从未忘记曾经发生过的这一幕：有一天，他把她放在膝上，抚摸她的脸，吻她的手，而她既没抓他也没打他。她看着他的神情很特别，深邃而沉默，尽管她已经十二岁，尽管她从来不是一个可以让人随意放在膝上的小女孩，尤其是在那个年纪。她看着他，也许没有痛苦，但肯定没有怒气，表情严肃而深沉。看见我之后，露易丝并没有动，他则很快让她滑到了地上，之后轻轻地碰了碰她的头发。我转过身背对他们，整个人被吓坏了，心慌意乱。在那一刻，给他一斧子的确能使我高兴，至于她，我简直想把她掐死。但是，即便经过了这件事，她仍然继续操控着我。她既没有不安，也不准备讨好我，换得我的原谅。相反，她似乎更加瞧不起我，甚至怨恨我，仿佛有罪的只是我。正是在这件事情过了一段时间之后，接受了亲吻和爱抚的她朝我扔了那块砖，用来惩罚我。

一天傍晚，我决定到街上去走走。"一刻钟之内回来，"妈妈说。街上几乎空无一人，天很热。我们没有朝市立公园走，而是选了一条通往大道的路。露易丝猛地抓住我的胳膊，很快又松开，人也跑开了。我看见她朝着一家商店的橱窗跑了过去。橱窗玻璃后面有些浑浊的水在流淌，从各处汇集而来，像是也会渗到外面，用水流运动中的、令人不安的透明一点一点代替玻璃坚硬的透明。透过开着的门，我嗅到一股清冷的味道，是潮湿土地的气味,混合着令人窒息的丰沛。

计程车载着我们前进,房屋开始不断后退,总是些同样的房子。有时候,车子停下来,我们面前不断经过一些女人,她们穿着鲜艳飘逸的裙子,她们的脸,她们富有光泽的长发,所有这些,一个才刚消失,另一个就又出现了。"我们赶时间,"露易丝敲着车窗说道。她的身上现在也散发着同样清冷的香味,与地面和通风窗的气味相同。她的裙子依旧暗淡无光,人也像是老了,给人一种出土文物的感觉。我们下了车,穿过大门,我停下来注视这无边的寂静,眼前并不是一片荒漠,而是望不到头的建筑物和一排排的砖石。没有任何空旷的地方。每一个角落都有大理石的身影,每一寸土地都被覆盖,被改建。对于所有进入这个地方的人来说,仿佛只有一个口号:建房子,建房子,再高一点,一层加一层。结果,这里混杂着各种建筑,却仍是一片荒漠,一片对自己感到害怕,被自己纠缠的荒漠,它似乎正卑鄙地尝试着建起一座满是地洞、地下室和墓穴的城市,以建筑幽灵的丑陋形式永久存在下去。我们走在一条林荫大道上。道路两旁鲜花盛开,没有几株凋谢枯萎的,四周都是同样气味:蜡烛,翻新过的土地和死水的气味。我本想稍作停留,但此时,露易丝的眼前就是她之前不停靠近,走了许多弯路,绕了无数个圈的目标,她只能径直跑过去,它以一种几乎显而易见的方式牵引着她,使她一路向前,无视周围,不抄小路。我们越过小丘,跨过杯盘器皿,闪到了柱子后面。我感觉到她紧紧握住我的手,像是要把我往地上拖,把她的汗蹭到我的胳膊上和身上。她的身体在草地上慢慢消失,在裂缝前摸索,人已经有四分之三处于地下。

当我们到达围墙附近的时候,门是开着的,我看到路的两旁栽种着高大的柏树,几米之外的地方还有两座坟墓,其中一座建成小型宫殿的样子,看上去狂妄自大,配有雕刻而成的窗饰,饰有精致的小圆柱,以及颜色过于鲜亮的彩绘玻璃窗,另一座则笨重厚实,是那种没有多高的塔楼,顶部被大幅雕刻压得扁平。我没有感到丝毫的惊讶。我知道自己曾经和她一起来过这里,在相似的阳光下,那次,她穿的也是这条裙子,头发遮了起来,她的粗俗侮辱了阳光。我们沿着黄杨树朝这两座坟墓走过去,耀眼的这一座,带着一点阴郁的风情,年轻,可爱,几乎高兴的,仿佛死亡在这里只是阴柔的,尝试着使风度、幻想永存,甚至也包括以开心的想法和绝对愉悦的心灵的形式出现的背叛和罪行;另一座处在黑暗的、起伏不平的空地深处,看得出男性的骄傲,还在不停地构建着懊悔、严重的指控和石头一样听不见、说不出的仇恨,通过疯狂和来自下面的耐心,在这两座坟墓面前缓缓伸向天空,我知道,露易丝拒绝两个过去之间的所有和解,充满仇恨地在手上走动,那只矫饰的手上戴着戒指,从地下亲切地伸向她,而她只会对死亡充满恐怖和咒骂的阴暗面感到同情。

她拿出一把钥匙,打开门,三步走下楼梯,我跟在她后面。黑暗里,我被绊了一跤。我什么都看不见。天并没有全黑,可我什么都看不见,连她也看不见。我慢慢地走着,手微微地向前伸,以为墓穴里面有衣冠冢,而她就在那衣冠冢的旁边。我又走了几步,试图在微弱的光亮中看到她,但我前面什么都没有,身旁也没有。我喊她,低声叫她的名字,我感觉这个名字在我口中融化,变得不知其名,最后消失不见,于是闭了嘴。这时,我突然有一种奇怪的预感,我想到她在自杀,她正在杀死自己,一定是这样。而奇怪的是,我开始浑身发抖,不仅仅是因为恐惧和害怕,也是因为我心中有这种希望。就在这一刻,我回头看见了她,整个人惊呆了。她离我不过三步远,人陷在墙壁里,一动不动地待在一个类似壁龛的地方,身体僵硬,手臂紧贴身体,脚边有一只很重的包裹。她总是黑着的脸此刻却是一片惨白,她的眼睛正在盯着我看,脸上没有一丝颤动,没有一点生命的迹象。尽管她的眼睛在看我,但眼神却是如此的异常,如此的冰冷,以至于我觉得看我的不是它们,而是它们背后的某个人,某个人,又或者什么也没有。

我没有靠近,也没有后退,我只是站在那里,其余的什么也没做。突然,我看见她艰难地嚅动嘴唇,显得有些笨拙。"跪下,"她说。我转过身来,感觉那声音是我身后的另一个人发出的。在我转身的时候,我看清了整个墓穴。这是一个低矮狭长的房间,没有衣冠冢,没有一块石板,只是一个空荡荡的房间,一个简单的坟墓,干净而冰冷,并且,一无所有。"跪下,"她说。我跪了下去,开始呼吸困难,脸贴着石壁。在这个什么都没有的地方,我对自己的呼吸中产生了一种恨意,拒绝它,排斥它。我不再呼吸,可这地方让我呼吸。我透不过气来,窒息的过程中,这地方用一种比我更加沉重,更加饱满,更具优势的东西填满了我。"躺下,"她说。我躺了下来。我听到了她前进的脚步声,裙摆摇曳的窸窣声。接着,她揉皱了掉在地上的纸。而现在,她就在我旁边,几乎是在我的正上方,于是轮到我的脸变得惨白,我的眼睛定在她身上,看着她。不,看她的不是我的眼睛,而是在它们后面的某个,某个人,又或者什么也没有。我听到她语气急促小声说道:"只要我活着,你就活着,死亡就活着。只要我有一口气在,你就会呼吸,正义就会呼吸。只要我还有思想,想的就会是怨恨和复仇。而现在,我保证:哪里有不公的死亡,哪里就有公正的死亡;哪里流血在不安中是罪过,流血在处罚中也会变成罪过;并且,最好的会变得黑暗,为了最坏的缺少阳光。"

我听到了这个古怪低沉的声音,是因为我以前就听过。这些话泡沫一样覆在她的嘴上,湿润了她的嘴角,在那里流动,变成了汗和水——我听到了它们。突然之间,我恢复了呼吸,重新坐了起来。我清楚地看到,她向前走来,弯下腰。有那么一秒钟的时间,她在我的上方俯下身子。我看见她散开一大束花,花的味道四处浮动,是和我那晚闻到过的一样的气味,是土地和死水的气味。她把花撒得到处都是,身子俯得更低了一些,在她低头解开头巾的那一刹那,她的头发散开来,倾泻而下,掠过我,触碰我,把我掩埋在比花园里的土地更黑,更加没有生机的空间里。我心中有股不知名的情绪。我感受着她的秀发。我看着她的手不断靠近,白森森的刀锋在那里滑动:我听到了剪刀开合的声音。发生了什么事?

我看见她也在跑。我挑了一条横着的路,然后又换了一条。感觉到她就要追上来了,我离开了小道,回到了石块和圆柱中间,但下一秒钟,她就已经来到我面前。我们费力地喘着气。当我抬起双眼的时候,我看见她的头发披在肩上,完好如初。我不知道她从我的眼神里读到了什么。她的双眼失了神采,有某种东西爆发了。她扇了我一个耳光,打破了我的嘴巴。她不得不拿出手帕,一边和我一起往出口赶,一边擦拭我流血的嘴唇。

"你们这是从哪里回来?"妈妈说,"去哪儿了?"露易丝把我领回房间。"你们做了什么?你们出去了快两个小时。发生了什么事?"她看了看露易丝,又看了看我。"看看你哥哥,他累坏了。""他刚刚呼吸困难,不得已躺了好一会儿。"妈妈表情怀疑地朝我走了过来,我的手指抚上嘴唇。"你的嘴巴怎么了?摔倒了吗?这又肿又胀的。是被人打的。"她转向露易丝,露易丝一动不动地看着她,也不说话,眼神明亮而凶狠,太过明亮。"你撒谎,"她叫道,"我知道你在撒谎。"露易丝走开了,拿下头巾,一边摇头一边朝镜子那儿走了过去。"没错,我是在撒谎。"她说。她开始梳理散落下来的头发:它们完好无损。"这孩子真是太放肆了!这么傲慢!"她把椅子猛地摔向地板。露易丝从镜子前面走开,手里拿着头巾:从我身边经过的时候,她意味深长地看了我一眼。"不准走,我命令你留下!"

那天晚上,我有点发烧,整个晚上都觉得奇怪而不安。第二天早上,我到露易丝的房间,告诉她我在家里待不下去了。

"我马上穿衣服,"她说,"这就去叫车。"

四

雾散了。而我竟然认不出自己的公寓。是因为一切都相差不大吗？还是我回的不是自己家？透过窗子，我看见树木破雾而出。它们全都一个样，太过显眼，使我感到厌烦，仿佛它们在叫喊。远处仍笼罩在薄雾之中，我知道那里有些房子；我看不清，但它们在那儿，和我的房子相似，也许有些不同，但这无所谓，反正都是房子。

我迅速地拉上了窗帘，和以往一样，有轻微的声响发出，使我燃起希望：有东西在试图消失，仿佛我看不见身后的东西，仿佛我的项背和肩膀也看不见了，于是接受了休息。我等了一会儿。真蠢！四周重新亮了起来，光线隐晦昏暗，正射散开来。这也许是一个好处；另一个在淡而无味的透明中流淌，那是一种看不见的白色，它展示出一切；它展示着自己，我看见了工作中的它，以为它会攻击某些东西，把它们弄黑，最后弄得一片混乱。我又等了一会儿。真蠢！没有变暗也没有混乱，一切都在各自的位置上，明亮如白昼。我躺回床上。露易丝仍在读书，尽管房间里光线昏暗。因为生气,我把她手里的书抢了过来,撕了个粉碎;一页又一页,最后整本书都撕掉了。我把它扔到了角落里。

"对不起,"我说,转身面向墙壁。

没过多久,外面响起一阵低沉的音乐,也许是从相邻的大楼里传来的。它悄悄地向我袭来,没有表现出任何东西。慢慢地,它从相邻的大楼逃开,从一处传到另一处,从一个世界传到另一个世界,难以捕捉而又令人闻之伤心。接着,它的音量突然增大,变成了公共音乐。我怎么可能听不出来?应该是有一场全国性的哀悼仪式正在进行,葬礼进行曲过来找寻我们每个人,不管是在家里的,还是在街上的,并用集体的悲伤把大家聚集起来。在这样的悲伤之中,痛苦对每个人来说都有意义,变成了一个节日,尽管与丧事相关,但仍然是节日。这音乐舒缓而庄严,总是使我激动不已。我看见了在人群中高高立起的大型追思台;那边的雾气也在消散;游行的军队和代表团络绎不绝;邻近的街道上,成千上万的人挤在一起,摩肩擦踵,听着远处的葬礼进行曲。没错,如果我在那边,我可能没有办法跟其他人区分开来。和他们一样,我也会伸着脖子去看纪念碑,我的脸也会是那千万张脸中的一个:它不是其中一员,却被计算在内,这正是可怕的地方。就连不在场的也被计算在里面。我是送葬行列里的一分子,被困在令人窒息的人群之中,动不了,也得不到任何帮助。我只听到天边传来一个声音,只有一个音符,远远的,无休无止。我没有听到吗?我没有从邻居们的脸上看到自己的悲伤吗?他们呢?他们不因我的苍白和疲惫而感到伤心吗?短促的呼喊声响起。我身体摇晃,人没动,却感觉在飘荡:某个东西从我胸中挣脱而出。我清楚地看到这些面孔变得模糊、惨白而灰暗。这时,一股酸水涌到我嘴里。吐的时候我在想,我的呕吐同样表现出他们的悲伤,每个人都会觉得自己在和我一起吐,共同的感觉使我的昏厥变得毫无意义。

给我擦了脸之后,露易丝站了一会儿,额头上挂着汗水。我没事了,现在不安的反而是她。她也觉得恶心,和我的感受完全一样。她走去厨房,打了些水回来给我冲洗。音乐停了。有人在讲话,都是些单调的长句。我怀疑露易丝完全不理解这件事。对于我的恶心,她有自己的解释,她大概以为我病了,或是因为晚上离家出走才会这样。但这完全不重要。无论如何,不幸的是她有了解释。

要是在几个星期以前,我可能会被这些误会吓到。可现在,它们却给了我喘口气的时间:只有一会儿,太过短暂的一小会儿。我看着露易丝,强迫自己相信她不是露易丝,而是……比如说一个护士,我无法忘记其中的差别多么小:对我来说,她就是一个护士,她照顾我,仅此而已。(此外,我并不相信这些废话。)即使是在这样的时刻,我心中认为需要做的,仍然是放慢这些以快得出奇的速度穿过我身体的思绪:一切都太快了,它在跑,我好像总要走得更快一点,而且不止是我,其他人也要,其他东西也要,甚至连灰尘也要;一切是如此清楚;那是些从不混乱的思绪,无数极其微小却清晰的震动。一整个晚上,我都听见玻璃窗在震动。那是一种不带感情的震动,始终越来越快,越来越接近裂痕。而现在,这玻璃窗震动的是我。我看着露易丝,本想和她说话,但这太奇怪了:我寻思着在这一刻,我是否没有跟她讲话。她粗略地打量这个房间。她看什么,我看什么。她和我一样在墙壁前面,在墙上的污迹前面。她心里想的也写在了墙上,或是在市里的其他地方,也许是在父母家里。是的,一定是的,她想妈妈,在等她的电话,或者随便什么。这不是什么秘密,她要做的只是说出来,好让我知道。如果我一开始没有用肯定的方式和她说话,我们怎么能相互了解?我和她说过话,这是显而易见的,只通过她待在我身边的方式就可以看出来,在同一间房里,有着同样的想法。这时响起了一阵沉闷的嘈杂声,一直不停,引起了她的注意,使我们得以在一起。

我想听这声音,只听它。它随着钟锤规律的敲击而来,就在我身边,却又非常遥远。我跑进走道里,它在那儿,甚至吸引了正在门口看我的露易丝。我是对的吗?它像我自己的声音一样离我很近,而且,或许和我的声音一样,我不可能在世界上的任何地方听到过它。只是,我从来不闭嘴。露易丝抓着我的肩膀,慢慢地将我往回领。她说怎么想的?觉得我还病着?以为我想逃走?既然她在想象这些,我确信她听见了我说的话,而且正在听我说话:我胸中有东西奔涌而出,我无法抑制它,我是它的主人,却不完全是。这就是为什么,我没有真正听见自己说话,却怀疑自己在说。大多数时候,我能轻易地分别两者,但有时候,我觉得那些字句独自出口,我是为了休息而让它们离开的。实际上,我完全有权利这么做。这一切不是什么新鲜事。甚至,它们曾经发生过的事实已经给出了完美的解释,而且,因为它们总在发生,所有的事将会一直得到解释。

晚上,我开始呼吸困难。露易丝赶紧出门找人帮忙。我看见他们一起进来,在玻璃门后面,两人面对面地站在灯光下。我静静地看着他,他显得有些尴尬不安。

"我想过见你,"我说,"但不是在这样的时间。露易丝不该去打扰你的。"

"露易丝?"

"是的,我妹妹。"

他微微侧身转向她。

"你妹妹?她做得对。我一般都很晚才睡,今天刚刚回来。"

他待了一会儿。看见他准备走,我朝他做了个手势。

"你看,世事就是这样。就在几天前,我还想尽办法躲着你。为了不见你,我甚至离开了这里。现在,我回来了,你还是住在这房子里,而我们大晚上打搅的人,是你。"

他看了看我,奇怪表情:张皇失措,却又饶有兴趣。

"你离开是为了不再见我?"

我低下了头。

"为什么?我这么让你讨厌?"

"不是讨厌,或者说没有很讨厌,不是一直讨厌。我告诉过你,你让我觉得不舒服。而现在……"

"现在怎么样?"

"我已经不再觉得你会让我不舒服,甚至觉得喜欢和你说话,至少这一刻喜欢。我要说这是我现在的感受,在你在场的情况下。也许,这种感觉不会持续下去。也许,我只是单纯为自己能够说话而感到高兴,你来之前,我还不够平静,所以没有办法说话。"

"你感到心烦意乱?"

"没有。我想起了一个让我疏远你的理由,那就是在我的想法里,你是和生病这件事联系在一起的。你把我当成病人一样对待,我怕你会试图利用我的病。我的看法和你正相反,我认为奇怪反常的是你。可现在……"

"现在怎么样?"

"我不知道。我知道这是傻话,太天真了。不管我有没有生病,都不会有所改变。"

"你的病肯定不太严重。我过一会儿再来看你。这是你妹妹?"

"是的,露易丝。"

"她和我想象的不太一样,你们长得不像。"

"不,"我说,"我们很像。"

他没有再来。我能够看的只有露易丝。她正在做家务,满屋子打转,所有的动作都被我提前料到了。仿佛她一直和这些家具生活在一起:她的手事先已经认识它们,利索地抓住了它们。这可能就是为什么她会如此安静。她消失在自己所做的事情之中,不见了,那些东西也不见了。

然而慢慢地,我又感觉自己浑身滚烫。在某个白天,我告诉她我要出门。我的不耐烦已经到了无以复加的地步,到了我不出门也可以的地步,它已经变成了一种耐心。我到街上走了走。我想要呼吸外面的空气,看看其他人,尤其是路人。我贪婪地盯着所有人看,看着他们由远到近,然后重新望向远处。在这整个过程之中,我知道自己没有看他们,没有看他们衣着和轮廓,甚至没有看他们的神态,但他们仍然将自己完全展露在了我眼前,由我掌控,我的确在看着某个人。女人们的情况稍有不同,至少是那些通过某种东西凸显出自己的女人,比如用一种颜色,像是红色。她们在我眼中并不比其他人更清晰,相反要模糊得多:她们拒绝出现,这正是我盯着她们看的原因。

一到广场,我就被汽车疯狂的行驶方式震惊了。它们交错而行,时而开到昏暗的马路外,时而突然减速,行人在其中只能勉力穿行。疯狂的来来往往,和正式的游行一样壮观:汽车、自行车、行人。队伍永无止境,总是同一个队伍。我看厌了,但并没有离开,就像活动不结束,大家没法走开。看着这场游行的时候,我是队伍中一分子,而只要我在游行,我也只能是看着它。在街上,我觉得有点累。天色一直很暗,路灯没有开。我看见一条通往商业区的小路被拦了起来,路障看上去像是道路维修时用的,但是要更坚固一些,也更让人讨厌。稍远处是西街的入口,那里设有一个同样的路障,由警察看守。我犹豫要不要走过去。头盔和手枪阻止我上人行道。封锁的街道显得格外安静,街上的橱窗不见了，有几扇窗子敞开着。六盆天竺葵天真地排列在一个小阳台上，最后两盆开着红色的花。我挺直身子，在街尾看见了一些废弃的砖块，应该是某个被拆毁的房屋的，整条街上到处是这种房子。情况不妙，我心想。我觉得难受，像是在看着一个狡猾伪善的想法实现。这是有害的。我会有这种感觉，是因为这条街道，也因为这些警察。这一带应该是被判定有可能被传染病的威胁摧毁的地方之一。整条街脏乱不堪，残破的墙壁随处可见，样子像是突然病倒的人，仿佛是在召唤大家给它判决。这判决，街道被动地接受，而我看着它被刻画在墙上，展示出来。我看着它，参与其中，和我一起参与其中的人，不论是谁，都同我一样对它负有责任。经过就已足够：行人履行了自己的职责。这难道不奇特吗？我和露易丝一起出来了几分钟，想要散步。可我正在做什么？我在传播法则，在为公共法令的实施做贡献。我想，这应该会使我情绪高昂，帮助我生活。然而，我觉得非常难受。知道每个人都因为我的目光而心存感激，知道即使是在路障另一边，那些人被这个目光判处隔绝和毁灭的人，也对我心存感激，我什么都不能做，我支撑不了；这在我的眼里掘出一丝空洞。也就是说事实上，不管怎样，我承受住了，因为这丝空洞什么都没有改变，我甚至没有走开：我继续依照规则去看，看着别人看到的，而被规则接受的不适本身变成了一种值得尊敬的悲伤感觉，这种感觉是由公共的不幸景象引起的。

散完步，我在我们大楼前面看见了一辆出租车，里面下来一个男孩，抓着一个男护士的白色工作服，火急火燎地朝敞开的大门走去。穿过街道和大厅,我听见电梯上升的声音,也许是五楼,也许是我家那一层。我跟着他们进入电梯,在上升的过程中什么也不看。突然,我被人扣住,甚至强行往后拉,动作粗鲁,力气很大。我喘不上气。我看见了那人的手,还有他裸露在外的胳膊,那是拳击手一样的胳膊。我由他拖着我走,感觉到我们是在一起上楼,之后,他把我推进他的房间里,要我等着。他走的时候,我几乎不知道。还没有恢复过来,我就为自己竟然这样顺从而感到恼怒和受伤。他什么都没有注意到,把我扔在这儿之后就走了。而且,他表现得像是来保护我一样。我突然怀疑他藏在门后,于是冲过去把门打开,结果一个人都没有。他完全不在意我!我在想他为什么只穿衬衫,还把一只袖子挽到胳膊肘上面?但是,当我看到他进门,走向衣帽架,拿起一件外套,漫不经心地套上,当我看到他那张依旧大得出奇的脸,忽近忽远,最终定在了书桌前,转向我,我突然觉得他是如此的疲倦,如此的没有生气,以至于对他产生了微微的好感,尽管这样巨大的疲惫感同样非常危险。

"这个受伤的人是谁?你为什么把他带到这里来?"

"受伤的人?"

"你知道的,"我说,"很多事情我都猜得到。有一天,你跟我说:'你想得太多了。'这话也许不是你说的,但你曾经给过我相似的评价。我不觉得自己想得太多。可有时候,我确实觉得某些地方太过了。即使是我没有在思考的时候,我也想得太多了。当然,也许这个'太多'是对你而言的。"

他粗鲁地看着我,筋疲力尽,面无表情。

"你看上去很累,"我说。

"你是想说,我们聊聊天吧,还是有什么事要告诉我?"

我坐在沙发上,看着这个房间,它和我上次来的时候已经非常不同,全部重新粉刷过,家具高档。

"我一进来就注意到了一些改变。这些改变我不在意,表现得好像它们和我没有关系一样。但我同样可以把它们纳入考虑。"

"改变,什么改变?"

"没什么。但我还是要告诉你,即使我闭上眼睛,即使我看上去好像弄错了一些事情,比如说把你当成其他人,严肃地看待这个误会也将会是一个错误。不论我做什么,我都知道你是谁。"

"你什么意思?你在说什么?"

"我刚刚在街上散步,想看看不同的脸。也许你觉得幼稚,但观看行人在我看来挺有意思的。而且,大家都是这样,所有人都喜欢看,他们互相注视,真是激动人心。不过,当我到了小广场,看到某个人的时候,我突然想,如果你这时在街上,我刚刚遇到的就是你,因为你和其他人一样,只是个行人。有那么几秒钟的时间,这种感觉强烈到我没有办法不去想它,我真的看见了你,不止是看见了,因为除了你之外,我谁也看不见。你为什么皱眉头?"

"你真的看见我了?"

"是的,我看见了。在那种情况下,不能叫看见。人们会看见一个行人吗?然而,你也只是一个行人。"

"这类事情经常发生在你身上吗?"

"偶尔。我要告诉你另一件事。一两年前,我和一个同事共用一间办公室,那个男孩颇受好评,做事勤快,但沉默寡言到夸张的程度。他整天整天地不和我说话,一句话都没有,只是跟我打个招呼,或是握一下手。久而久之,情况变得让人难以忍受。我没法再见他,害怕自己会出手揍他。我想办法换办公室,上司问我为什么,我不能对他隐瞒,告诉他是因为我跟那个男孩合不来。后来我才知道,他也要求换办公室,而且理由和我的一样:我从来不跟他说话。你可以想象我当时有多惊讶。我脑中闪过一种想法:这不是真的,但它之所以发生,难道不是因为我和他是一样的,而且,怎么才能让他明白,我的沉默也许只是对他不说话的回应。"

"这是你编的吗?"

"不是……为什么这么问?不是编的,是我年轻时候发生的事。我看你添了些新家具。你不走了?"

"是的,不走了。"

"我原本以为这里只是你的一个临时落脚点,以为你需要经常换地方住。不过,你不再那么小心也正常。你是个怪人。"

我看了看他。

"你要知道,"我对他说,用尽了我对他微微的好感,"我对你来说是个陷阱。即使我什么都对你说了,也没用;我越是光明磊落,就越是在欺骗你:欺骗你的正是我的坦诚。"

他笑了起来,看在我眼里无礼而惹人讨厌。

"别替我操心,"他说,"你怎么会形成这样的观点?"

"我没有形成什么观点。我和所有人的想法一样。你之所以没有意识到这一点,也许是因为你是大家的敌人,因为你已经成了一个革新者,一个阴谋家。你知道的,在你的事情上我绝不会弄错。"我由着他靠近,"即使你不是这个人,"我抓住他的外套说道,"还会是……好吧,总之就只能是你。"

"你笑什么?"他恶狠狠地盯着我说。紧接着,他突然抓住我的手腕。"该结束了。你非常清楚我不是这个,也不是那个,我是你的医生。我照料你。你得信任我。"

我挣扎,他抓紧了我。

"你为什么假装把我当成另一个人?"他大声叫道,"你为什么提到改革,阴谋?"

我感觉他在发抖,我自己也一样,也在发抖。

"当心,"我喊道,"不要再过来了。"

他肯定想向我扑过来。可最终,他退向门边。我心想他会喊出来,他将要……

"就算你是医生,你希望这对我有什么影响呢? 你是,也不是。这些我都知道。这栋大楼完全可以成为一间诊所。那又会改变什么? 这很蠢。"

"好了,"他说,"我们讲和。"

"你这样执着于自己的角色,简直令人难以置信。你想要表现得符合自己的动作,言语。因为想要得到承认,你随便为了点什么事就毫不留情地训斥我。你像是要在墙上留下印记一样地靠在上面。在你的职业方面呢? 你无法忍受被解雇的事,无法忍受半途而废，你想要全身心投入，与它融为一体，不留空隙，从不占据别人的位置。你没有感觉到吗？这近乎荒谬。这就是我最初觉得反感，浑身起鸡皮疙瘩的原因。听着，我想做的绝不是伤害你，而是启发你。真的，这种不被当成别人的需要，这种愤怒的本能，因为你突然生气了，这种不愿被弄混的愤怒，你没料到它使你暴露了吗？即使你有另一副面孔，你的这张脸不过是个面具，谁都会认出你，那个不愿被当作随便某个人的你，那个绝望地留恋着自己的你，想要与众不同，想要成为特别的人，成为异类，一个没有规则的例外，一个无视并破坏规则的例外。你所有的动作都透露出阴谋的味道：就算现在这里有你违法的大量证据，仅仅是看着你，我知道的就要多出一千倍。哦，从我们第一次见面开始，我就仔细观察你，我不停地看你：你存在的方式，走路的方式，站着的方式，你身上违反法则的正是这一点，它是为了实施阴谋，为了谋反的绝望努力，努力，甚至不是努力，因为，你自己会突然发现，没有可能实现的阴谋，一切都已经消失，你是随便一个人，一个医生，你叫了起来：'我是你的医生，不要把我当成其他人'，结果，你的抗议当即再一次背叛了你，而这又是新的阴谋，阴谋的希望，一切重新开始。"

我突然觉得害怕，刚才做得太过了：他一动不动地待在房间中央，似乎对我不甚关心，我有种预感，他会杀了我。因此，当他转过神来，面向我的时候，我整个人都僵硬了。

"我们和解吧。"他重复道。

"为什么……为什么逼我这样说话？我不想伤害你。相反，我有时觉得有必要帮助你。开导你,诚实地向你说明:向别人说明没用,但是向你说明,我觉得自己得到了宽慰。之前,我没有遇见一个真正需要消除的无知,过多的认识使我不堪其扰。"

我们盯着对方看。

"你怎么到这儿来的?"我说,"这里有吸引力?还是你一时头晕?除非你的任务就只是监视我?"我仍然盯着他。"间谍很常见,这不是秘密。最好的公民需要感到自己是可疑的。要做的就是使他们不安:让他们心绪不宁,但同时也守护他们。"

"如果我是间谍呢?"

"可惜你不是。所以,你打算做什么?你想和政府对抗,你想要……动摇它?"

"这使你害怕?这是犯罪,对吗?"

"不,不是犯罪,是谎言。它是没用的,不可能被实现,甚至愚蠢。"

"愚蠢?这词用得不错!"

"你没有把我的话当真。在你看来,我是病人,你对我的话的兴趣,只是和你对某种疾病症状的兴趣一样。是这样吗?"

"也许吧。可你自己呢,你有其他的看法吗?"

"不,我是病人,这我知道。是我的想法使我过度劳累:也就是说我什么都没想,却不能摆脱自己所想。"

"你有这种感觉?你真的觉得自己是个病人?"

"没错,我是病人。我的想法有疾病的味道。"

我们继续看着对方。他过来在我旁边坐下,坐在沙发上。

"究竟是什么想法？是什么让你坐立不安？"

"私事？"

"你有烦恼？也许我能帮你，你得信任我。"

"谢谢……但为什么是你？"

"我不知道。我有兴趣听你说。实际上，你让我印象深刻。"

"你讨好我不过是为了窥探我的秘密。当然，为什么不呢？我在很小的时候就离开了家里。在我七岁的时候，爸爸突然去世了。之后不久，妈妈再婚。当时，她有两个小孩子要抚养。她那么年轻（在很长的一段时间里，她一直保有非常年轻的面容），再婚是不可避免的。她嫁给了我爸爸的一个同事，人非常出色，位高权重。"

"你为什么离开家？"

"为什么？我是离家出走的。没错，我在某一天突然从家里消失了，是出于逞强，想要使我妹妹感到惊讶。你见过她的。我非常依恋她：她是个可怕的女孩，只按照自己的想法行事，狂热，倔强。她很奇怪。也不奇怪，她是从前的人。对了，你曾经跟我说过，你可能会连累我的继父？"

"你刚刚为什么突然笑了？"

"没什么；不论如何，这是我的故事。你对我妹妹怎么看？"

"你妹妹……她看上去对你非常忠诚。"

"没错，她看不起我；她恶毒又记仇。小时候，她会藏到衣橱，或是垃圾箱里，待上几个小时，希望自己闻起来发臭，和邋遢鬼一个样，那是她的理想。后来，她长大了，但她的理想始终没变。"

"这是什么行为啊！你没夸张吧？她为什么这么做？"

"我猜是为了惹恼我的母亲，为了惩罚她。或者，是因为腼腆，是出于对纯净的偏好。而这也是故事的一部分。"

"什么故事？"

"看看这个伤疤。她有一天朝我脑袋上扔了块砖。为什么？因为事情就该是这样，我应该带着这个印记。她总喜欢说谎。从很小的时候开始，她就钻来爬去，四处窥探。你见过她的，她个子很小，黑发棕肤，样子难看。每次妈妈以为只有她自己一个人，或是跟其他某个人在一起的时候，这个黑团子都在，在某个角落，或是桌子底下窥伺她。怎么让她改呢？她追求惩罚，最希望得到的就是它。"

"你是因为她才离家出走的？"

"不是。她瞧不起我，但是，她的眼里只有我。我离开是为了让她知道，我是可以做成大事的。此外，也可能是因为我的父母，他们希望让我远离这种不良影响。简单来说，我的部分青年时光是在乡下度过的。这些不重要。"

"但你不是刚回家住了一段时间吗？你们现在和好了？"

"是的，和好了：这些事情我都释怀了。"

他神色忧郁地看了看我。天已经黑了。

"你觉得我的故事没什么意思？你已经猜出来了，这正是无趣本身。听我说，"我突然接着说道，"很多情况都在重复出现，这一点不容置疑。它们一再重复：昨天，今天，从前。它们反复出现，从宇宙诞生之时而来，发生了一次，十次，尽管细节有所变化，但都是同样的事件。你不觉得奇怪吗？"

"你为什么发抖？这是什么意思？"

"就是说……现在，你更专心地听我说话了！你在伺机而动。你认识我的家人？"

"当然了，报纸上有你继父的名字。"

"你有没有意识到他完全是属于社会上层的第一流人物？不停工作，掌控一切，无处不在：他不像是单个的人，而像是一大群人，不止数量多，还不自负，几近谦逊。我妹妹非常讨厌他。"

"那你呢？"

"我，我没有。"

"你完全不怨恨他？他夺走了你爸爸的位置？"

"没错，我爸爸。你知道吗，我对他不是很熟悉，几乎已经不记得他了。他和你很像，高大强壮，但要更严肃一些，相当威严：你明白吗？"

"我明白。不管怎么说，你说到他时显得非常崇拜。其实，你挺为自己的家人感到骄傲的。"

"完全没有，"我激动地说道，"对我来说，他们不过是些虚有其表的人，我不怎么会想到他们。我感觉，他们还没有准确地认识到自己是谁：他们还在等。而我，我和他们一起等。"

"他们在等什么？"

"由我决定，也许。想想看：整个历史中的所有事件都围绕在我们周围，就像死去的人一样。它们从末日倒流回今天，当然存在过，但不是完完全全的存在：最初出现的时候，它们只是一些荒诞难懂的草图，一些残酷的梦想，只是一个预言。我们经历了这些，但是并不理解。可现在呢？现在，它们将真正地存在，在这一刻，一切重新出现，在光明和真理之中显露出来。"

"可你的家人呢？"

"只是空洞的身份。每次看露易丝，我看到的并不是她，而是她背后那些越来越远的人脸，有些很熟，有些不认识，他们如她的影子一般相继出现。这就是为什么我觉得她烦，她连一秒钟的喘息时间也不给我，这是一个螺旋。至于妈妈，她甚至不能直视我，她对我关怀备至，处处留心，但从来不当面这么做。她就是如此的害怕，害怕自己的目光会在我的背后唤出一张可怕的脸孔，一个她不该看到的模糊记忆。好好听我说：正朝我们走来的，朝我走来的是有史以来最为黑暗的血色恐怖，是大地最为严重的震动；不少书上谈到这件事，但我没有必要去读它们，我都知道。所有这些故事都待在后面，没有丝毫进展，令人厌恶，它们在等待：等我将会做的事，以便通过我的生命来彰显自身。没有人，听好了，还没有人知道它们会变成什么样，因为它们从未真正发生过，而只是梦一般的首次尝试，在一个又一个的世纪里不断探索，不断重新开始，直到今天别人才让它们真正得以完成。现在，我们将明白这些可怕事情的真相，这个古老的存在这么长时间以来悬而未决，在我们家里腐烂，把屋子弄得发臭，现在，它将展现出自己本来的面目，将根据法则，一劳永逸地得到解决，得到审判。"

过了一会儿，我见他起身走动。他沉默着从书桌前走过，在沙发旁边踱来踱去。突然，他的脚步变重，双脚锤子一般强有力地撞击地板。很快,他的脚步声又变得轻柔悦耳,渐渐地模糊了。

"困恼你的就是这类观点?"

"这些不是观点。"我听着他的双脚连续撞击地板,又突然没了声响,一片死寂。"你一直有失眠的毛病吗?"

"是的,偶尔。你对我应该更加坦诚:你在酝酿什么事吗?"

"你指什么事?你以为我有成见,以为我是个着了魔的人?你在观察我的行为?你错了:我没发烧,也没有妄想症,我没病。而且,我完全没有坦诚的意愿。"

"你刚刚不是说觉得自己是病人吗?"

"没错,是这样。当你听我说话的时候,我是病人。我说的话在传向你的时候,也是传向疾病,正是通过疾病,它们才到达你那里。否则,你甚至不会听到它们,不会注意它们,或者它们会欺骗你更多。你不还是医生吗?所以我也必须病着。眼下,我们之间的关系就是这样。"

他走了几步,然后笑了出来。

"你真是令人厌烦,"他一面说一面继续走。

他又笑了,那笑容让人觉得羞辱难堪。我听见他慢慢走开了,用他全部的重量碾碎了成千上万个小扇贝,发出无数生动、受惊的声音,接着他又走了回来,并没有注意到这些扇贝,而是慢慢地走到房间深处。他又一次走开了,卷起大片沙尘。我想,他在失眠的时候也会这样来回踱步,试图在自己麻痹的血液之中唤起睡意,却不成功。

"我想你已经听说了,"他说,"这栋大楼将被改造成门诊所。

我们已经占用了最下面的两层。其他楼层将会用作接待中心,收留附近不得不离家的和生了病的居民。所以,你不能再住在这儿了。"

"你说真的?"

"无论如何,你得离开。这儿不是你待的地方,卫生条件太差,随时会发生令人不快的事情。"

"大楼要被征用了?"

"也许。已经是情势所迫。"

我听他说话听到难受,甚至觉得大腿一阵阵剧痛。

"门诊所?可是,如果是要改成门诊所的话,我为什么不留下呢?我是病人啊,我就在这儿接受治疗。"

我听见他又笑了。

"我们会接收其他病人,一些特殊的病人。你要知道,亨利·左尔格,你是统治阶级的一员,现实情况和你想的正相反,外面并不是一切都好。你在街上散步时的所见让你觉得高兴,觉得安慰。你进到别人家里,遇到的所有人都使你觉得他们心满意足,都是好市民,好工人,富有公德心,偶尔有几个穷的,也还算得上富有。而我呢,我不去别人家里,也不在街上散步。我去地下,在那里,我遇见的是另一种完全不同的人,他们与外界隔绝,跌入一个屈辱羞耻的地带,把这份羞辱变成他们的骄傲,他们跌出正式的生活范围之外。为了不回到那里去,他们宁愿游离在生活之外,没有名字,没有阳光,没有权利。对他们来说,你眼中的正义之光是地狱深渊,于你而言的自由是他们的监狱。他们既不忠心,也不勤快,人也不好,他们没有公民意识,不为任何人付出任何东西,也不会像你一样,说话经常重复:'哈！我想帮助你,我想开导你。'他们追求的不是富有,而是贫穷与罪恶,这一点与你相反。可出于你的诡诈和统治意识,你连这些也试图从他们那里夺走。你想不想知道我为什么对你的情况感兴趣,为什么我最终花了这么多时间在一个心满意足,话又多的人身上？因为你的名字？也许是吧。但最主要的原因是,你是如此地依附于这个世界,以至于即使是在你的思想变得彻底不合常理时候,它们仍然受到这个世界的影响,反映出它,也捍卫它。就连你的病也试图让我知道这一点。没错,你让我知道了这一点。令人印象深刻,一切都值得了。"

他继续走动,那步子让我痛不欲生。

"你是满意了,"他说,"但你的满足,很多人没有。"

"但它不是从我这儿来的！这是普遍的满足！在我喘息之间,当我放眼望去的时候,它随处可见。它就在这个房间里,我感觉得到,而且难以摆脱,每一个毛孔都感受到它的入侵。即使是在事情不顺的时候,我也感觉它像光环一样围绕在祸事周围,从未离开我,它存在于你的言语之中,就像在我的言语中一样。如果你没有失去理智,你会知道它就在那儿,正暗中观察着我们。"

"够了,"他叫道。

"你说你穷,你什么都不付出？那你现在在做什么？我在黑暗中看见你正往前走,领着我往前走,我知道所有关于你的事,你在我眼里是透明的；无论在哪个方面,我都理解你,明白你,而且解释你的人正是你自己。因为你,这个夜晚变得明亮,难以置信的明亮。你启发的我,把我变成好公民,不停地把我往正道上引。这个你怎么说？难道不是一件怪事？"

"够了,"他叫道。

"没错,我是满意的。但这份满足十分难得,并不普通。我不禁觉得自己高尚而真实。我不过是个没用的人,的确如此,只是一个没什么能力的毛头小伙子。不论如何,我只是个零,因为法则即是一切,而这就是我心满意足的原因。因为法则,我即是一切,我万分满足,对你来说也是一样,哪怕是你的想法相反的时候,尤其是因为你的想法相反。"

我突然发觉他已经开了灯。我继续结结巴巴地讲了一会儿:我还想说,我需要说话,或者写下来。我正要开口向他要张纸,他刚好示意要出去。我跟着他进到房间深处,一块红色厚地毯将那里与外面隔离开来。到了走道里,我们看见他公寓对面的门半开着,他推开门,大摇大摆地走了进去。

"可,"我说,"这不是那个年轻女人住的地方吗？"

"看看吧。"

他拧开电灯开关,强迫我进去。屋内混乱不堪,两间房中间的隔墙已经被敲掉,在我们面前的,是一个相当宽敞的单间。

"当这里和你房间相连的那面墙被推倒,"他说,"我们会有一个真正的大厅。"

"所以,她非走不可？"我畏畏缩缩地问。

这个想法占据了我的思想,未来在我的眼中从未如此灰暗。

五

我顺利地走了出来。气味开始蔓延到屋内,并不只是滞留在底层,它拾级而上,钻进了走道。到目前为止,我的房间还未受其扰,但我经常在自己的身上闻到它。街道自有它早晨捉摸不透的样子,那样子使人不由得相信,白天的它是被间隔的微弱路灯照亮的。警察们驻守在街角。地铁在两站之间缓缓停下,安安静静,有种属于机械的亲切,所有人一动不动,这时,我发现车厢里的人比平常多了四倍。没有一个人有所动作,我也没有;只有几张耀眼而冰冷的脸孔从静止不动的人群中凸显了出来,继而又消失在其中。灯光熄灭。透过玻璃窗望去,隧道仍然亮着,光线变化无常,有些危险,像是来自地下深处。接着,光线消失了。没有一个人说话,我也没有。黑色的拱顶仍然闪闪发亮,像是发热时的黑色皮肤。不一会儿,光亮消散了。列车缓缓驶入黑暗之中,安安静静,有种属于机械的迟缓。似乎没有一个人在呼吸,我也没有。

到了车站,我被人群拥着前进:沿着通道走,到了楼梯处,又到了外面,还是同一群人,依旧一动也不动,突然,他们一阵哆嗦,接着重新陷入静止的状态,随即又一次战栗发抖,没有往前走,却一直在前进,以至于街道立了起来,像是远远近近的城墙,不停被想要越过它们的人加高加固。到达这家店的时候,我没有一丝惊讶,因为一路上,我已经隐约知道了人群将把我带向何处,他们耐心到有些沉闷,可以在窄巷里滞留几个小时,瞬间又激流一样涌向突然发现的目标,这一切都是为了到达耀眼的橱窗前,雾气也正往那儿涌。我走了进去,雾气也进去了,代替了一切。我倚在门上。"你发生了什么事?跌倒了吗?"我听到这些话从雾气后面传来,声音无形,但它本身是有形的,和我的声音完全不同,丰满而充满着渴望。啊!这声音太美了。接着,雾突然散了。房间彻底亮了起来。我看见她正站着,高大结实,像个健壮的农民。四周闪耀着几十张脸孔,他们的眼睛相同,全都从安静的豪华之所投来目光。收银台上,那些花儿仍旧盛开着,它们没法凋谢,对它们来说,时间仿佛从未流逝。

"地铁罢工,"我说,"我刚刚被人群困住了。我猜这会儿街上有人打起来了。"

我还是倚在门上,她也没有走近我,只是双眼毫无生气地盯着我的衣服看,大概是又脏又皱。

"你难受吗?"她问。

尽管她语气热情,但在这样的说话方式中,我找不到雾气之后的那种声音,那种无形,但它本身是有形的声音。这个声音充满善意,无可挑剔,但在任何地方都可以听到,我想不出自己为什么要走过去。我要静静地,耐心地看着她,我心里想。

"你为什么回来?你不应该再来这里。"

她转过身背对着我。我看了看她放松的肩膀,衬衫领子周围的红色刺绣。在她的脖子上,一些小斑点已经连成了一片。"别动,"我低声说。她转过身来,肯定被我苍白的脸色吓到了。

"你脸上一点血色也没有,"她一边说,一边把我推到沙发上坐下,"你要来点古龙水吗?"

她拿着小瓶子回来,用酒精棉擦拭我的脸。这时,有顾客走了进来,她爬到椅子上,向他们介绍一个相框,并把它取了下来,说话的声音热情周到,无可挑剔。回到收银台旁,她不慌不忙地俯身在本子上登记,动作一丝不苟完全准确,按部就班。她是一位出色的员工,对此我也感到高兴。

"你为什么搬出大楼?"

"那里太远了。"

"太远?这么说,你离开是因为你的工作?"

"是。我一直想要搬走,房子找了很久。"

"你现在住在哪里?"

"那边,"她一边说,一边模糊地指了一个方向。

她转身面向大门,像是要迎接另一个客人。她脖颈上的小斑点又重新出现,并且异常的自信:它们变大变长,视若无人地展示着自己,仿佛我不在场一样。"那是什么?"她说,"游行队伍吗?"她打开门。外面是络绎不绝的队伍,重型机车的马达发出的噪音让我为之一震。因为她站在门前,我在沙发上,除了雾和人群,什么也看不见。噪音使得整个店都有力地震动了起来，那股力量慢慢地开出了一条路，以此来触及最微小的东西，不容分说地控制了它们。"请把门关上！"我冲她嚷道。她已经走到了人行道上，这场面让她着迷；若能加入其中，她大概会愿意扔下一切不管。

"这是些大型军用汽车，"她说。她心不在焉地望向我。"这是一场大规模游行。"

她待在玻璃橱窗后面，不时地欢呼，说是警察鸣哨了。而当一辆尤其威武的车辆经过，使得玻璃窗和镜子震动的时候，兴奋之情使她伸长了脖子，和大家一起拍手鼓掌。"你听，"她突然转身说道，"是吗！"我站了起来，呼吸困难。"肯定有路障，"我说，没有走过去。

"你觉得好些了吗？"

她回到我身边，表情里仍有前一刻的愉快。她的脸颊熠熠生辉，整个人和自己的照片是如此地相像，以至于我感到心一紧。"我得和你谈谈，"我一边说，一边碰了碰她。我让她和自己保持一点距离，盯着她瞧，本来想看看……我不知道自己想看见什么，也许是她的脸，可结果满眼只是她的微笑与和蔼的神态。"看着我！"我不得不更加用力地抓住她，心中愤怒异常；由于一直抓着她，我慢慢觉得自己可以使她从这种所有人都有的表情背后显现出来，重新改造她。"你怎么了？疯了吗？喂，放开我。"她不停挣扎；她的裙子刚贴在我身上，她就开始拧我的手腕，可我几乎纹丝未动：是的，这确实是真的，并且这事有可能还会发生。"我必须这么做，"我说，"马上，马上。"她又打我。"求求你，不要在这里。

想想要是有警察……""是,"我说,"在店里。"但是,这些话似乎给了她力气,她一下挣脱开了。

我一动不动地待着,一边喘气,一边等待;她跑去了隔壁房间。过了一会儿,我发现她在照镜子。

"原谅我,求求你。我刚刚简直像个魔鬼。"

她没有直接跟我说话,而是在镜子前面稍稍抬起了手腕,像是要给我看那微微肿起来的地方。

"很疼吗?"

"你差点把我的胳膊给拧断了,"她说,语气尖酸,却有着和好的意味。

这时,我在镜子里看到了自己的脸,就在她的脸后面;我们这样看着对方,有一分钟的时间。"啊!"她叫了起来。在她拉我走的时候,这声尖叫仍然在我耳里,再次睁开眼的时候,我仍然听得到,是它使我清醒了过来。我此时正坐在杂物间的沙发上,这里经过彻底的改造,已经焕然一新,现在看上去,像是一个非常漂亮的卧室。

"你住在这里?"

"你吓到我了,"她说,"这事太突然了。我还以为你是病发了……你不是癫痫发作吧?"

"不是,我没什么。我这是生气,缺氧。你能开下窗吗?我只会给你添麻烦,"看着她为了够着窗扇而移来一张桌子,我说。

"确实,你一来总没好事。"

因为有人按门铃,她走了出去。当她回来的时候,我正起身准备离开,但还没站稳。"如果你还需要再休息一会儿……"她做了个手势,像是在说:既然你都在这儿了,那就留下吧。"我要回店里去,"她补充道,"理智点,安静待着。"她走进过道,又折了回来。

"需不需要帮你叫辆车,送你回家?你不该出来的。这些天是不是生病了?"

"你真好。不用了,我没有生病;只是心绪不宁。过一会儿就好。"

"你的眼睛都烧红了,"她一边说,一边走了过来,饶有兴趣地仔细看了看我。"你知道的,现在疾病肆虐,尤其是在你那一带。你现在这样也许是因为疫苗。你接种疫苗了吗?"我做了个手势,表示没有。"他们没给你打针?但是,所有人都得打的呀,你身上有传染病的症状!这一周以来,他们采取了最严格的措施,群众都接到了警告。医生没去你们单位?你没有接受检查?"

"我最近没去上班。"

"为什么?这可怎么办才好。你在出汗,瞳孔也变大了。"她近距离地看着我,说道,"你的眼睛里简直像被挖了个洞。报纸上提到过这种症状。也许,最好通知一下……你的家人。"

"我的家人?"

四目对视;她的手抬到喉咙处,开始拨弄项坠。

"对啊,"她表情奇怪地看着项坠说,"你不是跟我提过你的家人,你的妹妹吗?"

"我妹妹并不比其他的家人更关心我。我跟她闹翻了,以后不打算再见她。算了吧,如果我的身体真的出了问题,我就在我们大楼接受治疗,他们要把那里改造成门诊所。这件事你不知道?"

"那里就是个垃圾场,"她说得激动,脸一下子凑到了我面前,"里面都被传染了。你忘记七楼的那个女孩了? 忘了她是怎么死的? 我敢肯定,那传染病已经到处都是了。"

"不,我不知道她已经死了。"

我重新坐回沙发上;她还是在离我不远处站着。

"她是怎么死的?"

"医生是在她死后才到的。半夜里,她前脚刚咽气,医生后脚就到了,运走了尸体。第二天,整层楼的居民都被疏散了。"

"她的死因是什么?"

她没有回答。我看见的只是她粗壮的腰身和一动不动、垂在空中的手。

"你愿意去通知我的家人?"

"是的,我可以去做,"她小声说道。"我觉得这样更妥当,能让我放心。"

我看了看她,笑了起来。

"你人真好!"

"这让你觉得可笑?"

"没错,为什么你还是关心我? 在我身上发生的事有什么让你感兴趣的? 你并没有照料我的责任?"

她耸了耸肩。

"啊,你真让人受不了。"她一边说,一边走开了。

"拜托……"

我的呼喊声传到她那里已经过了很久,她似乎还继续往前走了一步。我看见她的肩膀安定下来,出人意料地一动也不动地等待,接着停止了等待,变厚变重,形成一股巨大的消极情绪,感染了空气,感染了我,感染了一切。我的手轻轻碰了碰她,沿着袖子的缝线往下,绕过手腕,搜寻轻触,突然摸到了凸起的刺绣:它缠缠绕绕,嵌在衣服上,轮到我的皮肤变得和衣料一样又粗又厚。我听到她低声说了点什么,接着声音变大,我睁开眼睛,一看见她,立刻认出了照片中的那张脸,那张纸上光彩照人的脸孔。"什么?"她说。我抓住她摇晃,想要看她从她自己,也从我这儿挣脱开去,改头换面,变得不一样。她跌倒在地,大发雷霆,整个儿疯了;她抓着我,把我往后推,但突然又把我紧紧地箍在自己的铁臂之间。这个接触,比木地板更加干燥生硬;这呼吸,和我的呼吸混在一起,弄得我上气不接下气;这片混乱,从我而来,把一具和我一样的身体压向我。所有这些沐浴在透过窗子射进屋内越来越亮的光线之中,就像阳光一直等着这一刻升起,好让我措手不及。我看见并感受到了一切:没有活力,和她一样感到愤怒;没有眼泪,我是她的抽搐和呜咽,我吸收,我饮下对自己的虚假仇恨,直到觉得恶心的地步,这个虚假的,力图变得亲密的奇怪之处。突然,她吓得脸都变了样,睁开了眼睛。我怀里的是什么?是另一个人,另一个生命,是对虚无的告别?总是同样明显的表情,什么都没有改变。我在地板上站着,而她则像是钻过圆环一样钻过空气,落到沙发上。没过一会儿,她就从我眼中消失了。可我重新睁开眼睛时看到的却是她并没有动;她的手掌在脸上慢慢摩擦,她时不时仍看我一眼,眼神呆滞。她机械地拿起电话,拨通了一个号码。

"你做什么?"我急忙说道,"你要通知谁?"

"我很同情你。我不能让你这样在街上乱跑。"

虽然这么说,她还是放下了电话。

"你想给谁打电话?你怎么会知道这个号码?"

"你知不知道自己彻底疯了?别再干这种事,"她提高了音量说道,"不要用这种神情……这种发狂的神情看着我。"

我听得目瞪口呆。

"啊!"我说,"我看你会让你觉得不舒服,是吗?你也感觉到了?太可怕了,我没办法克制自己。"

她继续用那种被她称作发狂的神情看着我。

"我刚刚发现,我们很像。我们像得出奇,像得荒唐,甚至于会被弄混。我们是同一个人。而你也察觉到了这一点。我的目光让你不舒服,是因为那是你自己的目光:是你在看你自己。"

"闭嘴,"她低声说道。

"就是这样,你不能怪我。我们应当合二为一。如果我们被区别开来,也只会是通过狡猾的手段,可恶的诡计,但我们两人之间总有转瞬即逝的相同点在流动,它使我的存在变成错误的,使你的存在变成无效的。这就是为什么我不能碰你。"

"闭嘴。"

"我得说,我难受。这不是什么秘密,仿佛我们都太了解对方了,像是已经在一起生活了几千年,很长一段时间,在这段时间里,平平静静,没有意外,没有颠簸,它一点点地消除了我们之间的距离。我们太过亲近。"

"你别说了!"她叫道,"我们完全不同。我和你没有共同之处,一丁点儿也没有。"

"有的,我们长得像,我们的想法一样。有你在,我是不存在的,我存在了两次。"

"我们的脸……"

"对,我们的脸。这是最糟糕的,简直不能忍受。来吧。"

我把她拖进工作间,推了她一把,她的脸突然出现在镜子里,就在我的脸旁边,我们俩的脑袋挨在一起,她正盯着我的眼睛看,目光变得局促不安。慢慢地,相似之处出现在我们面前的这个世界里,出现在一个无法解释的存在的平静之中,占领了它,显示出自己的存在,骄傲地占据着统治和支配地位。看到她惊慌的表情,我知道她也看出了这个相似处,明白了这个相似处,没法摆脱它,从此以后,她将会一直被它纠缠,就像挥之不去的法则一样。

她慢慢地用双手捂住脸,就这样看不见地走到商店里。我还是紧挨着她。她抬起头,表情平静地看着我;眼泪使她的眼睛更加和善与平静;眼泪笼罩着她的眼睛,慢慢地淹没了它;泪水夺眶而出,却没有流下。当眼泪开始滚落,我离开了。

在广场上，我想投身于人群之中。还有很多人还在等，他们形成了一些小群体，都是随机组成的，我只是从中间走过，他们就散开了。正午的阳光升了起来，但是，但这个正午的深处仍是黑暗。汽车缓缓驶过。一辆公共汽车在树旁停了下来，所有小群体里的人于是紧凑地排成了一列，依次前进。查票员站在踏脚板上，开始大声喊叫：每叫一次，就有一个人被点到，被选定；剩下的人暂时委托他代替自己离开。等待再次开始。有个男人时不时地看我一眼，他带着棕色鸭舌帽，上衣的纽扣一丝不苟地扣到最上面一颗。他的制服让我觉得他是个在市政厅里跑腿的人。"我等了有半小时了，"他对我说，"我肯定没时间回家了。不，这可不行。"我点头表示同意。"我这些天没看见你。你生病了吗？""我在休假。""现在这种时候，不来上班的人很多。"又一辆公共汽车在混合着焦油气味的哐当声中停了下来，所有乘客都被请下了车，他们组成了第二支队伍，和我们的平行，这下引起了大家的抗议，警察玩笑着回应道：这不关他们的事。我觉得自己听见有人低声说了一个词，它从远古而来，吓得我不知所措：破坏。我没有转头，不敢看任何人，这个词一说出来，我尤其不敢，不论他是谁，这个怀疑一切的控告之声，它是如此压抑自己，以至于大家几乎不可能一起听见它。破坏，破坏。是我的声音？听见自己的声音重复这个不体面的词，我动弹不得。这是可耻的行为，是耻辱。事情是怎么发生的呢？它是以谁的名义，又是对谁说的呢？是作为法则的同谋？是它的检举者？是它的刽子手？"好啦，安静！"警察说，但他维护秩序的呼喊相当无力。警察对这含糊不清的声音无能为力,他自己也可能抵挡不住。我周围出现了一块空地,大家肯定是往后退了,他们不看我,他们没有权利这么做,他们怯怯地等着,仿佛每个人都可能有罪。怎么办?去哪儿?"嗨,等等。"某个人冲我叫道。我用手肘撞开他,他笔直地倒向后面的人;我看着这个愚蠢的拦路人,看着这不愿妥协的原则。"行了,冷静点,"警察说。"待会儿你也会这样的。"同事发自内心地说,碰了碰我的手肘,一脸的默契,但同时也向他后面的人递了个眼神。啊!这副好男孩的表情,我认得:从接待员到最高级的官员,我们都是这样,宽容,清楚一切,使一切变得明白,颠倒是非黑白,使最恶劣的违规行为变得合理。

我走了。走过一条又一条街,累得不行。快到家附近的时候,我撞上了警察设置的路障。到处都是警察,小型十字路口处有,咖啡馆对面有,广场周围也有。路人排成三列,面前是负责检查的警察,坐在露天桌子后面,他们查看这些人,听他们说的话,最后做出决定。我明白,原则上来说,只有他们有权对这一带的居民放行;我以为这个手续对我来说不是问题。检查员看了看我,又看了看我的证书。"是个公务员。"他一边说,一边把证件递给他的同事。他们两人都和我们穿得差不多,说话语气波澜不惊,内容听起来也没什么大不了的,但足以令我惊诧不已。"你的证件为什么没有盖章?"他动手拧我的证件,像是想通过这个动作,把它变成没有价值的纸板。突然,他注意到了我的沉默。"好吧,"他说,"你在市政厅工作,亨利·左尔格,24岁,住在……,为什么你的证件上没有盖章?"隔壁桌的另一个检查员听见了,过来看我们,暂停了他手上的工作,以至于现场变得更加的沉默。跟我说话的那个人礼貌地提高了音量,向我解释说,这一区的所有居民都收到了命令,要在四天之内接种疫苗,昨天是最后期限,而作为公务员,我应该接受了市政厅的医疗服务,在这种情况下……他转向他的同事,脸上带着询问的表情。"确实是,"那人说,"这种情况下,你的证件上应该盖上确认章:就在这儿,看到了吗?"他把地方指给我看。"我病了,这几天没去上班。""搞什么!"他用警察的口吻说,"你哑巴啊?""我病了,这几天没去上班。"他看着我的神情十分冷淡,使我明白打动他的方法,只剩下精神对话,他的目光像尘埃,夏天的尘埃。"你为什么不愿意回答问题?"另一个警察和和气气地问我。但是,隔壁那一桌有人在叫他,我失去了他的帮助。"我们要核查你的身份。等结果的这段时间,我们会把你带到警察局去。"

在大厅里,我一个人也不认识,空气中流动着一股冰冷的烟味。我只看见自己旁边坐着一个人,警察递给他一个包裹,里面装着面包和奶酪。那人偷偷地给了我一大块面包。"生意人?工程师?老师?"他低声问,没有看我,急急忙忙地撕着面包。而这时的我心里担忧,肚子也饿,这种感觉让我一阵阵头晕。"我是看门人,"他说。警察从我们身边经过,看了我一眼之后,喊一个男孩过来,那个瘦瘦的男孩衣服皱巴巴的,肯定非常年轻,正一个人坐在长凳上;他们两个都走了。这时,大厅里又进来了六个人,没戴帽子,也没穿上衣,冰雹般的警棍从外面落下,把他们逼到了角落,困在那里,倒下之后,他们要么蜷缩成一团,要么直挺挺地躺在哪里。"我好像违反了装修规定,"看门人突然转过来说,"有几间带家具的出租房。房客换了一批又一批,但都是按规矩弄的。主管昨天被逮捕了,他还算经验丰富,手下有五十来个大楼。你不吃吗?"他飞快地将我手里的面包夺了过去,又同另一个人说话。过了一会儿,我注意到他被人带走了,几乎就在同时,我也被警长叫了进去。

"你们那栋大楼真是一个诺亚方舟,"他口气愉悦地对看门人说,"这是你的证件,左尔格先生,"他一边说一边打量我,像是要为了自己的利益,把我的样子刻在脑海里。

看门人红着脸朝我递了个眼色,也许是为了让我知道,他的问题解决了。我在门边看见了诊所里的一个小职员。门外,人们都各忙各的。

与早晨相比,雾变薄了,却更加潮湿,我得以暂时摆脱了警察局里污浊的空气,尽管在我看来,外面的空气也是它的延续,以至于我在街上也能感受到它,甚至觉得它和我们一同走了出来。到了市场上,雾气以云的形态出现在我们下面,这云来自贫困街区的商店,它是如此浓密,以至于深入其间,像是去往一个极其耀眼、真实的地方。市场空荡荡的。狭窄的街道静静地延伸向雾里,商贩们站在各自摊位后面,习惯于用尖锐的,有时甚至是威胁的声音来招揽顾客。小商店都关了门。小巷里突然蹦出一个小鬼头,沿着人行道往下冲,他的脚上穿着木底鞋,走起路来吱吱作响。稍远处,我看见一个女人一动不动地待在商店旁边,背靠百叶窗,身上套着一件大大的围裙,手放在兜里。又有两个女人从我们面前经过,她们突然推开了一扇门,接着便消失不见了。街上似乎热闹了起来。到了一家咖啡馆门前,我的同伴停下了脚步。这家咖啡馆的玻璃窗上贴着一张大幅政府公告,我的同伴吹着口哨晃了晃门,里面没有任何回应。我们又走了几步,来到另一扇门前,微微打开,发现门后是一条走道。我在这条走道的尽头看见了女人,油灯照亮了她们。"有烟吗?"我的同伴问她们。她们把手伸进一个大袋子里,慢慢把几大块肉举到了齐眼高的位置。我的同伴骂了几句。我们越走,街上的人越多。一些商贩在人行道上就拦下路人,强迫他们看自己包里的东西。大家擦肩而过,闻得到彼此的气味。卖东西的和买东西的一样,都只是短暂地从雾里走出来,很快又消失在其中,速度之快,以至于路人每走一步,都感觉是在被同一个抓不住的人纠缠,这人总是问同样的事,推销同样的东西,甚至不等回答。街的那一头,五六个警察围在路灯下,背对秘密市场,看着面前人行道上经过的女人。他们在看,但是因为雾气的关系,也许看不清。只有微弱的灯光使得大家在较远的地方能够看见他们,一动不动,人也冻僵了,却始终忠于自己的职责,这份职责像遥远暗礁上的灯塔一样,发光发亮。为了快点到家,我们选择走拉瓦尔街。在这条街上,所有的房屋都似乎已经人去楼空了,公共洗衣池被废弃,水流也已经干涸。空气变得异常寒冷,肩膀的感受比嘴巴更明显。我的同伴几乎是在跑。

终于到了大楼,我如释重负,别无所求,只想躲在自己的房间,为此甚至愿意不惜一切代价。但是,当我看到大厅挤满了人,心里的满足感立刻就消失了;总共有十来个人,有些在看门人从前的房间里,有些在台阶上,有些在楼上。而且,这里的气味对我来说也难以忍受。它穿过了我家的大门,我在墙后也能闻到它,多么可耻的事!它就像是集合的信号,预谋着盲目的暴力。我该开窗吗?外面的雾气正水煤气一样地升起。晚上,我有时会听见走道里有来来往往的脚步声,气喘吁吁的呼吸声;墙的另一边,有人在走动,在挪家具。我躺了下来,被子上有股劣质消毒水的气味,苯酚的气味。恶心的感觉慢慢袭来,满屋子都是,我觉得冷。这病会有些什么症状?类似于斑疹伤寒症?我想写点东西,把稿纸拿了出来,放在桌上,但突然之间,灯光开始减弱,直到变成了一条细长的红色光线。楼上楼下所有地方的人都停下了,不再走动。墙的另一边,一点动静都没了。彻彻底底的黑暗。突然,一声尖叫响起!它就是从这一带发出的,在街道旁边。我掀了被子。听见从同一个地方连续传来几声闷响,像是没有成功的爆炸。空气似乎变得更加呛人了。就在这时,一大片闪光在我面前出现。就在离我两步远的地方,出现了一道微弱冰冷的光亮,比火更可怕,没错,它是火的图样。我盯着它看,慢慢朝它走了过去,它一直在抵抗,最后黏在了玻璃窗上。远处,树后面出现了一大片阴影,蔓延至黑夜,即使是它最黑暗的地方。窗户开着,火在静静地燃烧,开始烧得噼啪作响,仿佛有人为了保持火势,定时折断细枝补充。我们窗前一个人也没有,没有吵闹声。也没有风。有的只是沉重的凝滞,只是使自己感到窒息的笨拙夏天。等着报警器响起纯属白费力气。如果我真觉得听到了,那也像是一个遥远的记忆,回音的回音。救援队肯定在别处正忙。但这里也有人叫救火吗？也许，看到这场灾祸的只有我一人，也许，这已经太多了，观看是被禁止的。我紧紧抓住栏杆。树木上方开始出现较大的白色薄片，垃圾朝房屋这边涌来。噼噼啪啪的声音不时变大，像是石头爆炸的声音。所有东西像是要一下烧起来，火势愈演愈烈，十分危险，挑战着每一个人。但慢慢地，嗡嗡声又回来了；火势变得只是一个转动的线圈，不急也不停，耐心而迟钝。该怎么承受？它独自在燃烧。

我一动不动地床上坐了几个小时。房间渐渐被照得通亮，我还以为火烧到了房间里。没过多久我就看见了日光，扰人而耀眼的炙热阳光。这个误会使我感到极度的不安，我强烈感觉到自己必须行动，我要离开，随便去哪里。最终，我想到了与自己仅有一墙之隔的邻居，他现在……死亡的记忆。如果我现在立刻跑到那间公寓里去，我肯定能再次见到她，一切也都会没事。我如此确定地推开了她的房门，结果一进去，却发现自己面前的是个正在喝东西的男人，他一边喝，一边越过碗看我。这个乱糟糟的房间，只要我离开，就能和我自己的房间弄混，我突然意识到，自己来这里要见的人正是他。我心中的不安只是更加强烈。这房间几乎没怎么收拾，地上仍然满是碎石，铁架床的各个部分被堆在墙角。贴墙睡着的那人病得变了形，样子令人嫌恶；胡子头发杂乱无章，而且，这皮肤：啊！他肯定病得不轻；我觉得自己简直是疯了，居然会进来。

"我的身体需要喝茶，"他说，"每天晚上，只要我起得来，我都会走路喝茶。走一会儿之后，我就钻到被窝里出汗，然后再喝。

喝完再走。"

他把壶里的茶倒了些到自己碗里。

"你发烧了?"

"是的。这可是个狡猾的病! 起初来得虽然猛,但持续的时间不长;之后病势虽然减弱,但持续的时间会变长。再然后,这低烧就不退了。我叫多特,"他补充道。

多特? 我看着他,感觉自己不仅知道他的名字,也认识这张脸。他也像座雕像,但是个憔悴的雕像。我这时才惊恐地发现,他的脸肿得有多么厉害。

"你为什么想来看我?"他说,"我很累。"

"对不起,我这就走。我完全是不小心进来的。"

"你就是在政府部门工作的那个人?"

"是的,我住在隔壁。"

我感到局促不安,耐心全无,抬脚准备走。我本来有一千件事想做,一百个不同的地方想去,比如写东西,让他说话,再详尽地记录下他的话,我的话,此时此刻发生的事,这个房间,所有事情在我眼里都十分清楚,清楚得可怕,没有一丝暧昧,我写下来(同时还有外面发生的一切)。这就好像我亲历了整个故事。我觉得自己喘不上气来,试着打开窗户。"别开,"他叫道,"我浑身是汗。"他在发抖,似乎即将发病。"你不舒服? 需要我叫人吗?"他大声地喘了几口气。

"你为什么总在这个房间周围打转? 进进出出的。"

"冷静点。我来得是有些突然。但几个星期以前,这里住着的是我的一个朋友。我是无意之中进来的。"

"你昨天晚上为什么来?"

"昨天晚上?"

"没错,你突然闯了进来,窥伺我,盯着我看。"

"我没有窥伺任何人,我不认识你。只是听布克斯跟我提过一次你的名字。"

"我当时被一块石头压着,受了伤。正当我试着站起来的时候,你过来坐在这石头上,给我建议。"

"很抱歉,我的突然出现似乎让你烧得更厉害了。但这纯属意外。我对你完全没有恶意。至于昨天晚上……"

"昨天晚上也一样,你来去如风。如果你好奇我的病,我可以向你保证,它只和我一个人有关。"

"为什么你的病……我真的从来没这么想。你究竟想说什么?"

"你是受过教育的人,"他说道,语气稍微平静了一些。"我觉得你不会被发烧的情况吓住。可是,病人确实成打的来。以现在的情况来看,这可能会是个需要担心的问题。"

"你是说传染病开始流行?"

"传染病?"他挺直了身子说道,"你说这个词的时候,语气似乎很肯定。你难道不这么想? 还是不把它当回事?"

"我不知道。"

"你为什么笑? 你知道些什么? 因为这该死的发烧,我被彻底地隔离了起来。我几乎起不来床。没错,我是跟你说过,我会走路散步。这是真的,确定发生过,但那是从前。现在,我只能坐在床上,就像你看到的这样。"

我惊恐地看着他试图掀开被子,翻身把悬在床外的腿落下。他的动作几乎像是个瘫痪的人。但同时,他翻身的时候相当敏捷,考虑到他的体重和个子,这表示他仍然很有力气,相当灵活。

"我瘦了,"他一边说,一边紧紧抓住自己的腿。但是,与他所说的相反,这双腿在我眼里胖得过分,肿得变了形。"你觉得我的情况很糟? 把你的想法坦白告诉我,"他抬头看着我说。

"你最好躺下。刚才你还浑身是汗。我都觉得有些冷了。来,躺回去吧。"

"你冷吗? 这么大的太阳,天气可是相当的热。也许你身体出了问题。其实,你……你为什么在这里?"

"我也许很快就要走了。"我厌恶地看着他把脚放在地上又抬起来,放在稍远的地方,在地板上留下一串湿湿的脚印,这么做似乎让他很开心,仿佛真的在散步一样。"你接种疫苗了吗?"我突然问他。

"疫苗? 没有,你为什么这么问?"

"不是所有人都要接种疫苗的吗! 什么鬼地方! 还说是门诊所! 我就知道是这样,不该对这个到处是疯子的地方有什么期待。"

"什么? 你为什么生气?"

"你是布克斯的朋友?"

"是,他是我的同事。可你似乎是真的生气了。"

"这栋大楼里的人说话太夸张了。你也许不知道,卫生部门为庇护群众而制定了一个总方案。所有人都在其中发挥着作用，每个街角都有警察，他们会拦下你，既不耽搁，也不忽略任何一个人。而在这个特地改建成特殊机构的地方，因为是处在疾病的中心，大家不把这些规定的措施放在眼里，不遵守时间期限。他们只是把人堆在这里。"

"其实，我听说过这个疫苗。和其他地方一样，这里的人肯定也考虑过它。但这座大楼已经收容了过多的人，而且缺乏组织。看看这个房间。但是，你叫得真大声！你好像在害怕什么东西。"他停了下来，试图把被子拉到膝盖上，结果只是弄乱了床铺。"没错，我开始觉得冷了，"他声音嘶哑地说，"总之，关于这病的消息，你也很重视。你觉得情况真的有那么糟吗？"

"我什么都不知道。我不是专家。我唯一知道的就是，整体措施已经制定，而公众的利益要求将它们付诸实施。"

"是的，情况确实不妙。你以为我已经接种疫苗了？"

"当然。"

"我想躺下来，帮我一把。"我走了过去，而他待着没动，眼睛盯着自己的一双大脚，那是真正的罗德岛巨像。"也许，我发烧的情况让接种疫苗变得不可能，或者太危险？"他战战兢兢地问，"我还以为，既然他们这么关心我，肯定会尽其所能地照顾我。这样的粗心大意解释不通，你说呢？这样的公共措施也许没有多大价值，它们只是吸引眼球，感兴趣的是没病的人。但是，肯定有别的事要为病人做。"

"你在巧妙地维护自己的朋友，"我说，尽管他说话的语速极慢,内容甚至有些不清不楚,在我看来相当笨拙。"你这么做我不意外,你眼界开阔。尽管如此,具体到你的情况,唯一合适的措施是立刻将你撤离。你现在这么虚弱,把你和其他这些病人放在一起,就是使你处于各种疾病的包围之中。"

"你什么意思?你像是在暗示什么。"他等了一会儿,"你是想让我明白,从他们把我留在这里的那一刻起,就意味着我已经……你听见有人这么说了?你认为我已经被传染了?"

"当然不是,我从来没说过这样的话。我不过是告诉你我的看法。"

"是,我知道,你是自愿给我建议。而且,你喜欢提问,你还监视我。好吧,你放心,我的病是有可疑的地方。看看这个。"

他解开衬衫,胸前不过一片杂乱的毛发,但它们给人的印象不是过剩,而是稀疏和贫乏。除此之外,我看不出任何异常。

"躺下吧。布克斯和我说过你发烧的事,其他什么也没有。你真幼稚。"

他朝衬衣里面看了看,眼红到近乎贪婪。

"你看见了。"他说话的声音变得神秘。他用手指沿着肋骨移动,指给我看,我不知道那是什么,也许是几条红痕。

"这是什么?"我问得有点太急了。

他一下子躺了下来,动作敏捷得让人讨厌。接着又把被子一直拉到下巴,仿佛害怕无意间把身体裸露在外,然后眼神挑衅地看了看我。

"它吓着你了?"他说,"可疑吗?"

我简直想扇他一巴掌。真是假惺惺！现在又一言不发，他是故意的。我已经完全没了耐心，生怕自己再也等不下去。

"所有这一切都是你自己想出来的，就像我昨天晚上的造访一样。你自己也不相信。"

"昨天晚上，你先是吼了一声，接着疯子一样冲了进来，砰地一声把门关上。幸好我手上拿着打火机。如果你是想要吓我，你做到了。我后来一晚上都在发抖。"

"真是见鬼！昨天晚上，那场火灾让我大半个晚上都没睡着觉。是你发烧的脑袋在捉弄你。而且，为什么你说是我？"

"我当时有时间观察你，你死死地盯着打火机的火焰看，像是要喝了它，耗尽它，像是要让我明白，它坚持不了多长时间。你一进来，我就认出你来了。"

"对了，你的脸我也有印象。但我也许是在楼梯间见过你。不管怎样，我不是鬼，我不想吓你，也没有调查你。在我看来，你是在通过谈论传染病和感染的事情来自己吓自己。"

"你不相信传染病的严重性？"

我摇了摇头。

"你不相信我是真的被感染了？"

"不，不。"

他皱了皱眉，猛地拉下被子，给我看他的整个肋部，上面有些红色的斑点，略带紫色。

"你闹够了，"我一边喊，一边往门口跑。

"别走，"他低声下气地说，"再待一会儿。"

"你这么做又有什么意义？你为什么说我晚上来过？你这是虚张声势。"

"病人的玩笑，非常愚蠢的玩笑。你想想，我可以说是没怎么睡着觉的，整天整天地不休息；我气疯了，都是因为发烧。"

"你会不会有时候感觉有东西在推你，驱使你前进？感觉一切在燃烧，越来越快，但又不够快？是的，还不够快！"

"你坐下；你转得我头晕。不，我不觉得。我本来就是坟墓里的人，待在石头下面也没什么。按照人们的说法，你和统治阶层有接触。也许他们认为，承认鼠疫已经出现，并且威胁到了国家大部分地区会有不利的影响。看看这些数字：昨天，仅仅在这栋大楼，就查出了五十几个严重病例，已经核实确认；在那些下等地区，可能有几百，甚至几千个这样的病例。"

"鼠疫？"

"当然不完全是，但对群众来说，就是鼠疫。"

"都是些无稽之谈。况且，我们现在已经有了对付这些传染病的有效方法，伟大的科学家们发明了新的治疗方法。真相也许恰恰相反。我听到过一种说法：这是一场表演，一个计划，是为了替某些行政措施辩白。你为什么硬要说政府对于传染病这件事闭口不谈呢？政府完全没有试图暗中了结；相反，报纸都在对此大书特书。"

"你不喜欢我质疑政府？"

"你是在重复附近的风言风语。这是些不健康的思想，对你尤其有害。"

"对政府来说,"他目光凶狠地盯着我说,"看着鼠疫把每个人都变得没有精神,令人鄙视,把每个人都变成感染病灶,也许的确非常不利;看着每栋房屋化脓,国家淹没在泥沼之中,也的确叫人非常恼火。你怎么看？你是个好公民吗？"

"没错,我是个好公民,全心全意为政府效力。"

"好吧,我不是这样：我不是个好公民,我是可疑的。"

"为什么这么说？你完全不是。"

"我的病是可疑的。"

"你这是在玩文字游戏,"我勉强说道。

"你过来,我有事想告诉你。"他的大手抓住了我的胳膊,即使隔着衣服,我也感觉到他的手是湿的。"我真的病了吗？"他低声地说。"我不否认也不承认,我什么也没说,这是秘密。但我是可疑的。你好好想想。我成功地变得可疑了。而现在,这里有无数个可疑的人,政府用路障和武力让他们远离自己,他们脱离了政府,政府再也不会承认他们,再也不会像对待其他人那样对待他们。我们是不受法则保护的人。"

"话别说得太快。你怎么会有这些想法,恰好是这些想法？这是些病态的空话,完全不是真的。你们不是不受法则保护的人,你们是病人。而且正相反,因为你们是病人,政府格外关心你们：政府会派最好的医生给你们,让你们在最现代化的医疗机构里接受治疗。它可能是采取了一些粗暴的卫生措施,但大众的共同利益要求它这样做,它是在按照理想的方式做事。"

"没错,它阴险,但我们也是,我们也阴险。我陷入了绝望之中,现在,这绝望已经变成了武器,一个可怕的武器,石头被抬了起来。它越是压着我,我越是强壮。没错,你说得对,坐在我身上吧,就是要这么做,坐吧。"

"闭嘴,"我叫道,"这些观点是谁告诉你的?这不可能:你发现它们被写在地上,写在墙上,你从我这儿偷走了它们,歪曲了它们,它们不是你能想到的,你把它们变成了病人的胡话。等等,"我说,"让我想一想。我记得我跟布克斯说过类似的话。我当时说了什么?是关于这病的;算了,有什么关系。所以,你们其他人,你们想要借这个公共灾难来制造混乱,将法则一军?你们想要壮大自己的组织?所以,门诊所不过是个幌子?这一切老套又滑稽。门诊所很快会被关闭,你们的机构也将被清算。布克斯就是那把你送进屠宰场的混乱。"

"但是,确实有病人!"他叫道,"我就生病了。"

"什么?"我没怎么听他说话:他那是什么神情;脸色苍白,没血色;真让人讨厌。"是什么让你感到绝望?你的绝望,你的病,它们又有什么了不起的?你不是第一个病的。你会得到照料,会恢复健康,会重新开始工作。又或者……"

"或者?"

"算了。你这装腔作势的样子,我看了是真生气。毕竟我也病了。"

"我们也许不会死,"他说,"这病能折磨你几个小时,但有时病势也发展得很慢。你看着吧,我正在腐烂,我们将融于大地,我们会获得自由。"

"够了,"我叫道,"够了,你这是神秘主义的论调。"

我急急忙忙往外冲,在楼梯上还撞了人。到了街上,我肯定接着在跑。但很快,我的喉咙里已经满是烟味。没错,是那场大火。然而,此时街上一片寂静,房屋也完好无损。我穿过小广场,来到大街上。这里的空气要更加适合呼吸一些,可以感受到来自树木的水分和清新。只是阳光的缺失让我感到窒息。路灯已经熄灭,这条街变成了一个隧道,灯光在两端躲闪。我在路中间撞上了一堆大石块和烧焦的木头;整条街上满是散落的石块,像是座废弃的采石场,顶上闪着路灯微弱的光。我感觉自己正在被人盯着看:那人躲在石块后面偷偷地看我,满脸的污油,也有可能是泥浆,表情像只夜禽。我慢慢走过去,他站了起来,因为孩子气的吸吮动作,嘴巴几乎是紧紧地闭着,手藏在上衣里。突然,他的手拿了出来,我怀疑他朝我扔了块石头,我也的确被砸到了,还绊了一跤。在他逃走的时候,他扔过来的东西弹了几下滚远了。应该是他的球。这时,似乎有人一路狂奔,蜂拥而来;四周一片寂静,听得到脚步跑动的声音,仿佛在路障的后面,一群小鬼从四面八方逃到小巷来了。我在他们后面跑。没过多久,就在整条街走了快一半的时候,我发觉自己被烟雾围绕了起来,它包围我的速度非常之快,以至于此刻,我已经觉得周围全是它了,后面是它,前面也是它,而且越来越浓,越来越令人感到窒息。我不得不闭上了眼睛,胡乱地打着转,彻底没法呼吸了。我缓缓倒在了地上,但没有完全失去意识,因为,有几个人朝我走来的时候,我通过他们的脚步声知道了他们的方向,猜测他们正围在我身边。其中一个人朝我背上捶了几下。我浑身发抖。我看清了他们：他们一小群人正仔细地观察我，静静地等着我停止咳嗽和咯痰。我满脸是泪。"是因为这烟雾，"我微笑着对跪在我旁边的一个男孩说。他塞了条手帕到我手里。当我作势起身的时候，他站了起来，像是想要替我完成这个动作，接着冲了出去，其他人已经跑了。就在这时，恐怖的哨子声和嗥叫声使我整个人为之一震。我坐在人行道边上，手里抓着手帕的一角，警察将我围了起来，观察我，我也看着他们。我也许尝试着做了某个动作？试着站起来？我被扔回地上趴着，越想翻身，他们越是接连用脚后跟踹我，速度快得令人震惊。其中一个警察扑到了我的背上。接着，我一直想着的事情发生了：脖子上一阵灼痛，石头不停地朝我扔过来，把我压向地面。我轻轻地喘了口气。他们中的一个人肯定正抓着我的肩膀，另一人在擦拭我的额头。"好点了吗？"他问，"现在没事了。"我看了他一眼，想要冲他笑笑。这时，我看见他的手里拿着我的证件，我的身份证，有这个，他肯定知道了我的公务员身份。刚一认出这个证件，我的恶心感就涌了上来：没错，那里有一个洞，强烈呼唤着我的负面情绪，而我痛苦地张开了嘴巴，想把它吐出来。我一开始吐，他们就松开了我，人往后退；我没完没了地吐，根本没办法停下，头俯在人行道上，而他们则跑了，我听见了远处他们的声音，他们逃走了。我拿手帕擦了擦脸。"畜生！没用的东西！禽兽！"我哽咽道。但是，当我重新站了起来，看见面前那一小摊肮脏的秽物，就轮到我急忙颤抖着离开了；我逃走了，好像这摊秽物会让我染上霍乱似的。

六

"快点上来,"清洁工阿姨冲我喊道,"你在外面做什么?"

我站着没动,直到听见地板开始咯吱咯吱地响,感觉到一种滑动的空虚,我才觉得有人在将我往后推。我背抵着墙,出神地看着他们之中的两个人,这两个人也正注视着我的脸,我的呼吸,我的脏衣服。我咕哝了几句。但最强烈的感觉是累:挨打的记忆,呕吐的感觉,这一切使我倒在了地上。"等等,你们别过来。"当我在床上躺了下来,我发现他们还是远远地站在一边。继父拿起电话听筒,我示意他别紧张。

"你能走吗?"他问,"露易丝会给你准备行李。"

他看了看四周,样子几乎有些畏畏缩缩的。房间里乱糟糟的,气味难闻,似乎让他有些不舒服。没错,尤其是这气味。

"站着别动!"我对着正朝挂衣壁橱走过去的露易丝说,"你最好把他带走。楼里到处是病人。"

"没错,事情看起来根本没有好转的迹象。这电话坏了吗?"他说着摇了摇听筒,"是你离该开的时候了。若布兰旁边有家疗养院,似乎位于乡村,非常舒适,你可以在那儿好好地休息一段时间。"

"在乡下?"

"你看见就知道了,地方非常好。房子大,带公园,绝对超乎想象。"

"抱歉,"我低声说道,"太晚了。"

我的眼睛火辣辣的。我拿起水杯,但身体抖得我不敢喝。

"你怎么了?"露易丝走过来对我说。

"你别动,别碰我。这里的所有东西都被传染了,都脏了。"

"喝一口吧。"她固执地把杯子送到我嘴边。

"这水……这水都没烧开。要喝你喝,"我边说边把水朝她泼了过去。"别烦我,你们出去。"

过了一会儿,我把杯子放下。

"你最好别一直留在这里。我想我也病了。"

"什么!"露易丝说,"你刚才去了哪里?"

"你现在觉得怎么样?"

"我感觉……发烧,恶心,"我盯着自己的鞋子说道。

"烧得厉害吗?"

"我什么都不知道。我冷,浑身是汗。你也看见了,我站都站不起来。"

"那你做检查了吗?"

唉!他严肃地看着我,一副追究到底的样子。我把身上背心和衬衣全都扯掉了。

"你想要证据？这就是！"我一边喊，一边给他们看我挨打的印记，皮肤上因为黑色污血渗出而产生的斑纹；这些痕迹，我自己看了也害怕。

"你们走吧。你们这是在要我的命。"

"等我一下，"他对露易丝说，"我下去见见负责人。"

"我要收拾行李吗？"

"你要是动这里的东西，我……我立马从窗户跳下去。"

她拉开凳子，久久地看着我。"你真脏！"她低声地说。没错，我是穿得脏乱不堪，衣服皱了，也破了，身上还带着这些令人厌恶的痕迹。"别离开我，"我说。她的脸仿佛重新出现，苍白消瘦，身上的裙子和往常一样，也是旧的。这是为什么？为什么会有穿得这么可怜，为什么要用惩罚掩盖掉她身上的光芒？所有的年轻女孩之中，有一个是我从不去看的，而使我心神不宁的正是她。她就是我的妹妹！这一切是多么让人筋疲力尽！

"现在怎么样？相信我发烧了吗？要不要摸我的手试试？我身上滚烫，对吗？擦擦吧，不，别用那块抹布，那个黏上病毒了。我觉得病毒是可以通过汗液传播的。"她一根接一根地擦拭我的手指。"怕的话，你可以走开。听着，"我说，看着她把手放在我的胳膊上，而我稍稍有些抗拒，"我刚刚有一种奇怪的感觉，觉得你的手是属于另一个世界的，是某种我不知道的东西，和我的完全不同。没错，很奇怪。你能把手再放上来吗？不，别这么做，别靠近我。我想知道……你现在怎么看我？在你看来，我是个什么样的人？小时候，你总缠着我；你想把我变成一个乞丐。你记得吗？

你不止一次拿了我的面包,扔到地上,又或者把我推到床底下,把垃圾往我身上扔。这也很奇怪。现在,你的愿望实现了,我变成了肮脏的人。你知道吗?今天早上,就在你们过来之前没多久,警察在街上碰到我,痛打了我一顿。昨天,他们把我关在警察局。还有这股气味,你闻到了吗?它在整栋大楼里蔓延,会是什么东西?像是坟墓里散发出来的。你最好赶快走。露易丝!"

"我在这儿。"

"我没有你想象的那么……虚弱。我的卑微使你失望了。但你期望我……你期望,对了,你期望什么呢?"我们看着对方,"我懂得了很多东西,对它们有极深的了解;从某种意义上来说,我知道一切。你自己并不准确地知道自己是谁,想要什么。你过分沉溺于过去,是个幽灵一样的人。"我抓住她的胳膊,"你想听我告诉你一件家里的事吗?过来,这事不能到处说。你别害怕。我一直很佩服你,露易丝。你对我有很大的影响,你这个人是如此的难以捉摸,如此的贪婪,却又值得信赖。我好像从来没见你笑过。为什么?是因为……别动,你别动。"她挨着墙,我看了看被我扯下来的布料。"你是对的,"我低声说,"人应该要小心。"

过了一会儿,她走了回来,跪在地上。我开始发抖。

"你是……你是第一流的人物。你也是什么都知道。我想跟你说些事。我办公室里有一个同事,他叫……你可以在注册处找到他,他人长得又高又瘦,左臂半瘫痪。我想他有些小毛病。你从来没去过市政厅?当然了,抱歉。我在那儿的职位低微得近乎可笑,简直是个傻瓜,算了。服务国家,为法则献出自己的光和热，自己的生命，和它一起看尽一个又一个的人，当一个人觉得这是可能的，他就会别无所求。这就是至高者；除此之外，一切都不重要，而且除此之外，什么也没有——没错，什么也没有。我的小妹妹，向我保证你会偶尔到街上去散散步，闲逛一会儿。我求你这么做，沿着一条街走，看看行人和房屋，弄碎一段柏油碎石路，看看它：时不时这样做一次，我求你了，这非常重要，请你为我这样做。"

"你为什么这么说？"她小声说道，"你真的觉得自己病了吗？"

"我不知道。你不觉得这地方不吉利吗？而且，整个这一带……"

"可你不会留在这里。我们一小时之内就走。让我来替你收拾行李。"

"你这么认为？我去哪儿？说吧，露易丝，关于这个传染病，你知道些什么？"

她站了起来，重新在凳子上坐下。

"我知道人们在谈论这件事，"她有些犹豫地说道，"有几个病例，但不是太严重。"

"人们在谈论这件事？那它是什么？一种斑疹伤寒症？"

"大家采取的主要是预防措施，"她说着看了看四周，"医生跟你说什么了吗？"

"医生！就这些，还有没有其他的了？数千人感染了，几万人受到威胁；整片地区笼罩在死亡的阴影之下。但在你们的圈子里，大家只是谈论病例和预防措施！这简直是无耻，是卑鄙，而且还是故意的。"

"真有几千人吗?"

"没错,几千人。你瞎了吗? 你到这边来的时候,你觉得一切正常吗? 城市里一半的地方都被封锁起来了,大家像坐牢一样被困在里面,商店全都关了门;警察扑过来打你,有人放火烧房子,整片地区烧了起来,却没有一个消防员出现:这正常吗? 还有,你有没有呼吸到街上的空气? 完全像是黑水,凝结着污垢和不幸。你们怎么会被允许进到这里来?"

"我不知道,是他……"

"是,当然了。所以,他做了什么? 他在打什么主意? 你去找他。我决定不走了。"

我拉住了她,目不转睛地看着她,盯着她裙子的衣料,那是一种黑色的丝织品,有些地方磨得发白,有些地方褪了色。它不像件衣服,倒更像是块污迹,将她整个人浸透,又从她那里渗出,无形无色,和墙上的那一大块霉斑有些像。尽管如此,一想到这些会过去,我就觉得自己做错了事,觉得自己有罪。我背叛了什么? 一条裙子。也许可笑,但这已经足够置我于死地,我不想再说了。他回来的时候,我完全没有注意到;我并不怨恨他。我知道他代替了我的位置,他是我生机勃勃、勤劳努力的部分,他是我的健康。事情本该如此。就连他和露易丝的窃窃私语也不会让我觉得不舒服。

"他最好躺下,"他突然说,"你想帮他吗? 我去试试找人。"

"我不走了?"

"啊!"他说着便转过身去,踮着脚似的往前走,"怎么样,都准备好了。"

"怎么了?"

"负责人认为你应该尽快离开。要把你从这里转移出去,需要准备几份材料。但首先,关于这个传染病,你放心,你绝对没有被感染。"

"我要走?什么时候?"

"今天肯定走。今天下午。"

"他怎么知道我没有被感染?他从没有给我检查过,他也不是医生。他从来只为自己打算。"

"理智一点。你得明白,所有关于这病的流言都不是真的:没有传染病,从来没有过。"

"你真的确定?你敢为此作证,敢……把它写下来吗?"

"可……为什么?好吧,如果你坚持,为什么不呢?"

"喏,你愿不愿意在这张纸上写下来,写在哪里不重要。"

"'我是个好市民,我效力于……'这宣言是你写的?"

"是我。现在,你愿不愿意写上'在看过报告,并向专家咨询过后,本人保证,西区没有出现传染病疫情,本市及全国其他地方亦无'?"

"就这些?要我签名吗?不用?你要这个东西做什么?"

我把它拿在手上,并没有读,但这是多么大的变化!那些字母闪闪发光:它上面亮起无数其他符号,各式各样的句子,粗俗而专横的表达方式,醉汉的装饰,野兽的叫声。就在这眼花缭乱之间,法则最终做出了一个完美的宣判,这是一个所有人都不能驳斥的天空。

"你怎么了?"他说,"怎么回事?"

"没什么,"我说,"这段话烫伤了我的手指。它现在褪了色。但我不会扔掉它;我会把它当成护身符一样留着;它将是一个针对我的护身符,一个永远证明我不对的证据。"

"玩笑开得太过了。好啦,不要让这张纸现在就搞得你焦虑不安,还是把它给我吧。"

"哦!"我说,"你就不能换种口气说话吗,哪怕就一会儿?你认为我对你的这张纸毫不在乎?我可以撕了它,把它揉成一个球。为什么政府的人总是虚伪?我们建议公务员们坦诚敦厚。他们应当像玻璃一样透明,但他们只是冷冰冰的:透过礼节、客套、繁文缛节,向着永无止境的宽容精神不断前进。或者,更确切地说……"

"没错,这评价非常准确,观察入微。所以说,我们之间就别绕圈子了?这就是你希望的?一次开诚布公的谈话!可以,但要换个时间。今天要解决你离开的问题。"

"不,"我说,"再多几分钟就好。我等了你太久。首先,你知不知道你们的警员们暴打了我一顿?知不知道我昨天被扣留在警局几小时?知不知道整片区域都被戒严了,警察说了算?知不知道居民正遭到追捕,或者更有甚者,被放任自生自灭,没有食物供给,没有保护,没有救援?而我呢,警察打倒我之后就跑了,把我像个鼠疫患者一样留在街上。我的证件也没了,他们把它没收了,偷走了。那么,我现在是谁?这算是怎么回事?"

"你被警察打了?当时什么情况?你为什么什么都没对我说?"

"我现在正在说,一直在说。可你不是说了吗,没有传染病!所以,也没有骚乱、罢工和火灾了。我想,动乱大概也不存在了吧?"

他一动不动地待了一会儿,仿佛我的急躁使他感到厌烦。

"不存在,"他说,"我这么说你可能会更生气,但的确没有。这些都是无稽之谈。谁让你有这种想法?"

"没有谁,"我激动地说道,"但是,这些挫伤意味着什么?还有那边的烟,你看见了吗?所有这些四处流窜的人,挤在这栋大楼里的人,这些没有栖身之所的人,你看见了吗?"

他表情疑惑地继续站了几秒钟,然后在凳子上坐了下来。他好奇地看着我,不发一言。

"是真的吗?"他问,"你告诉同事说你想辞职?你在跟他们说话的时候,没有过类似的抱怨吗?你要不要试着想一想,自己当时可能说过的话,或者做过的事?"

"为什么偏偏要在这个时候让我接受这样的测试?"

"可这是你要求的。你应该记得的:开诚布公,开诚布公!而且,这不是测试。你只要回答是或不是,一切就明了了。"

"你怎么会听到这样的传闻?"

"哦,亲爱的,拜托!办公室可是个隔墙有耳的地方。总可以找个人来告诉我谈话的内容,就是这样。没什么好大惊小怪的。"

"我没有在办公室里说过这些话,我发誓。"

"好,非常好。这样的话,我可以坦率地跟你说实话了。我一直欣赏你的才智,你的道德心和认真,尤其是你的认真。没有认真,道德心也不是好事。好了,我现在告诉你些事,现在就告诉你,不是为了使你难堪,也不是出于家人的好奇心。只是我可以告诉你,这些天以来,我们部门周围有些明显的危机信号,严格的措施即将出台。你可以想象到发生的事:检查,校订档案,严格审查;一有情况出现,哪怕是最小的问题,大家都会感到焦虑不安。尤其是,听好了,因为这是最新的思路:所有人,从权贵到普通老百姓,都被要求签订某种公开声明,某种理论上的宣言。"

"宣言?什么样的宣言?"

他盯着我看,温和而坚定,亲切动人而又狡猾,让我感觉他不仅仅在我的这一旁边,也在另一边,既在前面,也在后面;甚至于在另一个我听见露易丝在走动的房间里,来来回回的还是他。

"不过是些套话。我可以给你写下来,很短。就是这个:'我承诺维护法律权威,依法行事。我将以身作则,时刻捍卫它,使它不可动摇。我全心全意信任它的统治。'是办公室的风格。"他讽刺道。

"但为什么会有这些措施?发生了什么事?"

"你知道有种说法:麻烦永无止境!这不是第一个打击,也不会是最后一个。毕竟,政府部门有时也需要克制。这需要解释吗?这是正当的,是正常的。"

"可是,你不会骗我吗?你不是只想吓唬我,让我害怕吗?"

他又看了我一眼,脸上的笑容亲切又狡猾。

"你真是多疑又诡计多端!你这公务员真不是白做的。你想不想知道一个秘密?这套说辞,没错,是我想到的,是我写的。你怎么看?你有没有注意到一些细节?有没有注意到这个小矛盾:'时刻捍卫它,使它不可动摇?'唉!唉!你怎么说?"

他笑了起来,笑得古怪,让人难以忍受,像是想要宣布自己有权利笑,那些不能再笑的人真是倒霉。

"你手上有我的档案吗?"

"你的档案?当然!但是,你知道那是什么东西,成沓的报告,整个一生都在纸上,无关紧要。单位这点倒是挺好,完全不看重它制造出来的成山的文书。它对每个人都说:你是你自己的档案,看看,做下决定。现在,就算不考虑推荐、秘密记录和其他权威档案,我们仍然被家庭关系联系在一起,当别人提到你的名字时,他们提到的也是我的名字,还有……总之,你会明白事情就是这样。所以不管愿不愿意,我们两个都是同坐一条船的人,必须让对方知道自己工作上的小意外。"

"你为什么把自己放在和我一样的位置上来嘲笑我?我不过是个空篓子,而你呢,你是站在顶端的人。你这是在挖苦我。"

"抱歉,法则很清楚:同样的权利,同样的义务,没有次要职务,没有特权。所有门厅里的人,都已到了顶楼。孩子们都这样唱。"

他是怎么想到这些话的?这些话我自己也知道。我知道每个人,从最卑微的到最位高权重的,都有义务将自己看成是整个政府的唯一体现，因此，政府总是感受到自己的所有权利，自己的所有威信被放在一个人的手中，展示在一个人面前。但是，真相在白天仿佛消散了，我不得不靠梦中无力的记忆去寻找它。

"已经在坟墓里的人，没有必要再上来，"我突然说。

"好极了，"他叫道，"老文章历久弥新。不，你知道的，你因为自己身体的意外而气馁。你放了假，感觉自己每况愈下。有了空闲时间，你可以见见这个，看看那个；你变得不安；你开始寻找某个东西，仿佛还没有得到一切。之后发生了什么呢？最终，你头晕目眩，认为历史抛下了你，独自前进，你开始评判自己，开始说话，甚至开始写东西，惊愕地像是一个总追着自己的长靴跑的人。"

他还在无意识地重复着"写东西"，口气神秘，像是脱口而出。突然，我明白了其中的暗示，我想起了自己在那可怕的一天写的信稿，一时失了态。

"这封信不算。我没有把它寄出去。那只是个草稿，甚至连草稿都算不上，只有两三句没头没尾的话，写它不过是为了动动笔。"

"嘘！非常好：一份小学生的作业。我一看见就明白了，不过是一份书写的任务。你知道的，试新笔的时候，人总是采用某些特定类型的句子，一些离奇古怪的词和一些语法例子。不管怎样，以后小心，要选择一些不那么显眼的说辞。"

"那张纸去哪儿了？是谁到我办公室里，从我桌上拿走了它？"

"我稍微调查了一下你的假期作业。我想知道你有没有把它寄出去。好吧,听着,事情很简单。是巧合!甚至不是,具体过程是这样。罪魁祸首是你的一个同事。我想他和你一起工作过:整理文件的时候,他不小心把你的文件混进去带走了。第二天,当他给伊施看一份档案的时候,那张纸突然出现了,所有人都很惊讶,他们认出了你的笔迹;这件事慢慢传开了。"

"哪个同事?"

"我不知道他的名字:瘦瘦的,看上去身体不太好。"

"那个瘫痪的,我怀疑是他。他曾经翻过我桌子上的东西,他是故意的。"

"嘿!那是个可怜的小子:发生这种事,他肯定不比你好过。你想想这个场面,伊施这个人十分严肃,做事一丝不苟,有条不紊,总是致力于提高收益,一心只有工作,而他当时就在那儿,一页页翻阅档案,讨论、记录。和往常一样,他的学识和果断使人赞叹不已,所有的秘书都围着他,新来的打字员对他钦佩得五体投地。接着啪嚓一声,你的玩笑,你那奇特的玩笑从空中坠下,落在了一串数字的正中间。"他从口袋里拿出这张纸,开始查阅,脸上的表情贪婪得夸张。"没错,是挺好笑:'先生,我不能继续在您的部门工作了。请求您免除我所有的工作和职务。从……开始,我将重获自由……'"

我想从他手里夺回那张纸,闷不作声地和他抢。

"把它还给我,那是我的。你出去,"我冲刚从隔壁房间跑来的露易丝喊道,仿佛她的在场会介入一个已经让人难以明白的文本和我之间,使情况变得更为复杂。"这在你看来也许好笑,"我挑衅地对他说,"但即使可笑,我也笑不出来,因为我看到了这些文字背后的火灾、暴力和无数灾难,整条街上全是棺材。"

没错,我是在激他,但他看着我的样子完全不像是生气了,倒像是挺有好感的,这份好感像是一道柔和的目光,悄悄地出现、滋长,坦坦荡荡,没有恶意。他小心翼翼地抚平了那张纸,放在桌上。

"是什么让你动了辞职的念头?"我随便做了个手势。"你知道的,"他十分和气地说,"你认为大家轻视了你的表现和计划,其实并没有。每个人做的事对大家来说都是有用的,所有人都大有可为。你的声音属于人民之声。你写作的梦想也许会给我们带来麻烦,但这无所谓,我们不会任凭它们消失,只要它还有价值,值得利用,我们就会一路追逐。我笑你那无稽之谈,不是因为不尊重,而是因为它也有妙处,可以使人得到休息,大家可以拿它取笑。拿着,"他一边说,一边重新拿起那张纸,"这就是那张纸,上面有精确的用词,一连串明确的句子,它清楚地表明了一个重大决定,这决定甚至能让天空颤抖,然而,它却并不意味任何事,没错,看看,什么也没有,它不存在。当我想到伊施当时正在整理艰涩的文本,和他的整个团队一起在撼动不了的悬岩上前进,却突然跌到这片空地上,抱歉,我真的觉得好笑:没完没了的数据表、神圣不可侵犯的改革、法令,可接下来却是这个:一缕青烟,一块污迹,一个虫洞。如果是你,你会怎么样?这的确是个马戏团的把戏,让大家喘了口气。"

他看着我,样子的确可怕,让人冷汗直冒,但却带着某种感激的表情。

"这不是按格式写的,也许很傻,"我说,"但是……"他扬了扬下巴,鼓励我继续说。"你为什么装出一副好心好意的样子?"我吞吞吐吐地说,"为什么要玩花样?这件事你从一开始就知道……"

"什么?"

"可是……"

我感到一种强烈的需要如飓风般袭来,即消灭这好意,碾碎它,以便从中找到一些我还不知道是什么的残留物——暴戾、伪善、懦弱的蔑视。哦!这一切是多么的可耻。谁都知道这张纸和最优美的法律文书具有同样的价值,我没有把它寄出去,并不是否定它,而是通过使它避开所有的回复,避开上司们所有可能的拒绝,使它确定下来。这么做是唯一能使我从这些事情中真正解脱出来的方法,因为这件事取决于我,而这份工作是我的,是我一个人的。

"这种做法也许孩子气,"我说,"但是,尽管它会使我付出代价,而且我不知道这为什么已经变成不可避免的了,我还是要重复一次:我仍然是这个孩子,并且,就像你所说的,从今以后,我会让我的长靴自己跑起来。"

我盯着他看了一会儿,他的眼睛像是刚刚灌了酒一样闪闪发亮。

"没错,"他说,仿佛我的抗议不过是个题外话,"你是个靠得住的男孩,你的决定自然也是认真的。这正是让事情变得有意思的地方。"他突然停了下来,"你指什么?你的所作所为不符合规定和惯例。"他加快了语速,接着说道,"你知道的,每个人的工作有严格的管理,所有职位的变动都要提交政府审核,只有当申请人有重大理由,或者是由管理委员会主动提出时,才可能得到批准。一般情况下都是这样。中央政府成员则都被迫履行一些特殊义务。他们更加自由,同时又有更多的约束,因为他们经常被派去担任政府部门之外的职位。可是,即使在这个职位上度过自己的整个职业生涯,他们接受考核,获取酬劳和晋升机会的依据也总是最初的职位。况且,这不是规则或者合同的问题。我们为之奋斗的生命使我们有义务认为自己不是正在工作,就是即将工作,它将我们和自己承担的工作绑在了一起,终身不变。这就是为什么工作和完成它的人之间可以说是没有差别的:生存下去,继续生存下去,就是不断投入到工作之中,毫无保留。这样的安排是我们的光荣,因为它使我们得以逃离了自己原本会过的低下生活,如果,工作像奇怪的活动一样缠住我们不放,我们就被迫不能透过生活中最小的细节来深刻表达自己对工作的认同。"

他看上去像在读东西,但其实,他是在我这儿读东西,他是从我这里拿走这个完美的想法,所以,他的表达有些机械,像是只动动嘴的人一样,透着冷漠、轻巧和微微的蔑视,我需要从我的直率中使这些想法出现,努力的过程越来越令人厌倦,充满着兴奋,而这种兴奋是语言时刻缺乏的,它来不及怀疑,也来不及相信。

"听着,"他突然接着说,恢复了平常的语气,"我们在这一点上意见一致:你的辞呈不是恶作剧,而是绝对严肃的,但它不会改变任何事。所以,你不觉得对你我来说,相比花过多的时间来唱这些显而易见的陈词滥调,重拾旧习会更有利吗?"

二二得四,
棍有两端,
檐槽上的猫,
不比我们更像狗!

"我知道这一切在你看来令人厌烦,"我勉强说道,"对我来说也是一样。"

"那就这么说定了?我们把这些都丢在一边?你不会后悔就此打住,没有把你想说的都说出来?说出来,好也不好,无所谓。但是,话说一半……这种做法值得怀疑,这是专制。骚乱发生以来,我常常有这种体验。你得明白,整件事毕竟非常严重,是要彻底打破框架,使管理者和被管理者之间的隔阂消失。你已经知道了发生了什么:每个职位上都有一个政府代表;在每个工作者的背后,都有一个亲自使其工作原因具体化的代表。理论上来讲,代表的存在是为了给予技术和精神上的帮助,但毫无疑问的是,也是为了管理业务,使我们能最高效地利用它们。这一切进展得并不顺当,体制有它自身的缺陷。最后,我致力于彻底改造这个组织,我考察外面一些合作者的能力,从早到晚地跟他们聊天,我说长道短,为的是看看我的对话者们是否会听,同时也看看我说的话是否仍然动听,看看我是不是已经衰退得落伍了。然而每一次,我都有奇怪的发现:我和他们谈雨,谈好天气;我为什么这么做?因为这更容易,我不想绞尽脑汁,这是大众话题;可是,几乎所有人都觉得我在戏弄他们,他们怕得发慌,不停地认错,讲一些离奇的故事。对了,"他说,"你是不是经常把文件乱放一气,就像我在桌子上发现的这个一样?你写了些什么?'我是个好公民,全心全意为政府效力',是这个吗?当然,这没什么可指责的。这是爱国,很好。但这不会使你觉得不舒服吗?不会吗?说到底,这是个人兴趣的问题。这在你看来有用吗?你难道不会更愿意这样写:我不是一个太好的公民,常常把与公共利益有关的措施看作刁难,把经过深思熟虑才进行的有序停工看作罢工,我把自己对国家的忠心说得天花乱坠,但是……啊!我忘了对你说,在这些无休无止的会议期间,我认识了你的一个朋友。她是个高个子的漂亮姑娘,我想她是和贸易部的一个职员一起工作的。她为人天真善良,而且甚至……我可以告诉你一些事,你会知道我们需要时刻面对的是怎样混乱的局面。这个年轻的女孩还没结婚……没错,总之,这一切有些微妙,但你别害怕,尤其她只是因为情势所迫,扮演了本不属于自己的角色。总而言之,正巧你们几乎是门对门住着。她遇到过你几次,你到她的小店里去看过她,你们俩相处得挺不错。不,"他小心翼翼地看着我说,"我向你发誓,她没有任何与你有关的任务:没有预谋,我向你保证。当然了,你们之间的这点关系还是将你和她联系在了一起,你成了她故事里的一部分,她得留意你,恰好你又病了,所有人都担心你,尤其是你那可怜的母亲,她每天都想知道你在做什么,恨不得拿布条把你捆起来,好让你一直待在她的眼皮底下。所以,当你的档案出现在我面前的时候,我把她找了来,和往常一样,为了和她搞好关系,也为了确认我们对字词的理解一致,我开始夸夸其谈,什么都讲,包括我年轻时的一段小故事。二十岁的时候,我在一家印刷厂工作,我不是技术人员,只是负责监控机器的工作状态。那家厂规模很大,负责教科书、手册,甚至是学校纪律标牌的印刷工作。在厂里的工人中,有一个我非常喜欢的:他当时年纪已经很大了,经验丰富,经历过许多大事,乐于讨论工作上的安排;他说的话基本上都是对的,或者至少是有教育意义的。不幸的是,他后来被车撞了,患上了神经炎。有一段时间,他费劲地工作,不停比划,那些他无法预料的痉挛会突然袭来,使他几乎变成了残废。因为这个,他再也做不好任何事,经常弄坏自己的机器,那段时间里,大家只能听到他骂人的声音;我就利用自己的时间在背后帮他,或者是修理器材;唉,事情越来越糟;最后,他不得不退休了,我觉得非常遗憾。这就是我的故事。我问那个姑娘对这件事怎么看;我想说的是:你喜欢这个故事吗?它触动到你了吗?你明不明白我为什么要说这个故事?好吧,亲爱的,她的回答倒是很奇特:'破坏机器的是你,因为他的工作已经不再令人满意,而且他说得太多了。'这就是他们的思维方式。他们已经没有了严肃看待一个故事的能力,而是将故事篡改、解剖,从中得出一个教训。没错,破坏机器的人是我,但那又怎么样!这个故事还是存在,我跟她说这些,没有其他想法,只是因为我和她是一样的人,看着她,我想起了自己的青年时代和学徒时光,那时,我曾看到比我年长的人受挫、消失,而现在,我也到了这样的年纪。你有什么想说的?我不怪她,有理的是她,对于我的故事,如果她只是单纯欣赏其中故事性的一面,以及它的装饰价值,我会对自己说:小傻瓜,感情用事的小笨蛋。但这正是最奇怪的地方。和你猜想的一样,我的意图是让她说些对你不利的话,我必须这么做,了解那些关于你的流言,确认它们最大的真实性,这是我的本分。但是,发生了什么?我乏味的话语开始起泡沫,像是在发酵,它在其中发现了某种东西,着了迷。这类盘旋,我可以说远远就能看出来,追随它的各个阶段,它完全是一场危机,结局也是我再熟悉不过的:无数关于粗心、串通的招供,源源不断的证据使得自己被无意识地暴露了出来,证据太多了。对你的朋友来说,由于环境令人不快,情况尤其如此,所以她肯定觉得自己的处境令人绝望,忽然,她做了什么?她把你的名字扔给了我。啊,我心想,终于说了。我准备记下一些值得注意的细节,我在等着它们,把它们提前列了出来,可以说是在享受它们,当……是的,这就是话语创造性的体现。那可怜的人儿没有指控你,她所做的完全相反:她只把你的名字看作向我寻求援助的一种手段,一种支持,一个机会。你不再是她要毁掉的嫌疑人,而变成了唯一能证明她清白的人。你怎么说?经过了这样的失望,你学会了耐心,发现故事多么冗长,进展得多么缓慢,尽管它已经结束了。简直像梦一样。"

我不能看他,但我知道,想要看穿他,要么是现在,要么永远不可能。为什么他要彻底地坦白,让人看到这坦白中最可怕的部分,让人知道这份如此彻底的坦白其实是卑鄙的掩饰,而最准确的理解给了他一张从不露出真面目的脸孔?为什么试图让我意识到,大家的信任和团结中始终有背叛,他自己的善意中始终有猜疑?而他的流水账像是四处扬起的尘土,我们看不见,却呼吸得到,可它为什么只以卑劣的场景,告密者的故事作为开场呢?

"告密者?"他问。

"是的,警察,"我一边结结巴巴地说着,一边将自己受伤的胸侧给他看。

"警察,"他盯着我重复道,表情越来越吃惊,带着某种焦虑,仿佛这样看着我,他才第一次意识到这个词代表着什么,看到了这个群体卑鄙和罪恶的一面。"你想说什么?他们不是消失了吗?我们还可以在某些地方找到他们?我们不是任由监狱敞开大门吗?为了让进到监狱里的人与他们在监狱外犯下的、被建成大楼一样的过错只保持简单的联系,忽略罪恶的内心;为了他们能够走出监狱,尽管他们一进来就已经与监狱和解,比圈禁他们的围墙还要高,他们进去只是为了发现自己是自由的,发现自己眼中的罪恶没有内涵,发现自己并非身在其中?而警察,"他一边补充道,一边神色慌张地看了看周围,"是否有人足够接近他们,感到和他们足够相似,可以阻止这样的事情,使它们作为可怕的强力,永久地存在下去,而不是让它们加入到宇宙的演化中去?警察这个词是多么的遥远,也许并不是来自大海深处?没错,也许对那些仰视警察的人来说,警察是低下的,但当我们真的有一个不那么零碎的想法时,这种印象会改变,对于看到一切的人来说,警察就没有了,他们消失了,他们是被颠覆的画面,从来没人注意到,却被所有东西的正确性需求。"

"我早就听过这样的辩解。我曾经接受了它。但现在不行了。太虚伪了。你抛洒起了太多的灰尘,空气已经变得让人没法呼吸了。"

他想了一会儿。

"你为什么说'你'?这个'你'指谁?"

"是国家,"我说,"是你。"

"要当心虚伪,"他口气严肃地说。接着,他俯身拿起桌子上的一张纸,上面有他写下的效忠誓词,辞呈就在旁边。"我没打算今天和你讨论这个问题,但我们现在已经说得太多了,还是不要每天展开一个讨论比较好。你在这儿签名,好吗?"

他把那张纸递给我。

"不,"我说,把纸推了回去。

"为什么?你不同意这个誓词?"

我点点头。

"誓词不重要,"我说。

"你要向政府提出异议?你有不同意见?"

"我不知道,我不这么认为。"

"如果你希望改革,"他带着鼓励的神情说,"尽管提出来,我们不怕。从前的政体可能会对新的措施心怀畏惧,因为通往未来的发展会威胁到它们。但我们不一样,我们完全没有类似的担心,因为我们就是这个未来,未来已经实现,而且,正是我们的存在照亮了它。"

我于是没能抵制住诱惑。

"你难道不认为,"我对他说,"我们的政体和其他政体有相似之处,有一天它也会坍塌? 你不觉得这一刻也许不远了吗?"

他看了我一眼,站了起来,我整个人陷入坐垫之中。他肯定看见了我的颤栗,看见了我因为觉得他会打我而出手防卫。他只是笑笑。

"和其他政体相似?"他一边重复,一边竭力伸展四肢。"对,也许是这样;但是,是和它们准备并忽略了的真理一样,和它们在自己的废墟中寻找的确认一样。它怎么结束?"他说,语气像是在教训,让人十分生气,十分无力,因为他的威信其实来自我,"如果赋予所有已经不复存在的政体以意义的是它,如果在没有它的情况下,想象某种东西可以结束将再无可能,它怎么结束? 从某种意义上来说,它自己已经结束了,到达了期限,它结束了一切,结束了自己。没错,从这个观点来看,你是对的,我不会生气:我们不该太常将它和死亡、中止与崩塌的想法联系在一起,但表现死亡的正是它的稳定,它那长时间的存在即是它的崩塌。"

他走了几步,鞋子在地板上轻轻摩擦。我想到了一宗谋杀,报纸上有很多关于它的报道,不像是假的。

"你不能抹杀一切,"我说,"你不是讲台上的法律老师。尽管你深深地沉浸在故事之中,深刻地感受着它,但对于所有遇到的事,你还是立刻转换到法则上。而我,我看到这些病人,这些罢工,这些街头动乱,我不能当作没看见;我自己也是病人;我知道结束这个词意味着什么。"

他转过身,笑了起来。

"不,也许这正是你还不知道的。你需要事件,你希望阳光消失。我问自己我们惋惜的事件是哪些。想要使我明白所需的一切都有了,如果之后没有更多的事情发生,那是因为所有将会发生的事情不会使我明白更多的真相。也许还会有许多历史性事件,像你说的罢工、地震、各种坍塌,也有可能,接下来的这些年什么都不发生。无所谓,因为重要的不是我此刻在你房间走来走去,或是在自己的办公室工作,像我该做的那样,而且今后,战争和革命的重要性不会高于,也不会低于我日常的小姿态,重要的是我所走的每一步能够使我从头到尾地回想起充满困难和胜利的过程,它使我们每个人都可以通过解释第一个词而说出最后一个。"

"你为什么现在这么和我说话?"我说,看着他来来回回地慢慢走动,鞋子微微摩擦着地板。"你来做什么?我决定了的事,没决定的事,对你来说都毫无意义。你不会听从于个人的情感,你已将它们消灭了;你不喜欢我,我不喜欢你……"我停了下来。如果我的亲生父亲在这里呢?如果死亡本身也只是一个玩笑呢?他会先点点头,然后久久地看着我,信心十足,不会这样废话连篇地惹我不痛快;最后,他会抓住我的胳膊说:"好了,现在我们走吧!""露易丝,"我突然叫了一声。

"你妹妹出去了。"

"我正在发烧。她出去了?什么时候走的?"

"有一会儿了。她去跟我的一个同事说一声,让他帮忙把你转出去。"

"那你为什么留在这儿?"

"我也要走了。"

"那这些呢?"我一边说,一边指了指那些纸。

"随便你想怎么样。政府会根据你的决定做出裁决。"

"如果我拒绝呢?"

"你的拒绝会有备案。"

"之后呢?接着会怎样?会有处分?"

"不能有,也不会有。你将继续为政府服务,政府会在你选择的范围内任用你。"

"但我辞职了!我的辞职信就在我手里。"

"这一点我们没忘。在这里工作的人,以前也有说来就来说走就走的,自认为不受约束,因为他们只是小碎块,能够在自己的壳里活动,没有成长到能够黏在墙上的地步。之后有一段时期,一种过了时的观点重新出现,认为无法完成自己的任务是要被判刑的,这种观点遭到了人们的抵制。但今天,处罚已经没有了,因为不再有过失。内外互相应和,最为隐秘的决定一经做出,就被立即纳入与之密不可分的公用事业之中。"

"可你还是在这儿!为了说服我,不停地围着我打转,转得我头都晕了:我应该签这个,应该撕了那个,应该宣誓效忠。所以,这一切做得还不够吗?"

"不,还不够,这一切是为了你,只为你。因为政府会知道利用你的不服从,而且不只是利用,在抵制活动和叛乱中,你会是它的代表,和你在办公室里,按照它的法则行事时能做的一样彻底。唯一的改变,就是你希望有改变,而实际上不会有。你会觉得那些你原本想称之为毁灭政府的行为是在真正为政府服务的。你为逃避法则而做的事对你来说仍会是法则的力量。而当政府决定消灭你,你会发现这不是惩罚你的过错,不是在历史面前给予你造反者无用的傲慢,而是使你成为谦逊得体的仆人之一,所有人的利益,也包括你的,都建筑在其尘埃之上。"

"你走吧,"我无力地说。

"我就要走了,但我的离开不会改变任何事。你可以占据我的位置,我来占据你的。也许,你已经在我的位置上了。"

"请你离开,"我重复道。

"再见。我打算下午晚些时候给你叫辆车来。"他走到门口,停了下来。"别忘了,"他说,突然恢复了之前的语气,"我是个好公民,我为政府服务!说得真好!"

我嘴里涌上一口口水,但很快又消失了。几乎就在这时,布克斯来到了房间里。他看了看小圆桌上摊放着的纸张,自然地伸手去拿。我刚开始有所动作,两人的目光就碰到了一起,而他还是做他想做的。他穿着劣质长筒靴,尽管靴长及膝,还是暴露了他笨重粗俗的一面。我累极了。"非常好,"他说,"写吧,接着写。"作为回应,我耸了耸肩。我本想使他远离这样的时刻:他如此迅速,如此毫无顾忌地代替了另一个人,而我未能成功地将他们彻底区分开来。而且,他的存在使我疲惫不堪,他那高大的躯体之中蕴含着某种令人不堪重负的东西,是一座真正由石头和泥土构成的大山,和我的疲乏一样。

"艰难的一天,"他一边说,一边给我看他的脏靴子,上面满是煤渣炭屑。"你似乎不太舒服?"

"你似乎不怎么吃惊?"我指着那些纸张说。

"为什么要吃惊?因为这个?我早就猜到你是因为什么焦虑不安了。你挣扎过,不想看见自己惩罚最亲近的人。但逻辑占了上风,一路相随的光明自己暴露了。"

"你猜到什么了?"我疲惫地看着他说道。

"我跟踪了你很长时间。还记得我们第一次见面吗?从那时开始,我认识了你,并且知道了你是如何行事的。我有一些关于你的消息。你是一个案例。"

"一个案例?"

"没错,"他点头说道。

"那你为什么对这个案例这么感兴趣?能告诉我吗?"

"当然,我可以回答你,我不介意你的这个问题。一开始,我对你的确有些难以启齿的企图,我有一些观点想说,这些观点在领导阶层的人看来,对手用时是伤风败俗的,自己用时就是具有历史意义的。你知道的,我这次回来之后,在各个诊所工作,大多数是低级职位,但有时也顶替了其他同事的职位,和其他行业相比,医学界受政府压力的影响比较小。我第一次注意到你就是在诊所里。当时你刚刚发过病,安静地在走廊散步。为什么你会使我印象深刻,甚至使我心绪不宁?我不知道。也许是你走路或是看东西的方式。没错,你当时看周围东西的样子很激动,眼睛像是长在了上面。等等,现在又来了,你看我的样子中有同样的表情;很奇怪,似乎你的目光依附着我的目光,要去触碰它。这种情况,我曾在一个不省人事的人身上注意过一次:醒来的那一刻,他睁开眼睛,盯着东西看。你从来没有得过癫痫吗?"我摇摇头。"那次见面之后,我问别人你是谁。你的名字让我很吃惊,慢慢地,我开始相信我们的相遇不是偶然。于是,我做了一个调查。他们向我介绍了你的工作,你的病。我对你的家庭关系了解了很多,也有很多猜测。没错,我最终走得太远了。我对自己说,不过是一个案例,几乎不可能引起混乱和议论。有没有可能,最古老的故事重新开始,而这一次,它得到了有效的引导,变得有用?这里有某种令人不安的东西困扰着我。说实话,我还不清楚自己想要的是什么:我围着你打转,考验你,还没最后下定决心。是你使我最终睁开了双眼,你引诱了我。而这也很奇怪。在一个这样的故事里,我的角色是引诱你的人。然而却是你引诱了我,向我展示了我所追寻的东西。正是在你识破了我的那一刻,我也看清了自己的所有计划。但是,你把我限制在了我的计划之中,从那一刻开始,你已经将它们消灭了。因为,一旦你回头看看自己的困扰,猜到了我想让你做的是什么,你就不可能去做了。你已走出了之前的事,重新做回了自己。也许这是我的错,也许我应该做得更加谨慎,更加低调,更加隐秘,就像时间一样,更加耐心成熟。不要紧,重要的是你知道的越来越多,渐渐明白了一切,你的发烧也知道一切,是我一直为它服务,仿佛是它的工具一般。而我最想要的也不过是追捕你。"

"为什么跟我说这些?"我说,感觉到越来越不耐烦,"这些是医生的故事。工作改变了你,把你不停带回这个将你排除在外的职业之中,确切地说是因为你没法再做这份工作。"

"你什么意思?"他兴致勃勃地说,"这又是玩笑吗?为什么你的玩笑都这么让人生气,这么伤人?没错,这种概括是有必要的,因为现在一切都过去了,而我现在想对你坦白。我来正是为了向你提议公开合作,真正在一起工作。听着,"他说,像是要赶在我前面把话说出来,以便更好地表明他的想法和我不同,"不要回答,等一等。我需要你,这就是真相。有一天我会向你解释:所有已经做过的事,这些组织是什么时候开始运作的,以什么样的方式行动,我们有什么样的前景。你不能想象,任何人都想象不到,山体受到了多么严重的破坏:我自己也只是其中的一环,单条链子上的一环,可无数的链条正试图秘密地连在一起,形成一股足以废除其他链条的力量。"

"你为什么需要我?"

"我需要你……"他重复道,脸色突然有些为难,"我可以告诉你,我们拥有各个阶层的支持者,各个阶层的公务人员,他们就在你们优秀的政府部门里,遍布各个级别,从上到下。我不需要再多一个官员。况且你病了,行动不便。"

"一个人质?"

"是的,"他突然兴奋地说,"也许是一个人质。我不打算放掉你,我要让你待在这个房间里,自己时不时过来。哦!我这不是随便说说,我观察你很久了。我的抽屉里有很多关于你的资料。你不是法则的敌人,可你想脱离它,这一点极其重要。对于你的辞职,我没什么兴趣。我认识上百个背叛自己效力对象的公务人员。但确切地说,你这不算背叛:你和法则紧密相连,但不再为它效力。看着你,我在你的脸上发现了我所讨厌的一切:亲切,宽容精神,混合着最使人感到耻辱的讽刺,包括这个笑眯眯的眼神,冷淡得近乎呆滞,这个我借来看你的眼神。这一切是多么伤人!但你没有冒犯任何人。相反,看着这些长久以来伤害我的东西,我觉得愉快,我感到平静。看着你,我不再觉得受伤。你照亮了我,却没有灼伤我。你就是我要找的那个人。"

他贪婪地看着我,也许有几秒钟的时间,之后,看我未作回答,他朝我床上扑了过来,半跪半坐,套着长靴的膝盖直伸到我的脸旁。令我感到惊讶的,是他那在我看来近乎荒谬的兴奋如此让我疲惫不堪,仿佛在被镇压之后,我必须看着他给我带来极大的提升;是从他的梦想中——在他自己看来,他的梦想是关于飞速发展、成功与和解——我只需要认识到令人窒息的整体,而这个整体和他的体重一样,都使我完全不能动弹。而且,他谦逊得过分了,总是无意识地卑躬屈膝,自认为卑屈是高贵的表现,像只挨了打的动物一样顺从,甚至还不如动物:他只是被痛打了一顿的马匹的残骸。我挪到了旁边。就在这么做的时候,我看见他合眼睡了。我于是抽回了自己的胳膊,他的身体越来越往前。他的皮外套散发着一股难闻的味道,使我想起了弥漫在整栋大楼里的气味。他看上去筋疲力尽。我想到他迟缓又敏捷的血液,他对其不信任,将它称作自己的主人,而这一刻,这主人一下子就制服了他。他的睡眠多么奇怪!它使我得到了休息,这个房间睡了,整栋大楼睡了,我也睡了。现在几点?突然,他抬起上身,盯着我看了看,又站了起来。"我太累了,"他说,声音凄凉。他人站着,半梦半醒地望向窗外。"我要去弄点咖啡来。"他还是一动不动地站着,毫无生气,但慢慢地,他像是醒了过来,我发现他在听什么东西。"你听见了吗?"他问。事实上,我听见了一阵奇怪的咳嗽声,像是低沉的叫声,并不明显。

"是你的同事。我刚才就听见了。"

他还在听,像是生气了,心情不好。

"我去让他闭嘴。他简直是在像狗一样哼哼。"

"怎么了?"我问。在这之前,他已经在隔墙上敲了好几下,节奏快而无规律,呻吟声立刻停了下来。他耸了耸肩膀,回到房间中央。"但是,你要拿所有这些病人怎么办?你不会满足于只是敲敲墙来让他们不出声。这事如果发生在你身上呢?如果他们把你锁起来呢?如果他们把诊所关掉呢?"

"这个诊所?这里吗?为什么关掉?"

"警察在监视你,你自己很清楚。"

"警察?他们为什么会来?首先,他们在哪儿?他们不想来的,我保证。他们甚至不在附近转悠。这里不是警察的天下。"

"他们迟早会来,总会来的。你什么都不知道!他们比你更了解情况,而且不害怕。"

"他们当然了解。数据表明一切。灾祸显露自身的时刻已经到了。监察委员会今天给我们提供了足够开设四所新的治疗中心的物资。明天,可能每条街上都需要一个急救站。要手段已经吸引不了任何人。"

"你说什么?但是……你在这儿!布克斯你疯了。而他们如果让你这么做,情况就更严重了。你不明白,他们的支持是为了使你沦陷,他们的帮助会毁了你,而且他们并不会帮你,只是看上去会:你有什么办法?你可以采取什么措施?他们知道你会被吞没,会失败。你会被毁掉,我们都将被毁掉。你要拿我怎么办?"

"你想离开吗?"

"他们要派一辆车来接我。你知道吗?"

"待在这栋大楼里当然不是个好主意。"

"你这么说让我觉得很不舒服。我对这个决定没有责任。我是奉命撤离,只能服从。"

"随便你,"他把纸张收拾起来,神态冷漠地看着它们,几乎有些蛮横无理,"你必须离开,这是自然。毫无疑问,你的家人坚持要你离开!"

"你为什么这么说?你猜到了什么?你接到了不同的命令?"他一直拿着那些纸张,盯着它们看,但显然没有在读。"喂,友好一点。你为什么让我知道他们不希望看到我离开?你是怎么知道的?"

"没什么,我什么都不知道。"

"见鬼!"我说,人往角落里缩。

他往前走了走。

"你想留下也容易,我给你签一个证明,说明你……你病了,被传染了。到时候,没有任何人有权利让你离开,即使是顶层权力机关。"

"但这是滥用职权。或者……你告诉我真相!我命令你告诉我。你对待我的方式不近人情,貌似谨慎,实则卑鄙。"

"我没有强迫你留下。你同意,我才会开证明。"

我们都没说话。隔墙后面,多特又咳了起来,声音实在恶心,让人觉得不干净,像是喘不上气来。

"这病的症状有哪些?"他做了个不知道的手势,像是在说:我不是真正的医生,你自己也这么说。但这个手势也有可能是在说:千万别开始关心这些症状,你对它们已经足够了解了,我们大家也是。"看看这个,"我说。

我的皮肤现在微微泛红,让人厌恶却又有些诱人。他的手沿着我的肋骨向下,手法极其专业,像护士做的一样。突然,他碰到了我的大腿,那里似乎没被感染,但这下却很疼。

"警察!"我低声说,耳朵嗡嗡作响,"今天早上,他们狠狠地打了我一顿。"

他久久地看着我的脸,接着轻轻地拍了几下。"眼睛别动。我给你敷点东西。这是什么?"重新站起来的时候,他发现了我紧紧拽在手里的一张纸。"给我看看!"他试图出其不意地把它从我手里抢过去。"够了!"我推开他说道。接着,我在被子下面又读了一次纸上的内容。

"你知道这是什么吗? 这是我继父为了让我安心而开的玩

笑,是一份声明,断言没有传染病,我没有任何危险。"

"是你继父写的?"为了抢到这张纸,他一把推倒了我。我打了他。

"你太过分了,"我冷冷地说,"而且,上面的内容我都已经念给你听过了:本人保证……"

"我想看看他的笔迹。"

"很普通的笔迹,和所有人的一样,和我的一样。"我远远地拿着给他看了看。"知道我为什么留着这张纸吗?你也许会笑话我。这是个护身符。"

"护身符!为了预防传染病?"

"假设你是一个医生,"我说,"试图通过给我随便讲些故事来医治我,但再假设,你真的有非法行为,或者你想把手放在我身上,或者这个国家突然发生了某些事,或者这病是你的同谋;假设你是个怪人,有两副面孔。如果你希望成功反抗政府,那你不也是病人吗?而如果你是病人,那你想要做的一切不就只是烟雾,只是你陷入困境的信号了吗?但是,如果你真的和别人不一样,也就是说对政府不了解,而政府本身又只是一个骗局,由谎言和虚伪构成,那么你是对的,你是在为真正的正义斗争,为被压迫的不幸真理斗争;但是,尽管你是对的,你仍然只是政府的工具,是它勤勉的仆人,为它的生存和胜利服务,却因为法则的命令而得不到承认。如果你是这个仆人,那么你也是我的仆人,你为我服务,照料我,无所谓是作为一个真正的医生,一个没有执照的医生,还是一个要在我身上为自己的梦想寻求保证的迷失的人。我被吊在一颗钉子上,这个钉子就是真理。现在,我透不过气来了,可是没有人把我从钩子上放下来,你没有,别人也没有:这就是这张纸一再提醒我的。"

"你真的把我当疯子?"

"我只是在拔掉这个钉子的希望中摇摆。明白了吗?"我指着隔墙对他说。我从来没有听过这样的咳嗽声,嘶哑得不像真的,十分虚弱,仿佛咳嗽的不是病人,而是这病。

他在那儿凝视墙壁。"我认识他二十年了,"他说,"他曾经是我最好的同事。可现在,成了什么?一副躺在床上的骨头架子!"

"那么,如果我留下,等待我的将会是什么?"

"别担心。我会时不时来看你。没事的。现在,"他犹豫了一下,接着补充道,"我对你只有一个要求:当你想要写东西的时候,把它们写下来,想到什么写什么,即使是些琐事。"

我看了他一眼。

"别相信我,布克斯,拜托你,别相信我。"

他友好地向我挥了挥手,接着把门拉开。

"试着睡一会儿。护士晚点会过来。"

七

我感到手上有汗水滑过,但皮肤还是干得厉害,甚至有些凉凉的,尽管天气很热。我起身坐在床沿上。腿一伸开就痛;如果半屈着,又会微微拉扯脓疮,时不时带来一阵剧痛;但浮肿似乎轻了些。我找来鞋子。此时,阳光已经到达了地板的第六格凹槽;敲打声还在继续:三下又三下;一下,接着是五下。就像是有一头野兽在那边默默地刮墙,或是轻轻地啃咬石膏。五下,接着是两下;一下,接着是五下。它可能是任何东西,也许是只快死的苍蝇;但苍蝇在空中盘旋,紧靠在一起,它们非常小,只能算得上小飞虫,在阳光下飞作一团;我们一直被要求驱赶它们。我拿着鞋子,大力往墙上拍去。墙壁立刻回应:一下,又一下;一下,又一下。啊,啊!我知道他用的是打火机的一角。啊,啊!他觉得有趣,墙壁笑了。墙壁刚才说:"我要起来了。"我拿起拐杖,轻轻地敲了敲:画作就在我眼前,我看见五个大写字母的线条,听到它们的声音,感觉像是脑子里轻微的灼热感,像是脓肿给我带来的烦躁不安。相比起我自己的腿,这面墙对我要更加敏感,不止这面墙，所有的隔墙都是，包括每件物品，每块地板，敲打声持续了几个小时，日夜不停，谨慎得鬼鬼祟祟的，使它与其他裂开、走动、飞舞的声音混在一起，以至于现在不再有一声嘈杂，也没有一刻安宁，它已经是一个话语。阳光到了第七个凹槽，我重新躺了下来，疼痛也开始在我的大腿内部闷声敲打，有意地突突直跳：四下慢的，接着的一下极快；然后又是缓慢的一下，接着急促的五下。也许是鼠疫。肌肉四周全都比石头还硬，是真正的保护壳，对最难忍受的痛感也毫无知觉。在这个地方，病痛和绷带相像得简直会叫人搞错，因此它越是恶化，人们越是觉得它在好转，但还有完全相反的情况：它越是难以察觉，越是让人疼得厉害；不管怎样，现在发烧正使它灼热难耐。我站了起来，今晚帘子放了下来，阳光覆上窗子，占据了整个房间。那里有某种我再也无法承受的东西。高温？没错，是高温，还有这光线：它有水样的呆滞和韧性，一有开口就流动，没有就渗透；它在几小时，几天，几个世纪的时间里扩散开去，就和水一样。你做什么？墙壁问。我走过去，看着这面墙，用手指描绘那团污迹的轮廓：它正朝上扩张，看上去更加显眼，尤其是更加潮湿，更加油腻。我在看这块污迹。我轻轻地敲了敲。我猜想他现在肯定是这样一副模样，身体紧紧贴在隔墙上，像是长在上面一样，观察它，脑袋黏在上面。怎么样？——大了些。墙壁立刻愉快地笑了出来：哈哈！哈哈！干瘪的两声在几秒钟的时间里不停重复。我跳上床。远处水声回响：一整天都是伴随着水声、碗和茶托的碰击声的寂静，有时还有尖叫声。我把自己包在被子里，看着这面墙。久而久之，我看见了一些文字，字迹算得上清晰,像是贴在上面的:在所有的大楼中,如果有一人发烧,或是身体的任何部位出现斑点,有浮肿的情况……这段话戛然而止,有警告信号;我明白自己是直接读到了墙壁惯用的轻拍声。护士登上楼梯:她的脚步声容易辨认,一成不变,没有节奏,右左左右,总是同样的方式,但脚步声总是太重,有些尴尬,应该是鞋子太大的缘故。"你为什么不起来?""我的腿很疼。"她俯身检查我的浮肿。她的白色工作服十分挺括,像是给她自身的呆板上了一层浆。她用万能钥匙打开窗,拉起帘子,又开了气窗,放进点空气。"这应该不妨碍你出去,"她说,"情况正相反。"就在这时,墙壁故伎重施:又出去?我戴上帽子,敲了敲墙壁,安静,安静,但是,我的手还没停下来,我就又开始听到一连串的敲击声,它们是如此灵敏,如此微弱,但又如此顽固,所以,即使是我自己在敲的时候,我还是听得到它们。散个步。我说。接着,墙壁改变了口气,他重复着这个词:看看,看看,重复了大概十次,每次会敲五十来下。

布克斯没能明白的是,我不需要写:事件自动被记录、被书写下来,我的存在本身就已经使它们形成了故事。一切于是那么清楚,那么迅速,或者正相反,一切变得太慢;结局每时每刻都在上演,但它也早已发生过了。我走向窗边;看见了什么?什么也没有;矗立着的房屋的那边,也许是一团阴暗;没有一扇窗亮着。我回到床边,但它不接受我。我在地板上躺了下来。整条街在我眼中清清楚楚。十栋、二十栋的房屋,也许已经关了门,一些是因为灾祸已经降临，另一些是因为希望幸免于难。而且路上总有行人，成排的房屋和人行道；在好几个窗户上，我甚至看到了些花儿。行人不断地擦肩而过，他们互不相望地往前走，却看到了一切：一旦注意到可疑迹象，哪怕是最微不足道的，一条缠着绷带的腿，或者一个袖章，他们就绕开了。我不能继续待在地板上。我知道如果我走动，他会听见。在近乎黑暗的环境下，只要绕着家具走上十圈，就会感到头晕，在白天则需要四五十圈，而且还要想着晕眩这回事。我试着入睡。半梦半醒之间，他老鼠似的刮墙声始终纠缠着我。老实说，这已经不再是敲击，而是摩擦，是拍翼；晚上，懒得继续的他应该会满足于拿着拳头在墙上磨磨蹭蹭。什么？我问。你听见了吗？他能听见什么？屋子里发热的病人？他们胡言乱语，乱吼乱叫；有伤口的在包扎的时候叫，也就是快到九点和快到五点的时候。但他几乎每晚都听到从临近街区传来的呼叫声，可怕的尖叫声。三天前，我们散步的时候经过一栋禁止入内的房屋，有一扇窗子是开着的，一个女人喊了三次："去死"；那是一个小房子，肯定没有其他住户；她的语气和她所说的话一样让我感到吃惊，没有辱骂，没有仇恨，只是一个简单的声音，中立，顺从，仿佛这个女人是在劝说自己赴死。去死，去死，去死，现在，墙壁正在以它自己秘密而无表现力的语调重复着这叫喊声。一直持续到拐杖重新敲打墙面才停了下来。我试图数清这些噪音：屋里没有任何噪音，没有咳嗽声，没有开关门的声音，没有水声。那寂静像是火车的寂静，轰隆声使得一切噤声，但这里没有轰隆声，而且，外面也只是更为广阔的寂静，更加难以穿透。我想象着身后离我最近的那条街通往哪里。右边是空地,左边是街道,广场,然后是林荫道。远处,也许有卡车隐隐约约的轰鸣声。我重新坐了起来,他又开始敲了起来。坟墓?——什么?——他们在那里工作。——闭嘴。应该是发生在空地的旁边,他常说在那里听到施工的声音,但是,我只看到了同样寂静的背景:总之,什么也没有,也许有轻轻的脚步声。他肯定听到了汽车的噪音。毫无疑问,远处有卡车驶过,重型卡车,或者是一连串的卡车。噪音没有继续,它靠近又离去,接着消失不见;似乎有一辆车时不时停下,重新启动,又再次停下,而其他车辆则一路向前狂奔。听上去像是垃圾车。就在这时,我感觉大楼的门开了。在我头顶上方,有人从床上跳了下来。病人们重新开始咳嗽,开始呻吟。现在,确实有一辆卡车驶进了街道,它的轰隆声越来越近,使得墙壁震动,接着,它突然停了下来。透过窗子,我什么也看不见,前厅的门没有开。我听见滑动的声音,脚步的声音,人们小心地在街边工作,搬东西,在地上拖。我在凳子上坐下,不想再听到任何声音。果然,没过多久就安静了,但才安静了没一会儿,就又吵得可怕,嘈杂声四处蔓延,充斥着整座城市:我听见它急匆匆朝我们赶来,将我包围,击中了我,我当然知道是降雨,暴风雨,但它是如此地能说明问题,如此充满了警告和威胁,丝毫不给我喘息的机会,对我围追堵截,要把我逼疯了。当我重新躺下的时候,嘈杂声又变得温和了起来,雨静静地下着。多特问我是否听到了车队的声音。什么车队?他慢慢地重复了一遍问题,然后就不再言语了。

脓肿的灼烧感越来越明显。而且,它越来越显眼,对膏药越来越没有反应。散步的时候,我看见了一个跑步的人;他从邻街出来,沿着林荫道向前跑;他身上裹着被子;没有一个人试图拦下他。到了街角,他跌倒在地;有两三个路人想帮忙;可他先是由着他们靠近,接着就向他们扑了过去,连连吼叫。我没什么可做的,只有看布克斯的那些文件,突然感觉疼痛燃烧了起来:脓肿深处像是有颗活的钉子,我一读,钉子就钉得更深,继续读下去,它就要变成螺旋钻了。尽管如此,我还是强迫自己往下读。那是一页页的报告,一堆骄傲的胡言乱语。为什么给我这些评论?为了了解我的感受?为了引导我写东西?为了要让我烧得更加厉害?我感觉得到,这种情况持续不了多久:如果身体继续被这种灼烧的感觉纠缠,我就必须跑开了;去哪儿无所谓;我可能会去投河。灼烧的感觉在我全身蔓延,连指尖和脖子也感觉得到,它正在榨干我身体里的水分,但这并不是它真正的目的,它想要的是到达我的眼睛,触及我的目光,把它弄得酸涩滚烫,让我的眼皮没法垂下,也抬不起来,而它在读。它在读那小学老师般工整的字迹,不落下任何一处,十分高兴认真,布克斯的字,这些字:我是个被冒犯的人。这并不是说有人冒犯了我。不,是我被冒犯了。谁都使我感到不快,所有人都是我的负担,如果我要报复,那报复的对象必定是最有错的人。我不是找有责任的人。某些人比别人更应受到处罚,但所有人都有相当的罪过。区分机构、个人和法则并不重要。摧毁政府没有实在的意义,毫无可取之处;但是,使公共人物声誉扫地的人永远是我的同志。我知道,这些话几乎可以说是我写的,读着它们,我觉得它们不算光彩,但是我明白,也赞同;这就是为什么,我不得不读下去。另一张纸上有些统计数据:四所新建的治疗中心;人员已撤离的二十一座新大楼,五十七座隔离大楼,其中四十三个是因为发现疑似病例,十四个是因为住户与感染者有过接触。这些数据是为了什么?他把这些给我是为了吓唬我?为了使它们成为无可非议的,为了使我接受它们,仿佛它们是现存的唯一权威?我明白了他们为什么要带我累死累活地闲逛:我必须得看见那些紧闭的大门房屋,有看门人把守,建起了合乎规定的栅栏;这个街区得在我的眼中显得像是遭遇了一场可鄙的火灾,它的每一步都污染了空气,损害了阳光。当然,街上还有些行人,然而,这里是荒漠,是和被依法封锁的地方一样空旷的空间,是路人不再能够带来真正的人口密度的区域。为了让所有这些在我眼里变得合情合理,为了使大家都知道针对传染病采取死亡措施是有必要的,某些事情发生了转变,例如现在,上街就如同淌入泥浆之中,进入污水的孤寂之中。我扔下文件,想要喝点东西,随便喝什么,消毒剂都行。杯子上也有油渍,我的手指把油污弄得到处都是,床单上、墙上都有。也许是因为发烧;我感觉有某种油脂从我身体里冒出来;当我检查自己的腿时,我不敢去碰它,它像块石头一样,皮肤的颜色白得令人作呕,像是有一股巨大的压力施加在上面,试图使它发生改变,这股奇怪的压力使我想到了一些事情,一些和过去有关的事情,它们和回忆,和所有的往昔一样沉重。就连注视都是:我感觉得到,注视太过了,我的目光往灼热上加了迷幻药,使它开始自己恢复。也许是同空气或是阳光的接触?阳光使疼痛显而易见;忍受它已经不够,还应该看着它,它充斥着整个房间,使我脱离了自身,整个房间都让我觉得难受,不只是难受,那种感觉比难受更让人无法容忍,它激怒了我,使我兴奋异常。你生病了吗?墙壁还是不回答,只有那块巨大的,不成形的污迹在进行着解释,像多特说的,那是他在场的证据,他的发热和汗水工作的结果:这是真的,它显得更大了一些,一点点蔓延开来;我跑过去,把手放在上面,又敲了敲墙,我知道他没有睡着。随他了。我重新走动了起来。也许房间太空,墙壁太白;而且,房间太过正对着外面,所以我才会坐立不安。为了休息,我找他要一些可以看的图册,而他只同意给我一张相片,相片上是他和多特,还有其他二十几个男人,场面奇怪,在我看来几乎是场闹剧,但可怕的是,这是真的。只有布克斯一个人能认出来:他看上去既不比现在年轻,也没什么变化,因为这个原因,穿着那件衣服的他成了另一个完全不同的人,和我认识的布克斯没有任何共同之处,他成了一个传奇的人,令人难以置信,几乎是个英雄。其他人紧紧挤成两排,看上去像是犯人,又像是病人,或者是同一个单位的雇员,但他们全都神情黯淡,一副被遗弃的样子,带着某种心计。多特应该是左边这个,正在布克斯的后面。多特?他在做什么?那间房里没有一点动静传过来,他不再咳嗽,只是有时呻吟。此刻,我更希望听见他吼叫,或者只是说说话。在那个房间里,人们几乎不说话,至少我没有听到过,护士们也是来去匆匆。想到他可能出事了,我感到心慌意乱,仿佛他才是整栋大楼里唯一真实的。我看着他的污迹,他的墙壁,上面撒满了他机智的符号。我从那些文件中挑出了些曾经满大街张贴过的告示,这些告示对他来说冗长单调。我把它们贴在这面墙上。所有隔离大楼由两名或两名以上的看守负责监管,他们必须保证大楼与外界的沟通。——所有被医疗机构发现有疑似病例的大楼将隔离八天。如果后续证实传染病确实存在,大楼将会立即被清空。接收到撤离法令大楼里的未感染居民将到治疗中心接受观察,为期八天。——未经许可,任何人不得进入隔离大楼。任何情况下,隔离大楼里的住户均不允许外出。——新的通知出来之前,之前法律条款暂停使用。我听见下面的走廊里有跑动的声音。我突然奇怪地感到一阵恶心,我觉得它和我读东西有关,但不清楚两者之间有怎样的联系。我走到窗户边,窗子打不开;空气不足;我跪了下来,通过窗户槽呼吸一点外面的空气。院子的另一边,就在我的正对面,我看见了一张白色的大床,床像是空的。然而过了一会儿,厚玻璃窗上多了一道阴影,厚厚的。我朝它做了个手势。那阴影一动没动。看它这么矮小,我觉得应该是个跪在床上的人,或者也许是个小孩,但它很大,几乎有些畸形了。我拿起文件中的一张纸,来回摩擦增加了窗玻璃厚度的涂层,用指甲刮过之后,我成功地让玻璃透明了一些。那家伙没有动,很明显,他在看我,在观察我。我示意他也擦擦玻璃。突然,对面的人变得十分激动,开始在整个窗子前起起落落,动作非常迅速。他匍匐而行,然后重新站了起来;他的影子一度以一种惊人的方式延伸开去,到达了窗顶,接着,又开始了它的舞蹈。这场景弄得我心神不宁。恐惧袭来,我扑到床上。我感觉这场景正在我背后继续上演,我刚刚看到的始终可见,这感觉使我痉挛了起来,人也跌倒在地上。但没过多久,我就恢复了镇定:躺在地板上,感觉着灰尘,这种情景出乎意料地令我感到舒服;我轻轻地呼吸;渐渐地不再感到急躁。我爬到窗户边。已经有好几处亮起了灯光。这些公寓肯定都是供门诊所的行政人员住的,而且,我胡乱猜想布克斯住在四楼尽头处的某一间房里,因为我们这一片被隔离的大楼现在只接收病人。对面的房间仍然笼罩在黑暗之中。我一直蹲着,直到夜灯亮起来。

在我往自己脸上浇水的时候,我决定给布克斯写点东西。光线暗得我几乎没办法写字:在整个这段时间里,我都感觉到自己的存在所带来的耻辱要远远超过其他人,因为我得阅读、写作、思考。我懂得一切。"我看了你写的东西。你没问过我的意见,但这几天,我一直想要告诉你我的想法:你写得太多了。你对你写的东西有些迷信。你太过在意评论、命令和报告。另外,你的表达中缺少某些东西,我也不知道具体是什么。它们是些愚昧的复制品,一种学来的语言,试图恢复与现在正发生的事格格不入的旧典范,因此,过去貌似回来了,但却像是一种讽刺的预言,使大家所有准备要做的事情都变成虚幻的。对我来说,情况变得难以忍受。生病总是让人伤心的事,但是,这样可耻的特征让它自己变得荒谬。也许你忘了,我明白所有正在发生的事。我看透了一切,你记好了;这就是为什么我不再能够坚持很长时间的原因。我感到羞愧。在这个房间里,气味还差不多可以忍受。但是,一旦到了走廊：就成了腐烂的气味，仿佛所有房间里都藏有正在腐烂的马匹。这已经不再是空气，而是某种可耻的东西。还有那些街道，我求你了，明天别让我去那儿。街上有些人会因为我气色难看，或是身上难闻而躲开，我不想让自己再有机会遇到他们。所有的街道都在腐烂。人们有太多的恐惧。而你们仍然允许某些屠夫贩卖牲畜？简直是疯了。听着，你们不该继续侮辱那些不幸的人，他们比烂泥强不了多少，就算是为了治愈他们也不行。我向你保证，通过侮辱而得到治愈，这是整件事中最坏的部分。当人们像我一样明白一切，那就是地狱。"我躺了下来，但不安的感觉再次袭来。我看见这个不幸的人跳上跳下。他穿的应该是衬衫。难受吗？为什么看见我会使他大动肝火？或者真的更加卑鄙，是提前商量好的？半睡半醒之间，我清楚地听到了枪声。夜灯一直亮着。一声十分轻柔的枪响响起，慢慢消失在远方：可能是发生在空地上。但是，离我近得多的地方响起一阵十分激烈的齐射，我感觉它包围了四周，我甚至觉得自己听到了身后那面墙泥灰碎掉的声音。我这时的想法是，当局终于醒过来了。我本想起来，去看看情况，去喊叫，去敲门，但我没起来。早上，我感觉非常难受。我闻了闻自己的手和上衣。对面亮着一道微弱的白光，似乎从我醒来开始，我的眼睛就一直盯着它看：这道白光落在了墙上，但和污迹不一样，它会移动，甚至会脱离墙面，在空气中成形，最终，我对它的观察带了些害怕。没过多久，我就听见隔壁房间响起一阵人声。接着出来了一个人。我跑到前厅，试着从缝隙处往外看。我重新躺下。慢慢地，这片白光的可怕之处渐渐显示了出来；它让我感觉到光线里的锋利,现在,它是一颗牙齿,是猥亵的一截,足够把我捣碎,并迫使我重复一遍前晚发生的事。我于是摆脱了迷迷糊糊的状态,猜想这个记号和窗户涂层上的裂缝相当,阳光从那里射进屋内；我感觉墙壁在嗡嗡作响。多特？作为回应,响起一阵极其微弱的声音,那是一滴水落下的声音,接着又是一滴。"你病了吗？你使我害怕！"水声消失了。我想他又回到了墙边自己的位子上。"回答我。"我感觉有一个水池在等着蓄满水：一滴水也要等上几个小时,为了这两滴水,这么多天以来,他一直时刻保持着沉默。突然,敲墙声再次轻轻地响了起来,虽然没什么规律,但却很清晰。"没力气了。""是布克斯？"但是,沉默再次降临。我们两个人都听见了护士的脚步声。她带着一锅咖啡和一桶水进来。她从外面带进房间的味道是如此强烈,如此令人恶心,以至于让我喝下她带来的东西简直是荒谬的,是一种挑战,这些东西本身也带有劣质药品的气味。我用手势告诉她我不喝,为了把碗收回去,她伸出手,在我面前摊开,暴露在我眼前；她手的大小和粗糙使我感到惊讶,它们有一种特别的样子：它们要从事什么样的工作？最好不要问。它们将碗收走,在我眼前慢慢地展示着自己,仿佛它们是故意出来展示自己再也不可能被看到的样子,直至这一刻被塞进手套里。这时我才注意到她几乎一直戴着手套；也许在我第一次见她的时候,她的这双手是没戴手套的。她走去开气窗。我几乎听不见她在我背后的声音。"他们为什么不管我？我的腿烫得厉害。""我可以给你敷一下。""我不管你怎么敷。我难受。你明白这意味着什么吗,难受,难受！

我老是想吐。"她好像往我脸上洒了一点带着杂酚油怪味的水。她接着收拾床铺。"你怎么能忍受这些气味?"可她甚至都没有看我,只是继续走动,神情木然地盯着东西看,既不殷勤,也不严酷,神情冷酷,周围还飘荡着一股霉臭味。"你为什么干这个?为什么不逃走?"她也许耸了耸肩。她转过头去,收拾带过来的东西。"要不要给你留点咖啡?"我看着她,示意她不用,但就在房门即将关上的那一刻,我喊了一声,叫住了她。"对面那间屋子,是谁在住?""哪儿?""院子的另一边。"我在床上跪了起来。她走到窗户边,望了很久。我看她半弯着腰,过大的鞋子几乎齐膝:是西部矿场里的工人会穿的那种靴子。"那是给狗住的。"她转过身来说道。"狗!它们在那儿做什么?是为了监视?"她胡乱做了个手势。我等不及她离开就起身跑向窗边。玻璃窗后面也有同样的一片白色,像是张床,和整个房间一样宽。长插销上挂着件衣服,也可能是在椅子上。房间像是空的。我知道曾经有人下过屠杀所有牲畜的命令,那些仍在街头流浪的动物都遭到了围捕和消灭。然而几天之前,就在我们最早开始散步的某一天,我们曾在大街上碰见了四十多只大狗,它们被人牢牢地牵着,这些人占据了整条街道。这些大型动物的毛发被修理过,露出病态的白色皮肤,像是对女人皮肤的讽刺。这些狗既不大声叫唤,也不低声嗥叫,它们跟着主人的步子走,一起制造出巨大的响声。对于左右两侧为了给它们腾出地方而急忙跳上人行道的路人,它们毫不在意。它们也许都没看见,只是盲目地往前走,给人一种可怕胺肿的印象,在回狗窝之前被召集起来,稍微散一会儿步。当然,这很难忍受,连气味都变了,成了一种私密的、带有暗示性的气味,就像最平淡、最温和的气味突然强烈到令人窒息。在那一刻,我感受到一种极端的厌恶,而现在,厌恶的感觉就在对面,就在那个和我的房间一样的房间里。我继续待在那里等待,眼睛盯着那个房间和院子。我对自己说,万一这些狗真的叫起来,我是不会容忍的,最坏的事情将会发生。渐渐地,在更仔细地观察过从我在玻璃窗上开出的地方透进来的三指宽日光之后,我意识到它就像一段说明文字,透过这个缝隙,仿佛赋予了所有我看到的东西同一个名字。

两栋几乎完好无损的房屋后面冒着滚滚的黑烟,使得街上聚集了一堆的人,久久没有散去,这群伤心的人哪里也不想去。人们看着这场景,数一数的话,他们应该有二十来个人,也许是三十,但是,他们都留心与其他人隔开,没有形成一个真正的围观群体,每个人之间都有走道宽的距离,有些人甚至试图通过把脸藏在手帕后面来完全隐身。我注意到她反常的徘徊。她并没有特别在看两栋失火的房屋,而是直直地看着自己的前方。第一栋房屋尽管肯定是没人住了,却是死亡人数最多的,窗户关着,阳台已经废弃不用;很多玻璃窗上满是碎布和纸屑,像是为了堵住最小的空隙。有百叶窗的,百叶窗被拉上了。除了失火的房屋之外,守卫也注视着我们,其中一个人站在粗糙的小岗亭门口,其他人在街上,手上拿着警棍。更远处,所有的房屋都被做上了记号,把街道引向荒无人烟的地方。我注意到有几个人在说话,再没有什么比这更奇怪了,因为他们在说话的时候既不看着对方,也不互相靠近,而是维持这极远的距离,仿佛这些话只是一种中立存在的补充,以至于这声音和多特在墙边的咳嗽声类似。我想起多特说过几乎一样的话。纵火的似乎是对面大楼里的住户;那栋大楼的面积相当大,首层是一间成衣店。他们肯定是相信了这病就藏在窗户后面,只有街道将他们与之隔开,他们没有选择等待合法的疏散,而是扔过去了好几桶汽油,很快便把他们的邻居置于火场之中。"一定要烧光这些破房子,"有人低声说。"没错,一定要放火烧光这些东西。"大家都开始轻声重复这话。它像是一个酝酿在火堆里的口号,一个死亡之音,被火焰照得闪闪发光。这些往我们这边吹的烟雾,这些苦涩的气味仿佛给我们带来了一丝清新,使我们免于呼吸那些带病的空气,它变成了天空下最纯净的东西。守卫示意我们走开。立刻就有一些人走掉了。一个守卫走了过来,腋下夹着枪。"今晚负责维持秩序的就是他,"有人说,"失火大楼里被隔离的住户想要逃生,他不让。"然而,每个人都认为,尽管有人开枪,还是有人成功逃走了,在附近游荡。

　　守卫在离我们十来米远的地方停了下来,叫我们过去。在那一刻,我看到了她在看什么,是路牌,上面写着西街;路牌上面画了一黑一白两个圈,这符号表示街上有被疏散和被隔离的大楼。墙上用红色颜料写着"安静"。她肯定发觉我们是单独在一起了,但她没有注意守卫的声音,这声音听在我的耳朵里,像是一种怀疑:我们之所以在这个地方逗留,是因为我们属于这些肮脏的传染病大楼。大街上,几乎每棵树上都贴着一张告示,但是,几乎每张告示都被撕毁了;大片的纸张悬在那里,又湿又脏。但是还有一个完好无损;尽管不大,我还是远远地就看见了它,因为上面彩色斜线是官方标志。它也许是最新的,但是,没有一个路人走过去看它。告拉瓦尔街守卫书。拉瓦尔街上的所有大楼,除了两栋隔离的大楼外,都已清空住户,这两栋隔离大楼的守卫,不仅伙同他人抢劫了空置但处于查封状态的大楼,而且还杀害、抢劫了尚有人居住的大楼里的居民。在一次检查中,我们发现了两具女性尸体,其中一人死于枪杀,另一人脖子上勒着布条,窒息而死。然而,检查结果显示,这两名女性生前患有严重传染病,因此,所有接近过她们的人很有可能被传染。"你在做什么?"她说,"过来!"最后的几行字让守卫们看到了自己所面临的危险,以及因为他们没有尽早去诊所而给群众带来的危险。我知道她不想我在街上讲话。所以,我继续在她后面慢慢地走,和她保持着相当的距离,每走一步,我都感觉腿上的疼痛要加剧一分,并且使我剧烈痉挛。刚走到看门人原来的住所,我就晕了过去。他们把我送到一个小房间里,我在那儿看到了一个穿着白大褂的男孩,他正从清洁盆里拿出医用棉球和一些脏衣服,然后又把它们扔进了水桶。

穿过朦胧的空气,这个男孩把手指按在我的眼皮上,接着就走开了。我看见她站在我旁边,胳膊深深地插进雨衣的口袋里,直到手肘,而在另一边,他打着手势,偶尔将手快速地送到唇边。他好几次重复"监狱"这个词,声音如铜铃一般,骄傲又确定,而她明显通过唇形明白了他说的这个词,她看着他,仿佛这个词是有形的,会发光,耀眼程度和刚刚火灾这个词对于街上的那些人来说一样。"监狱将被清空,"他突然宣布,声音如雷。"很明显,整个国家再也没有比那儿更卫生的房屋了。""没错,"她闷声说道。这时我才注意到她的脸变得有多么显眼:就连她的脖子也露在了雨衣外面,伸长的姿势是如此奇怪,如此明显,所以,当她把手放上去的时候,明显感觉自己露得太多了,她这么做是为了感觉接下来会发生的事。她继续盯着前方看,一面开始解雨衣,接着,某个东西让她停了下来,她反过来拉扯腰带扣,把自己包得紧紧的。"这在我们的安排中是关键的一步,"他咆哮道。他走到我前面,从桌子上拿起一个本子,一种有存根的小簿子;她慢慢转过身来,眼睛盯着他看,但他声音紧张地对她说:"你看。"她上前的动作十分突然,我不得不往后退了退。他恼火地瞪了我一眼。"啊,"他说,"接收了十四个额外的病人;临时把他们安置在小房间里了,"他弯腰在墙上的平面图中指出了他们所在的位置。那女孩拿起书柜上的一个小玻璃瓶。"这个?"她问。她递给我的玻璃杯有淡淡的薄荷酒味道。我抱怨自己的腿疼。轮到她去看那张平面图,上面有许多小旗子。"他的房间呢?"两人齐齐转向墙壁。我大声叫唤着腿疼。"真的疼吗?让我看看。"他拿起一个红瓶子,一个医用棉球,往外滚滚倒出里面的液体,他灵巧地接在那里,只有极少的液体滴在了我的衣服或地上。她神情古怪地看着他。这团火很快到达了肚子和胸部,灼热的感觉之下,我感受得到它的恶意;疼痛可以忍耐,但这份从瓶子里落下、故意惹我生气的恶意实在让人难以忍受。我挣扎了一下。他还是一直倒。"够了吗?"他边说边在我的大腿上裹紧绷带,我试图拒绝,好让这疼痛暴露在空气中,让所有人看见,而不是危险地藏在我身上。"行了。"说着他轻轻拍了拍我的肩膀。我盯着他看,突然,那个穿着衬衫在街上奔跑,而路人不敢碰他的男人似乎从布克斯的照片里走了出来:绝对是那些男孩中的一个,同样的灰头土脸,同样抑制不住的神经质;在某一刻,疼痛使他从床上跳了起来,光着脚,抓起被子就跑到了外面;他光着脚,但我注意到他的左脚缠着绷带,从脚踝一直缠到小腿。"犯人会得到安置的,"他送我到门口的时候大声说道。他把我往门边推,但我仍然在盯着他看:他的脖子上有一串淋巴结链,肿得厉害,还有轻微流脓的症状;眼皮周围泛红。多么瘦弱矮小的男人!他比我要年轻,但却更加体弱多病!他再一次自大地对她喊:"让娜,别忘了那十四个人!"她越过我的肩头,冲他笑了笑。

我肯定他们会将一些病人安排在我的房间里。听声音,他们在不停地搬进搬出。他们把人带去了多特的房间。布克斯从前的房间里,他们肯定也安置了一些人。整层楼变得很吵,气味浓烈到在我的前厅里也闻得到。傍晚的时候,总算是折腾完了。但没过一会儿,又来了一批人,二十个,三十个,也许还要不止:他们临时被安置的院子里,我在那里数到了超过十五个人,有几个躺着,大多数人或蹲或站。另外十五个人跟在后面,我听到了他们的声音,远远地就在懒散和敌意之中认出了他们:他们不像是病得十分严重的病人,倒像是强壮结实的小伙子。然而,每当街道上、院子里、走廊中响起脚步声,我就感觉病势加重,身上热得要烧起来,而每次间歇中重新生出的希望,抑制了疼痛,却又被更为严重、隐藏得更深的疼痛卷走。他们从哪儿来？所有这些严加看守的大楼仿佛重新和外界取得了联系，就像大坝决堤，水开始流动，此刻正独自静静地淌着。毫无疑问，情况不妙。他们肯定被塞进了接待室、走廊、贴着门，包括我的门，有时候，我甚至会以为他们在我的房间里，也许是因为他们穿墙而来，总是越来越近的气息，他们的呼噜声，尤其是他们在地板上翻身的方式，仿佛他们所有人是被捆在一起的，他们似乎时不时争得一些地盘，就连最小的空地也要夺去。她很晚才来。房间里没有电灯，我不明白她怎么能恰好站在我面前，脸被手电筒呆板的灯光照亮，往我手里塞东西，我看不见是什么。她放下手电筒，我拿起玻璃杯，为了看她又放在了旁边。"喝吧，"她说，"我时间很紧。"我看了她一眼，发现她脸色灰白。"他们会把病人安置在这间房里吗？""不会。"我喝完了，把杯子还给她。当她拿到杯子的时候，我把手放在她的手套上，慢慢把电筒朝着她的脸移过去；她任由我动作，脸被照亮了，但也变得更加苍白灰暗，水泥一般。"究竟发生了什么事？情况很糟糕，对吗？"她往后退了退，也许是为了把我看得更清楚，但是，就在她后退的那一刻，某种她想避免的东西出现在她的表情凝滞的脸上，使它显得更为呆滞，这东西似乎和我自己的恐惧相符。"情况不妙！"我说，而且我知道，我眼里看到的要比任何恐惧都更空虚，更枯燥，也更使人感到丢脸。她摇了摇头。"这些人哪儿来的？""嘘，别说话。"她冷冷地又说了声"嘘"。"他们是从哪儿来的？他们不是情况严重的患者？""不是。""那为什么带他们到这里来？""我不知道。你的腿怎么样了？"我在那束将她重新推向黑暗的光线后面寻找她,当我看到她宽阔的肩膀,以及同样宽大粗糙的下半张脸时,我身上的灼热感变成了一种羞耻的灼热感,变成了某种可怜的,使人感到蒙羞的东西。"很好,"我说,"你的助手对我想怎样就怎样;这就够了,挺好的。那家伙是谁?""有情绪得发泄出来,"她说。"谢谢,我明白。你这个下属是谁?我之前就见过他。""他叫罗斯特,大卫·罗斯特,"她冷冷地说。"罗斯特?"灯光照亮了前厅的门。我看见她把雨衣套在工作服上。"没有别的东西吃吗?""没有。"她说,"我给你服用了镇静剂。晚安。"

虽然服用了镇静剂,我还是睡不着。人也不怎么难受。我倒宁愿更难受一些。越是想着这个罗斯特,我越是看见他和我一起走进雾中,走在空荡荡的大街上,心里害怕,在薄雾中跑了起来。他不过是别人的助手,现在却声音如雷地叫喊着。监狱这个词在他的嘴里变成了某种属于他自己的东西,一个具有纪念意义,只有他自己能明白的象征。但他所说的,我一点儿都不明白。我比他更了解监狱,我去过那里的办公室,在那边有一个朋友,叫克拉夫,他带我隔着玻璃窗看过他们的食堂,里面有些桌子,还让我看过一些他一直在沙发上监视着的旧楼。去过那里几次呢?我惊讶地发现,自己有一年经常去。克拉夫在那儿有份不错的闲差,他为此付出了四根手指,可并不感到惋惜。有一天,我看见他把手举到眼前,久久地看着它,几乎是满含柔情地看着,尽管它看上去十分恐怖(与缺失了的四根手指相比,更多的是因为尚存的那一根,白丝一样,纤长瘦弱得令人难以置信,是根心怀恶意的无情食指),给了它一个真正的问候,才把它放了下来。他拥有一间办公室,宽敞明亮,面向犯人们的院子。这里的大楼自然是极好的,在满是贫民街的地方是最现代的。稍远处有一个为孩子们而建的新公园,非常漂亮,有高大的树木,一个湖,草坪和一个小动物园。这座公园从监狱里可以看到,景色壮丽。克拉夫的事要追溯到两三年前。当时,行政部门刚刚搬了地方,监狱的房间还空着。只有没被拆毁的旧楼里有五十多个老犯人,那栋旧楼本来在下一年应该被拆除,但最后还是继续使用,因为这些单人牢房是有某些纪律目的的。克拉夫认为新建的大楼太过奢华,而我现在也意识到了,走进这栋大楼,它的舒适、豪华以及合理便捷的布局都让我觉得跟走进其他的大楼没有区别。克拉夫辛辣地称它为疗养院。监狱里发生的所有事,犯人遇到的所有事,他都知道,并且记在了自己的日记里。为了更好地了解情况,他贿赂看守;别人怀疑他有特殊的监视任务,尽管他的工作只和户籍有关,但告密者的名声也许使他有心要配得上这个名声。他的日记出了名。他的所有访客、同事,甚至是办公室里的勤杂工都听过他朗读其中的一些段落。他也读了不少给我听,所有这些关于不良罪犯的故事都很相似,但他却不感到厌烦,他说是因为这些人的经历比我们想象的更加隐秘,更加离奇。他声称许多犯人故意犯事,让自己被罚,以此来延长刑期,看守们也知道,他们只担心被新来的和刑期将满的犯人攻击,怕新来的,是因为他们想要自由,怕另一批人,则是因为他们再也不想自由。这个克拉夫是个怪人。为了更好地了解一个犯人,走进他的生活圈子,他可以自愿和这个犯人住一个牢房。实际上,他的处境使他蒙羞。那桩意外改变了他。当他发现自己被卡在电梯井和电梯门之间的时候,他大叫了一声,整个市政厅都听见了,不过,这声叫喊救了他的命,因为电梯运行员当即切断了电流。他现在变成了什么样子?这时,我看见了他的手,就像他在房间里一样看得那么清楚,但我从来没有想到过他。监狱呢?为什么罗斯特提到它时用的是胜利的口吻?他知道什么?小心点,我对自己说,你在糊弄你自己,你不再愿意看清楚事实。我还没睡着。这镇静剂没什么效果。到了第二天早上,我起不来床。

将近中午的时候,由于不堪忍受高温和焦虑,我穿好了衣服。这个早晨像有二十年那么长,许多个世纪以来从未变过样,即使算上最坏的日子里最惨的时光,我也没有过更痛苦的状态。走廊里一个人也没有,只有些毯子和行囊。人肯定都在食堂。我用力推开多特房间的门,撞到了门后的一个人。照我的估计,这间房里大概有十五个人:床上八个,其余的躺在地上。一直待在自己位子上的多特在打瞌睡,我被他长相上的变化吓了一跳,尤其是当他后来睁开眼睛的时候。他盯着我看了几秒钟,我觉得他认为我是个妖怪,因为这个,我有些怕他。接着,他直起身子在床上爬行,伸出他粗壮的胳膊,试图扔掉被子。这个动作使我感到害怕。他一动不动地待了一会,意味不明地打量了我一眼,看了看地板,又看了看自己的身体,稍一迟疑,往后倒了下去。我仍觉得害怕。本来想要离开,但糟糕的空气和不适的感觉让我没能走成。一位老人几乎就睡在我的脚边,睁着眼睛看我。窗户旁边也有一个,脸搁在膝盖上,好奇地观察着我。这一刻,我突然意识到自己是多么想当然地认为,这病对我来说还很遥远,它被夸大了,只有当人们在它身上花费了太多时间,或是没有能力应对它,了解它的本质的时候,这场灾祸才会有可怕的影响。这时,我气都喘不上来。我浮肿的双腿最后肯定会和他的手臂一样瘫掉,这一点毫无疑问,从周围的一切就能看出来:他惨白的脸色,我没有血色的手,还有我那敞开的门——因为我不再属于未被感染的人群。我应该倒在了他的床上。持续的时间很短。听见他说了几个字,我警惕地将头埋在手里,接着,他喊了一声:声音尖锐粗俗;他几乎是脸朝着天,我只看得见他的下巴和嘴唇,不知道在嘀咕些什么。"多特,"我喊道。我人站着,喊的声音和他一样大。这时,发生了一件荒谬的事。我正站着在看所有这些盯着我的人,他们神情疲倦,无精打采的,我本想揍他们一顿,杀了他们,好让他们摆脱这种麻木的状态,参与正在发生的事,我肯定做了某个不同寻常的动作。就在这时,他冲上来咬了我的手。在他还未动作,疼痛还未传到肩膀的时候,我几乎就已经知道他会这么做了。害怕的感觉使我在他一起身的时候就料到了,也许,我原本料想的情况更糟,想着他会扑上来掐死我。一秒两秒过去,他如此坚决地咬着,我疼得眼前发黑,跌倒在了床上。我并没有失去知觉,因为我听见了一种像是呜咽,又像是打嗝的声音,令我为之一怔;我还猜想他试图走开一点,像是要给我腾出些地方。过了一会儿,他友好地轻轻捶了我三四下,嘴里又咕哝了几句。我重新站了起来,继续全力握紧我的大拇指,把它按向我的身体,因此他肯定也看见了,眼神像女孩一般害羞、惊慌,仿佛他刚刚的所作所为太过分了,应该受到斥责,但却是无法避免的。而等到他抬眼看我的时候,我才发现他是如此平静,两眼奕奕有神——简直光芒四射——以至于我脑海里闪过一个念头:他的这番啃咬比我所以为的更加疯狂。我听见他解释说,疼痛发作时是非常难受,他会忍不住撕咬被子,有时甚至是他自己的手;我听到他一边这么说,一边继续盯着我看,脸上极度平静,那是一种虚荣心得到满足的奇怪表情。"它在流血,"我说着便傻乎乎地把自己拇指上肿起来的地方给他看。他尴尬地看了看伤口。"得马上给你包扎,"他说。我站了起来,冷冰冰地走了。他又叫了一声,没错,又叫了一声,和第一次一样尖锐,一样粗俗,至少我在楼梯上、在楼下的医务室里听到的是这样。助理微弱的灯光在我手掌上来来回回,让我肩关节一阵阵疼痛;他工作得缓慢而认真。"张开嘴巴。"绑完绷带之后,他说。我看见了他发红的眼皮下面摇摆不定的眼神,之后目光抬起,怀疑地看着我的额头。"他出去过了,"他对叫来帮忙的小帮工说,"这怎么可能?现在这种时候,你不该出去的,卫生条件实在太糟糕。""可门是开着的。""好吧,就算门开着也不行。你说你是因为太难受了,所以才把自己的手弄成这样的?你不觉得痛吗?""不是,"我说,"不是我弄得,是我去看的一个病人。""病人?""是的,你应该认识:多特!""多特。"他垂下眼睛,重复道。这时,刚刚因为注射而减轻的灼热感开始在我身上死灰复燃:我想要推开他,说些冒失挑衅的话,好让他尴尬。"布克斯在哪儿?我想见他。"他不像是听见了我说的话,但突然十分惊讶地看了看我,几乎带着逗乐的意味;如此渺小的他,膨胀了起来。"这么说,他不会再来了?""不,"他用同情的口吻说,"只是不常来!"从医务室出来后,他的帮手让我在底下等:一群人正从楼梯上下来,差不多有三四十个男孩,大多数看上去非常年轻,面色不佳,的确衰弱,但很难把他们看成是病人。其中一个人喊小帮工过去,她跟着他们跑,叫我上楼回房间,她待会儿过来。在门口,我把包扎好的伤口给多特看。我吃惊地发现整个房间就像是个烧炉病灶:这是一个过热的地窖,是一个墓穴;而所有这些半睡半醒的人,他们仿佛在幻想自己处于永久的昏迷之中,他们什么都不做,既不求生,也不求死,他们来自哪里?

"这些人从哪儿来?"

他看了我一眼,神色疲倦,略带微笑。

"告诉我,"他低声说,"你是怎么找到我的?我的样子可改变了很多!"

"这里太多人了,"我看着房间里面说道。

"过来一点!我右边身子不能动了:整个毫无知觉。我感觉,没错,你明白这种感觉的,我感觉自己的半边身体是砖垒成的:有一个砖瓦工在那里垒石砌墙。你觉得可能吗?"

"如果你真的瘫了,你肯定不会觉得很难受的,"我冷淡地指出。

"会的,在墙壁坍塌的时候:一切都毁了,四分五裂。生命回归。"他打量了我一会儿,"你的脸色……"

"是的,我的情况也不好。"

"你的脸色不差。"

他继续勉强地看着我。他似乎有些窘迫,而且非常疲倦;我本想给他来个致命一击。

"我没觉得你有变化。你会战胜疾病的:你正在消耗它。"

"你怎么认为?"

他开始思考,十分努力地让自己保持着清醒,时不时龇牙咧嘴。"我不发烧了,"他微微一笑,说道。但他突然斜眼看着我,带着令人不快的机灵。我透过他的脸看到了恶毒的清醒想要从他那庞大的身体深处浮现出来,发出自己的声音。只是话没说出口;他的鼾声不是从嘴巴里发出来的,更像是来自胸腔及腹部;他张着嘴等待,出口的却只是些不成句的只言片语,于是不耐烦地放弃了。突然,他清清楚楚地说道:"这病的发展方式并不总是一样。"之后,心满意足的他使劲地盯着我看,一直看,接着眼神开始闪躲,最终不再看着我。我转过身去,门还开着一条缝。"别走。这怎么办?"他看着我的手低声说。"罗斯特会处理的。""罗斯特?""是的,楼下的医生。"这时,他咳嗽了起来,或者更确切地说,是大声地呼吸;他的身体里像是有过多的空气,需要尽快地摆脱。咳完之后,他仿佛从沮丧的心情中走了出来。

"好了!现在,砖瓦工可以重新开始安心地砌墙了,"他快活地说,"他干得不太快,这倒是真的。如今的病人耽搁不了多久:无非三两天,甚至只一晚上。有些家庭十二小时之内就全死光了。"

"我听过这样的事。"

"为什么有的人只一会儿的工夫就没了,从前的病人则要长达几周,几个月,甚至更久?哪个坏哪个好?他们说下午三点是关键时刻。这你知道吗?"

"你说从前的病人是什么意思?"

"我是指最早的那一批人,他们在瘟疫大肆蔓延之前就染上过这病。有人跟你讲过罗斯特家的事吗?关于他的姐姐和妈妈的。"

"没有,我对罗斯特不感兴趣。"

"哈,你不喜欢他?因为他的自负?你觉得他自高自大?"

"当心点,你会累的。"

"不,如果我现在停下来,思路会断掉。听着,事情已经过去一段时间了,那天傍晚,这两个女人到附近街上买东西,很晚才回来。据在她们家里寄宿的那个女孩说,两个人当时身体状况都非常好。吃饭的时候,罗斯特的姐姐觉得自己吃的东西有股味道:所有东西都加了太多的调味品,她觉得口渴,晚餐结束之后,她稍微打了个盹。醒过来的时候,她还感觉身体不错,于是开始收拾屋子。但是,收拾的过程中,她突然觉得很痒,不停抓挠自己的膝盖和双腿;突然,她叫了一声,给其他人看她大腿上成串分布着的红色斑点。自从发现这些红点,她就好像死了一样。妈妈看到女儿这样,疯了般在屋子里跑,一边还尖叫着比划,既不关心病人,也不关心邻居,更不关心自己。寄宿的那个女孩出门找人帮忙。她离开的这段时间里发生了什么?等到她给门诊所打完电话回来,屋子里已经起了火,大楼烧了起来。是不是精神错乱的母亲想和女儿一起消失,或者是,女儿醒过来之后,因为太难受而点燃了自己的衣服?一切皆有可能。"

"这些曾经发生在罗斯特的家人身上?"

"寄宿的那女孩就住在这儿,"他冷笑着继续说道,"她可以给你讲这个故事。从那以后,罗斯特就成了一个英雄,一个传奇人物;他以他的优势击败了其他那些没有死于如此奇特方式的人。嗯,你怎么看?我在想,"他狡黠地注视着我,继续说道,"那些染上这病的人,就像你说的,他们使这病得以持续存在,他们有力气携带着它,让它变得难以根除,传染一切,与其他那些在几个小时的时间里就走向毁灭、消失不见的人相比,他们不是一样重要吗?"

"什么!"

"没错,恐吓人们,通过使他们感到害怕来使他们卷入这场病中,这使人印象深刻,十分了不起,但这是一个没有明天的悲剧。这病也得活着,你明白吗?这病必须深入工作,慢慢地,不停地,它必须有时间改造它所触碰的东西,它得把每个东西都变成坟墓,而且要让这个坟墓对外敞开。必须这样。感染就是这么来的。"

他兴奋不已,在床上稍稍直起了身子,然而,所有他说的这些话对我来说都是老生常谈,字字句句都是从前身体还健康的时候就想好的,他现在重复这些话,是因为他的脑子里就这点儿东西。而在这段时间里,我的手烧起来了一样发烫。

"真是难受。天啊,你干吗咬我?我最后肯定也会放火烧了这破房子的!看你这架势,你是要继续异想天开?你真的相信这个传染病会改变事情的发展?你相信世界会因为你生病而变得一团糟?"

"是的,"他凄凉地说道。

"对不起,但是,你为什么接受治疗呢?他们为什么治你?"

他神色慌乱地看着我,透过他的眼神,我可以读到大致这样的内容:"可他们并没有把我们照顾得那么好,只是由着我们自生自灭。"

"治疗也是疾病的一部分,"他畏畏缩缩地表示。

当法则在意病人的时候,法则会被疾病传染,没错,脑袋里面应该有这样的箴言。我开始走动,在床前踱来踱去。啊,没有人知道被焚烧是怎么回事!一种熔岩爬上了我的胳膊:是火焰,金属火焰,比烧毁所有房屋的火焰可怕千百倍。

"你脸色很奇怪,"他低声说。

"我的脸色怎么了?你不过是想说:我已经彻底被传染了,会变得和你一样。然后呢?之后会有数百万的病人、尸体、残废、疯子,到时,你已经走在很前面了。那又会有什么不同?你试图用迷信来让自己好受一些。你自认为可以摆脱法则。但法则对你的病和墓穴感到满意。你白白地贬低了自己。而我,因为我知道这一点,我比你还要卑鄙。"

我知道,为了不让我来回走动,他费了不少力,他的眼睛跟着我转,被我弄得晕头转向。

"布克斯在哪里?"我停下来问道。

他困惑地摇了摇头。我注视着他,他的表情使我想起一些事:他尊敬地看着我,是的,面带虔诚和崇拜,可同时,他又像是在嘲笑我。"会有什么事发生在我身上呢?"我心里想。

"他真的怕你,是不是?"他问。

"不,他不怕我,我不认为他怕我。你为什么这么问我?"

"因为你也让我印象深刻。而且,布克斯是个很强的人,非常狡猾,你记着,他是疯的。没有人能够战胜他。"

"你对他在做的事情这么有信心?"

"在我眼里,他是一种狗,"他用幻想的口吻说道,"和狗一样,他不能待着不动,他是个了不起的人,打破一切常规,寻觅转悠,却会突然睡着,因为,不要忘了,他的血会睡觉。在牢里,他曾一睡几个星期;即使是站着的时候,他也在睡觉。"

"在牢里?"

"是的。"

"布克斯坐过牢?"

"错不了。你不知道这件事? 如果没有,我怎么可能认识他? 我们当时住一个牢房。你从来没有坐过牢?"

"没有。我甚至从来没想过自己会进去。"

"我人生中三分之一的时间都是在那里度过的。其中一半的时间在单人牢房里度过。那时候,牢房的位置是在一个巨大的水泥坑底部,分成各个小间。那是一个真正的坑,又长又窄;底部非常狭窄;两侧的墙壁直直向上延伸,在高处变宽。"

"等一下！我不想知道这些细节。"

但话已经从他嘴里源源不断地冒出来，他像是有一片海要排空，有千条溪水要释放出来，这些溪水从他生命的各个角落汇集而来，急着找一个出口。此刻，闭上眼睛回忆的他和一个老人没什么两样，就像躺在我脚边的这个老人，斗篷搭在脑袋上，眼睛盯着我看，一脸教训人的表情；对他来说，病这个字当然不怎么合适，至少不是始终合适。

牢房之间的隔板很薄，但牢房之间都留出了一个单独的空间，要想和隔壁的人交流，敲墙的声音得大到上面的看守都听得见，他们通常不会让我们闭嘴，但是会偷听我们讲话，报告讲话的内容。

"你为什么会坐牢？"

"是因为技术问题，违反了规定。他们告我在自己的车库里偷偷给工厂组装本该避开生产检验的新车。"

"你在监狱里待了十年，不是为了这个吧？"

"不是，"他说，"准确来说不是。无所谓了。重要的不是知道人为什么进监狱，而是他为什么留了下来。当然了，那些被关在里面的人总有一天会获得自由，通常是一进去就会。但代价是什么呢？是劳作，无休无止的劳作，在正常的工作时间之外，还有许许多多额外的工作时间，有时甚至要整日整夜地干；谁能忍受这样的制度？想要逃避这样的苦役，得靠监督部门的人大发慈悲，对我们睁一只眼闭一只眼，但这是要花钱的。最终，我们再一次回到警局，始终在和监狱打交道，但是，是和它最不光彩的一面打交道——一个永远不可能出得去的监狱。"

"你没有胡说八道吧？你是在那儿认识布克斯的吗？"

"布克斯一开始就强烈反对那些准备好接受这种缓刑期的人。他诡计多端,对这些人围追堵截,赶尽杀绝。最终,他创立了一个真正的组织,对于我们所有人来说,这都是一段具有决定性意义的经历。因为,政府试图将犯人从监狱里弄出来,强行将他们拖入自由空气,是因为监狱对它来说是威胁,犯人陷在里面,会使它处于危险的境地。"

"你这么想？刚刚,你以嘲弄的口气问我是不是在监狱里待过。没有,我对它的认识和你不同；但我还是可以跟你说说它。因为要去找一个叫克拉夫的,他在那里的行政部门工作,我去过几次。对他来说,你刚刚提到的这些场景有完全不同的解释,不过是普通的道德丑闻,是这种环境里常有的事。"

"这么说当然可以！这类环境实在太过特殊了。"他说话的口气中透出骄傲的优越感。

"不对,并没有那么特殊。我担心这不过是你让自己不痛快的错觉,而且,你刚刚所说的一切也许根本无足轻重。你自认为逃进牢房是精明之举；但你做了什么？不过是遵循了政府的意愿,因为它最大的意愿就是把你关在监狱里,因为你做错了事,并且,它让你自由地留在那儿,因为让你获得自由是监禁你的真正目的。再说,布克斯和你,你们真正地坐过牢吗？可能吧,对我来说也是一样。不管怎么说,这不足以构成你用自己的优越感来打击我的理由。"

"你讲话声音挺大！我看你身体好得很。"

"我不是为了诋毁你才这么说。只是你对事情的认识有偏差。你没有看到全部，而我看到了。"

"这是真的，我们没有看到全部。这就是为什么我们的力量如此强大。"

"我说，你的口气可不怎么友善！你不打算现在坦率地解释一下吗？你刚刚咬我的时候，是无心的，是因为你身体难受，还是因为别的原因：因为……因为仇恨？"

他狡猾地看了我一眼。

"可是，我并没有真正咬你。我不过是这样按住了你的手。"这时，他动作极快地抓住了我那只没事的手，嘴唇贴了上去。我如遭雷劈，机械地把手抽了回来，在被子上擦了擦；我看着自己的手，感觉他嘴唇还在那儿，冰冷轻佻，令人不快，没错，简直具有腐蚀性。"你看，"他张着嘴，含糊不清地继续说道，"没有牙齿。我一点儿也不讨厌你。不能继续跟你隔墙交流，我十分遗憾，我们可以算得上是狱友。而且，你现在不顾这病来看我。你的到来对我有好处；你回来以后，我就没发过病，还说了很多话。其实，"他放肆地看着我说，"你为什么又回来？"

我低头看了看自己的手。他是真的想吻我的手？他是在模仿某个动作，吃东西的动作，咬的动作，或者是吻的动作。

"我不知道。我肯定担心得不行了。从昨天开始，大楼里真的多了好多人。是不是真的有这么多病人发病？还是他们疏散了某些区的人？你知道吗？"

"你进来的时候,我以为你来是因为结束了……我当时感觉时候到了。我没有想到会见到你,而你走路的方式又是如此地威严,得意洋洋的。别人会认为你只要动动下巴,就能安排我们的命运,盖上并封住墓穴。多么耐人寻味的表情,多么自命不凡的样子!可能这一刻,我对你有气:我见过了太多的蛮横无理,动摇了我的信念,不再相信这类事情要求的只是绝对的公平;无论如何,你别忘了,赢的人并不是你。"

"但是,"我看着自己颤抖的手说道,"如果你当时没有马上认出我来,你是把我看成谁了?"

"可我完全认出你来了。"他重新盯着我瞧,"我想,是你健康的气色把我搞乱了。我一睁开眼就看见了你容光焕发的好气色:实在是出乎意料!我满眼都是这样的脸,突然看见你的脸,和你闪闪发亮的目光。那真是奇妙的一刻。"

"我的样子看起来真的这么健康?"

"非常健康。"

他的眼睛微微眯着,接着闭了起来。我感到多么的伤心和耻辱!我一时还弄不清楚这是为什么。同时,我感觉好些了,手腕渐渐没有了感觉;我恼怒地想起那个不照看我,却跟那群人走了的小帮工,决定离开。

"再来一块砖,"他闭着眼睛说道,还做了个鬼脸。

"还是你的砖瓦工?"我有点不耐烦地问。

"他做事精益求精,"他笑着评价道,"也许太认真了些:总是精雕细琢,同一个地方反复打磨,墙面在他看来永远不够平滑。

我感觉到,当他有些犹豫的时候,就是他想要移动一块砖头的时候。啊!"他叫了起来,"啊,啊!"

他直起身子,眼睛瞪得大大的,恶狠狠地盯着我看,虽然早有准备,但当他真的叫出来的时候,我还是让我猛地往后一退,踩了旁边的老人一脚。他却马上平静下来了。

"我在自己的房间里很少听见你叫喊,"我凑过去对他说。

"那是因为我很少是醒着的。这些事发生的时候,我都处于半睡半醒的状态。而且,我帮他。为了使工作获得成功,我只需要稍稍移动就好。我也扮演着自己的小角色。"

他想吓唬我,我心想;他因为自己生着病,所以觉得自己高人一等。

他看着那面墙,接着说道:"这张纸上算出了病情发展的大致持续时间。第二阶段可能很快会过去。当病情蔓延到脊椎骨,几乎就会一下子确立;整堆石头占据的完全是接缝之间事先预留的空间。必须十分当心;不然,整栋建筑最终将会化为碎片。"

"如果一切顺利呢?"

"那么,"他愉快地说道,"你预计的事情就会发生。"

"你会痊愈,"我恶狠狠地说,"其他很多人也会痊愈。他们不像病得很重的样子。"

"我不知道。有些人病得很重,"他小声地说,"有些人刚从牢里出来。告诉我,阿布朗,睡在你旁边的男孩……"

他在跟谁说话?因为没法把头转过去,他正胡乱盯着某个人,也许是这个皮肤很黑的大块头,一个南方农民,蜷缩在自己的床铺上,看上去冻僵了;他的身边紧挨着一个病人,半边身子被他压着,消失在空隙之中,我看见这人暗红色的手放在被子上,握着自己的另一只缠着绷带的手。为什么多特和他们讲话会使我感到惊讶,甚至不快?仿佛我们约定好了将他们排除在我俩的谈话之外,或者至少这好像是不言而喻的。而现在,所有人都盯着他瞧,眼神紧张,其中一些人的表情还不怎么友好。我知道了他说话的对象是那个披着斗篷的老人:这人坐起来之后,始终挺直着身子,面无表情,有些年纪非常大的人会这样,有可能是在听他讲话。终于,整个房间安静了下来。时间过了很久。自从我们开始留意他们,空气就变得越发让人难以忍受,越发充斥着那种淡淡的气味,这味道似乎和高温、成堆的身体以及消毒剂的焦油都没有关系,也几乎不怎么闻得到;好像只是某种很小的东西腐烂在角落里,但这种气味不是平常会呼吸到的:它十分朴素,存在的位置很低,以至于我意识到会在地上闻到它,脸和手埋在门槽的灰尘里,蹲着寻找它。我走到房间的中央。"只要有机会,"我说,没看着任何人,"我就再来"。我的房门大开着。走进去的时候,我清楚地意识到自己要面临怎样的苦难。因为我的眼睛没法闭上。我知道的事情太多了,这是最大的羞辱。我倒在床上,赶走了带着饭盒和食物的小帮工;我吓唬她,她人长得又矮又胖,道德败坏,十分令人讨厌。有时,听见隔墙后面的声响,我会不安地想,那些人可能要开始讲话或者哼哼唧唧了。傍晚,我决定给布克斯写信:没有人比我更了解,这样的举动意味着怎样的危险,但是,这几个小时如此长,如此死气沉沉,我不可能满足于单纯的叙述:

这些事一句话就可以讲完,总是同样一句,这对我来说可不够。

"我知道你很忙。但还是请你读一读我写的这些东西。为政府工作的这些年来,我生活得平静而有规律,有时会为自己糟糕的健康状况而感到忧心。现在,我惊恐地目睹了你改变事态发展的企图。我不是说你不对,我对你有好感,你的疯狂使我感到放松:唉!它使你为自己反对的一切事情服务。

"我希望自己对你有用,表现出最大的忠诚。但你失去了理智,正加速走向深渊。我怎样才能让你睁开双眼?你正在和敌人并肩作战,而我,我通过使你相信我的坦率来欺骗你。如果我告诉你真相,你将放弃斗争。如果我给你希望,你对斗争的看法就错了。请你明白,你从我这里知道的一切,对你来说不过是谎言,因为我才是真理。

"我希望说服你相信这一点:你攻击领导机构、政府部门,以及所有政府公开或隐藏的机构,这是个错误的选择。这些单位不重要。就算你取缔了它们,你也什么都没有取缔。如果你用别的来代替它们,用来代替的也是同样的机构。而且,它们眼中只有公共财产:为了表现好,它们总会同意你。我向你保证:这些机构里没有任何秘密,没有老员工享受龌龊特权这种事,会妨碍求职者,使他们相信表象背后发生着某些关键的事情,是他们没有机会接触到。谁都能随时了解一切。管理、分级和决策都在阳光下进行,绝对的公平使得整个政府时刻占据着转向它的那些人的身体和灵魂。政府无处不在。所有人都感觉得到它,看得到它,都觉得自己依靠它而活。在政府机构里,它是被体现,而非存在的。

那里有它的官方特征,形式的东西自然也不缺:历史建筑、机关、公职人员、桌子、文件夹,最不起眼的东西也有一种特殊的庄严。正是在那里,寻找中央的人可以自认为找到了。但也只是中央。接触到它后,我们只能用间接方式,透过像是门上的说明文字、接待人员的制服等这类也没什么意义的标志来了解它,对内部人员来说,它并不存在。如果和这些政府机构有联系,它们将化为乌有;只有在攻击者的眼中,它们才真的存在。因此,人们在那里得到的空空如也的印象,不仅仅是因为里面的房间看上去阴沉而庄重,闪烁着过去犹疑的光芒:在所有这些房间中,有一群最认真的人在工作,他们来来回回,工作的声音很大,所有人都在忙,然而,访客却感觉到了某种死气沉沉的、无用的东西,仿佛所有人都在懒散无聊中打着哈欠。

"我希望你想想这些错误的表象:政府部门为了赋予法则一种可把握的真实而做的一切——政令、法规、各类措施——有时像是一种具有欺骗性的展示,展示的是人人有份的权利。像是思考直觉发生了没道理的变化。我们知道,这样法则会实现它们真正的价值,只有付出了这样的代价,它们才是真正的法则。但是,对秘密工作和事后干预的不佳印象仍然存在。当政府为了正式认可不受时效约束的权利(众所周知且涉及一切),而委派公职人员通知群众时,或者当它将主要决策贴在墙上,刊登在报纸上的时候,根据全体公民的经验来看,这样的信息同样没什么价值——适合于具体的措施——更像是隐藏恐吓措施的手段,而法则也远不是每个人应受到共同精神的召唤而聚集在一起的地方,不过是公职人员给我们个人的奇怪警告,而且不知道为什么,坚定地把我们当敌人看待。

"这个明显的偏差可能不会得到重视。政府的威信,我们对它的爱,尤其是我们通过缄默和叛乱给它的绝对拥护将每个人联系了起来,使他们看不见这座与他们密不可分的大厦上最细微的裂痕。没有人能将政体和展示它的东西区别开来,因为法则的显露不是随意的,公共行动使得它深植人心,在代表它的统治机构之下显露出来,只有在公共行动之中,法则才具有真实性。实际上,人总可以批评,我们做的批评也的确不少。公职人员和其他人是一样的,丝毫不比被他们管理的人高出一等。如果他们享有特权,哪怕他们擅取的只是最小的特权,我们所在的地方也将不再是自己的国土,我们必须一直抗争,就像几个世纪以来人们需要做的那样,反抗遥远的统治权力。这些公职人员也不比一些普通人更有人情味,会担任一些对自己没有好处的职务。他们被认为对自己有更明确的认识:他们经历不多,考虑事情却更加周到;我知道,这正是管理的弊端在我们身上的体现,我们的思想深处有某种条理清晰且客观的东西,仿佛随时会被报道,或是不加修饰地出现在某个故事中。因此,这种深思熟虑的狡猾样子无疑让人们很容易认出某些重要的公众人物,还有执行机构常常粗鲁卑鄙的做事方法,仿佛在后者这里,思考不是通过等待、借口和延迟表现出来,而是需要速度和官方盲目的强硬。法则是狡猾的:这就是它给人的印象。即使是在处罚的时候,它也在笼络人心。它以从不拒绝为借口四处掺和。因为不能指责世界上的任何一个人,它似乎总将自己的诡计隐藏在善意的表象之下。它即是光明,难以穿透。它是绝对的真理,直截了当地表达着自己,向我们心里心外最奸诈,却又不着痕迹的谎言求助。但是,也不要以为它总在策划阴谋。我竭尽全力地提醒你们,提防这种即天真又堕落的想法。我们有时会假装相信它有险恶的阴谋,以此来减缓由于法则的正直围绕着自己而产生的紧张感。我们希望摆脱这种感受,让自己喘口气。我们想象其中有阴谋,因为我们无法忍受其他复杂得多的描述,这些描述以真诚和光明为基础,远非是我们所陌生的,它们所表达的正是我们最熟悉的,内心深处的东西。

"现在,请你听我说。我下面要对你说的话意义重大。我对你来说是个危险,不仅是因为我存在的方式、思维的方式以及我的习惯。还因为我被迫工作:我扮演着某个角色,接受命令,执行命令。怎么做的?我说不上来,因为实际上,这并不是真的。这些想法抓住我又放开,是些轻松的表达方式,要将我和自己没有勇气直视,可能没有能力一直面对的情景隔开相当距离。尽管如此,这些话并不是谎言:远不是。从前,这种对事物的看法可能就是真理;今天,它仍然具有作为隐喻的绝对准确性。活在办公室里的公职人员,他们签署政令,为了维护政府而工作,做出一些在我们看来粗暴或者不公的决定,他们是不是不止一面,除了不为任何人所接受的形象,他们还像过时的遗迹一样告诉了我们什么是风俗习惯,什么是政治命运,什么是大众的普通生活?

"想想这件可怕的事。从方方面面来讲,我都不过是一张脸。一张脸?你明不明白这样一个词意味着多么危险、不忠、没有希望的生活方式？我是一个面具。我代替的是一个面具，以此身份，我在这个常见的情节安排中扮演了一个谎言的角色，这个情节在法则过于全面的人道主义中展示出了一个更加粗野、更加朴素的人道主义，像是为了使强光变得柔软的轻薄粉饰，这个人道主义呼唤进程中前面的阶段，这些阶段一旦结束，总是徒劳地试图退回去。"

将近半夜的时候，我的身体基本上恢复了，精神很好，可惜错过了晚饭。尽管天色十分昏暗，我还是看见院子里空空的，我的房门还没有锁上。过了一会儿，就在我正脱衣服的时候，我的房间突然被一片令人炫目的冰冷光线所笼罩，光线的来源似乎是院子里的大灯。几乎就在同时，一阵骇人的声响爆发了出来。是狗！我急忙跳下床。我看见十来只高大的看门犬，有两个人正试图制服这些大家伙，它们待在原地不动，正冲着我的窗子吠叫。从来没有人听到过这样的叫声：它们喘不上气来，在地上匍匐前进，在地上爬行；狗叫声比不过那些肥大瞎眼的恶鬼发出的声音，它们在院子里移动，也许已经进到我的房间里了。在没有比这更讨厌的了。它们监视着我，带着些许凶恶，慢慢变得麻木。突然，探照灯灭了。这群狗几乎立刻就安静了。等到我回床上躺下的时候，我听见它们在路上叫唤。它们要跑去哪里？这件事在我的脑海里徘徊良久。在这样一个夜晚，狗的出现突然唤醒了一个重病缠身的恐怖世界，这是一个我没法视若无睹的世界。是的，我知道，夜里总有更多的骚乱。大楼被烧，守卫强奸杀人，都是在晚上。到了晚上，那些人就都出来了：他们曾因为逃出隔离大楼而成为亡命之徒,这病把他们逼疯了,他们四处躲藏,躲在院子深处,躲在空地上。这些病人从他们那没有出口的大楼里逃出来的时候,以为自己逃过了无情的死亡;所有这帮衰弱的人,他们白天藏起来,晚上出动,去找吃的,出于疯狂的愤怒和对幸福之人的仇恨,他们袭击居民住宅,搞突袭,现在,也许已经演变成了真正有组织的讨伐。情况越来越混乱。这是一条漫过堤坝的河流,是一堆永远在呼唤更多残骸的漂浮物,是一个黑潮,有些和它一样黑暗的专制力量与之对抗,这力量在让它出界之后,又让它回去。这时,所有这些可怜人的命运在我眼里像是一场不可思议的骗局,十分明显,让我想要在天空上用火光写下解释这场不幸的文字,以此来提醒他们。这些字,我真的写了。但这场不幸沉重万分,抬头去看高处的光亮不是它会做的事,对它来说,这么做甚至毫无用处。因为这就是尚在蔓延中的疾病的力量,假使这病开始引人注目,它所能透露的东西也不比一个侮辱性的玩笑、一个比这病更残酷的骗局更多,但这些是不可避免的,我们可以揭发,却阻止不了。所有这些正在腐烂的渣滓,这些四处流窜哀叫的病人,真正的死亡之光,这些被自己失去理智的行为气疯了的人,他们正遭到追捕,原因是他们曾经逃跑,因为那些可以说是迫使他们逃离的东西,这真是一件可耻的蠢事,一幕悲惨的闹剧。然而,责任在谁?我们可以谴责过于严苛的规章制度。但它们之所以严苛,正是因为疫情难以平息,所以需要执行严苛的规章制度来控制传染,但这些规章制度一方面是无情的,一方面自己也已经是可疑的、有缺陷的,被这病感染了,因此,似乎每天都有更多的不幸之人被强迫推入违法的行列之中,在他们看来,如果服从这个制度,自己就完蛋了,如果不服从,等待他们的将是堕落的生活。很多人像害怕瘟疫本身一样害怕守卫,尽管这些守卫存在的本意是为了使他们免受瘟疫的危害。这些守卫中的一些人曾抢劫杀人。在他们身上,的确存在着将自己负责保护的住宅作为开销来源的现象,他们把自己负责采购的东西中的一部分占为己有,勒索居民,以高价为条件允许他们偷偷外出,延迟救援和医生到来,他们的表现实际上使得规章制度比瘟疫还要可怕,而这些规章制度本来是要阻止疫情蔓延的。这些滥用职权的行为也许并不常发生,它们并不难解释,因为这些守卫的工作太过危险;剩下的许多人实际上忠心且勇敢。但是,只需几个广为人知的例子,人们就会相信每栋被监管的大楼都笼罩着死亡的阴影,已经到了垂危之际。此外还有检举揭发、秘密监视,人们对瘟疫的恐惧已经到了战胜一切,甚至是亲情关系的程度。每个人都监视着自己周围所有的亲朋好友,窥伺他们,想在他们身上找到那些悲剧性的症状,不停怀疑他们曾经接近过某个患者,碰过某个疑似感染的人,从某个在逃人员身边经过。很多人选择消失,仅仅是因为担心被告发。而其他人每走一步都能看见自己脚下的陷阱,出于害怕,他们抢先一步,设下真正的圈套,于是,在邻居的带领下,大家总能在大楼里找到这样一个正遭受逮捕的可怜人,这些人为了在晚上找一个栖身之所,哪里都愿意去,对于别人让自己扮演的角色,他们有的人知道,有的不知道。如果有人逃走了,他的失踪会影响到他所有的亲属,所有的熟人,最不常来往的朋友,甚至是那些他只在多年之前有过接触,却始终被怀疑有可能为他提供庇护的人。这是一场真正的集体揭发,造成了无数悲剧。卫生部门劝说民众尽可能待在家里,不要在街上聚集。然而,即使是在家里,大家也分割房间,把过大的房间隔开,每个人都关在自己的房间里。家成了名副其实的监狱。此外,也存在相反的情况,那么多人自杀,是因为有些病得不重的人认为自杀是让亲人免遭疾病缠身之苦的一种方式:很多我们以为消失了的人,都是在这样的情况下死去的(除非有人杀了他们),被深深地隐藏在某个角落里,变成了散发臭气的中心,促进了疫情在某些街道的发展。这几晚发生了什么事?这事狗叫声可以解释,它现在就会发生,或者再等一会儿,或是明天。那些既没生病,也没被拘禁的男孩子,我看到他们下楼,心里知道他们要到哪里去。在那些被疏散了的街道上,从空楼里逃走的人没有一个敢回去,即使是其中最不幸的人:在这些大楼里,他们感到末日在等待着自己,他们曾从那里逃开,这个出逃使得这些大楼成了死亡之所。他们想要寻找的,是地下深处的洞坑,是楼梯下的藏身之处,是仍有人居住的房屋里隐秘的所在,但是,这样的避难所早已人满为患,不管愿意不愿意,他们都被引到空地上,尽管他们讨厌挤在一起,大多数人最终还是和大家聚集在一块儿,得到庇护。正是在这些地方,人们挖了些大坑当墓穴,因为这个,从外面来的只有几百名生活垃圾清理员,这是大家给他们取的外号,他们是一群狂热的傻瓜,快被别人给他们的工作弄疯了。这些提前准备的墓穴,成了绝大多数人的避难所。多特曾经十分激动地隔着墙告诉我,有些人在那儿被发现还活着，却试图把自己给埋了。其实，他们不过是几个倒霉的逃亡者，藏到了这个还有新人进来的墓穴里，大家把他们和死人弄混了，他们想要的不过是活下去。因为，这正是他们命运的悲剧性纽结：这些可怜的渣滓没办法完全不要食物。病人对发烧的状态感到心满意足，其他人则想活下去；而活下去，意味着无论如何要回到正常的世界。为了不至于陷入疯狂和毁灭，每天晚上那些无法避免的袭击需要和当局扯上某种共犯关系，这个共犯关系在我看来是和布克斯的名字连在一起的。这么大一群人不能没人管，他们不能脱离控制，对死刑的恐惧使他们来到这个墓穴里，他们越是想躲避这死刑，就越是引来摆脱不了的严密监视。这就是我看见离开的那些人的工作。此后，他们将在那里生活，在这群无能为力的人中间树立起威望，组织一些没有危险的讨伐行动，事先准备好的库存，通过潜移默化式的管理，使他们更贴近生活。这难道不是一个可怕的玩笑吗？当这些承受了最深苦难的人感觉到自己是最大的逮捕目标，被判定只能溃散地存在，在对白天的恐惧之下，他们所做的只是忍耐，并被自己曾经逃离的当局煽动，当局让他们活着，却把他们隔离在一旁，并且，必要的时候，当局会毫不犹豫地对他们实施疯狂镇压，一方面是为了防止出现更大规模的混乱，另一方面也是为了继续使他们不可能回归正常的生活。是的，一个玩笑。但这个玩笑已经停不下来。而更恐怖的是，受害者觉得自己是始作俑者。比这还要恐怖的是我自己的情况。可是突然之间，玩笑没有了，取而代之的是一个残暴专横的真理，上升到高于一切的地步。这些为了要让这个死亡之境保有生机的男孩,谁不知道他们自己也冒着随时跌入这个墓穴的危险?除了将自己置于这样的感染风险之中,也有很多人在轮到自己的时候选择了逃走,他们形成了一个由降级人员和失踪人员组成的新类别。谁都知道,这些被扔进坑里的人和为了要让他们活下去的命令而加入其中的人之间存在着相同之处:他们都有可能以同样的悲剧性结局收场,同样面临着永远出不去的困境,墓穴对他们有着同样的吸引力。一群人接到了命令,另一群人毫不知情,这样的命令没有改变任何人的命运。布克斯派来的人,看管着这群不负责任的人,自己也变得不负责任,他们带来一种越来越无所谓的责任,自己不能救他们,因为不知道自己为之服务的对象究竟是谁而更加不能救他们,因为如果他们认为自己和布克斯是一边儿的,并且以为自己和被监管的这些渣滓有关系,那么布克斯,带着被冒犯者的盲目,他的行动就是在为自己希望摆脱的法则服务。于是,所有的混乱,所有的荒唐,都为当局服务的,并且,对当局来说,一切都会变得越来越好。我不该这么想,我对自己说。但正是想着这个,一个晚上的时间过去了,黎明来了,白天或许也是这么过去的,或许很多个白天都是这么过去的。有时,我仍然对自己说:我为什么在这里?我一眼瞧见乱糟糟的床;我不在的时候,他们肯定取走了好几床被子,分给新来的人用,也许被子是被一小群人装进行李箱运走了,现在正供蜷缩在洞里、衣衫褴褛的那些人中的这个或那个使用。这个想法让我大吃一惊,占据了我的头脑。它没有纠缠我,甚至懒得出奇,只是,要我把它赶走,和它保持距离,让它重新运作起来,我做不到。

它默默待在我所做的一切背后,占据着一席之地。护士进来的时候,什么都没有发生。我徒劳地看着她:闷热难当,光线刺眼,我惊愕地看着她朝床边走来,往桌边走去,拿起纸张整理,仿佛在干燥的高温和静止的光线中,日子一天天流逝,这些无声的动作始终没有尽头。

一天早上,她因为要整理床铺,把我叫了起来。我坐在凳子上,从背后观察她:她换下了工作服,穿的是一条灰色连衣裙,裙子几乎已经褪了色,笨重的皮鞋上面是一双裸露的小腿。她在房间里走来走去,我一会儿发现她在水壶旁,一会儿又在窗前。在她的脑袋后面,街上的树木正伸展着自己的枯叶,树木背后,房屋正展示着自己沉默的外墙,它们在白天傲慢的胜利中,耐心地等待自己隐藏的腐烂和秘密的尸体被揭露。看着她的时候,我在想:她在那儿做什么?她还没擦够墙吗?她没有其他的事情要做吗?我猜她正在擦玻璃,她已经擦了好几天,持续不懈又不甚积极,每天早上来到这扇窗子前面,来了又走,接着又再回来,有时穿着带杂酚油气味的工作服,有时穿那件褪了色的连衣裙,严格来说,那几乎都不能算是件连衣裙了。我起身找衣服。"我的衣服在哪里?"她很快从窗户边走了过来,朝我裸露的双腿、大腿上的绷带和露在外面的屁股投来一阵冷冰冰的目光。我看着她扁平的面容,以及停留在我皮肤上的灰色目光,看见她裸露在外的小腿从那双偏大的高筒皮鞋的皮革里伸出来,带着冷漠的粗暴。我的衣服穿了一半,她并不帮我。我告诉她我要到隔壁房间里去。"你想去就去,"她平静地说道。我走进隔壁房间,看不见前面的路，一路跌跌撞撞。多特看上去状况很不好。他的左手也肿起来了。他眼睛看着我，身体没有动；我想，他最终是瘫痪了。我想和他的室友们说说话，我从来没有看到过他们这么昏昏欲睡、无精打采的样子。叫阿布朗的那个人，躺在草褥上，斗篷遮着半个脑袋，嘴张着，我不知道是什么让我觉得这张脸如此陌生，他人瘦，但这种瘦和他凹陷的面颊，暗淡且贪婪的眼睛没有关系。老得多么可怕的人啊，我心想。他的年纪当然已经过了那种尚未达到传奇般的高度，老去仍然只是一个令人伤感的现实的阶段。他已经年老。他用手把一个植物般的薄东西从下巴拉到胸口。那像是羊毛丝，微卷，橙白颜色。他拉出这些东西，散开，拉上，动作古怪。我在箱子的一角坐下。温度高得过分。屋子里肯定有几百只苍蝇和虫子，它们在墙壁、窗户和天花板上弄出的嗡嗡声比这些一动不动的人弄出的声音还要大。慢慢地，我发现让所有这些人瘫痪的不是发烧，也不是高温，不是瘟疫。让多特不能动弹，只留给他这变化无常，怀疑又冷漠的眼神的并不是真正的瘫痪。有人在某个时候弄掉了某个东西，我想是皮鞋。这声音穿过房间，仿佛叹息一般，谁都没有动，但所有人都吃了一惊，把脸转向窗户；我自己则尽力透过玻璃往外看。多特醒了，嘴里蹦出两三个词，声音十分含糊。我猜他是在抱怨自己的手，嫌不透气，他要了水，接着就不说话了。在他的周围，有十几只苍蝇在飞；他的嘴唇上面有一块没有胡子遮盖的白色疤痕，它们成群结队地想要飞到那上面去；有几次，它们停在他的额头上，狡猾地从他脸上往下行，先是困在了胡子当中，却又出乎意料地到达了白色区域，开始嗡嗡地叫。我两次站起来想赶走它们,但我的动作吓到了他。"苍蝇脏,"我说。它们非常小。这病开始之前,好像没见过这种苍蝇。它们通身全黑,连翅膀也不例外。当它们跳起来的时候,会发出一种非常微弱的声音,短促得像是在它们身体被碾压的时候发出来的。它们一只接一只地到唇上冒险。我尽可能耐心地盯着它们看:它们不动,多特的嘴唇也不动。我感觉他的皮肤在我眼前裂开,干燥却又充满了水分。就在这时,一阵可怕的爆炸把我整个人弹了起来:我摔倒在地上;房子的地基似乎垮了;就连阳光也颤抖着变成了死板的反射光。"怎么回事?"我试着站起来。多特的脸受了伤,上面满是灰色的伤痕。我从壶里取了点水,泼在他的脸上;他的嘴巴慢慢翕动。我打湿了一块抹布,把水一滴滴拧到他的嘴巴上。我听见他好像是在叫罗斯特的名字。"我们得把罗斯特叫来,"我对老人说。这个老人几乎是仰面躺在草褥上,他试图站起来。但站起来之后,他没有过来,甚至没看多特一眼,而是转向了其他聚在窗户边上的人。"我好点了,"多特说。他大口大口地吸气,脸上重新有了点血色;他在流汗,这让他有了表情。"我好点了,"他说。"刚刚是怎么回事?"我问。周围有人在说话,有人窃窃私语。刚刚爆炸了几次? 两次,也许三次?而且,似乎还没有结束。我重新在箱子上坐了下来。现在,我中间有某种危险的东西存在。它也许是来自那张正在无意识地不停重复着"我好点了"的嘴,没有一个人关心这句话,因此,被忽视的它希望重新出现,仍在尝试混入其他的议论声中。他们想要炸掉监狱里老旧的楼房,这我明白;这些老旧的楼房是害虫的巢穴,如果要用新建的大楼来做收容中心,就必须把它们从新大楼的周围清除掉。但是,监狱这个词没人管,它想去哪儿就去哪儿,想表达什么就表达什么:它不需要通过别人的嘴来让人知道,在它背后,那一张张的脸都聚集在一起,喊它,悄悄地谈论它,咬牙切齿地述说着它。犯人们似乎曾经拒绝撤离牢房,他们坚守阵地,固执地按照惯性藏在里面,没人能劝服他们,以至于布克斯发现,他要面对自己曾经下过的命令(一个这样的措施总会留下痕迹),它们用沉默来和他对抗,他需要对付它们,对付自己,带着最基本的愤怒,仿佛在任何东西面前都不会退让,因为他渴望胜利,不去想胜利带给他的是生是死。我不得不大声喊出布克斯的名字。我话刚出口,多特就发了狂似的看着我,眼中充满了恳求和恐慌:他虽然盯着我,但在我看来,他的目光并没有停留在我人所在的地方,而是望向更远处,望向墙的另一边,穿过门,到达了更远,超出了这个房间,这栋大楼,然而他的目光还是重新找到了我,为了再次看到我,又不停地望向更远处。这时,我确信他也听到了涨潮的声音,这些死气沉沉的无力潮水,我已经听了好多天;他感觉到这些水慢慢上涨,伴着高温和阳光,感觉到这些盲目的黑潮里流淌着腐烂、不幸和侮辱,它们即使到了我们这里,也是徒劳,它们的触碰只会让我们在正午的时候失去希望,永远对白昼的光辉和善意感到疲惫、惭愧和绝望。他感觉到墓穴被封上的那一刻也将是他最终被驱逐的时刻,他感觉到经历如此多的痛苦和忍耐之后,在他不幸过去的深处挖了这个墓穴之后,他有可能再次被扔到法则的光辉之下,心情惊恐而诧异,这与那些他全心全意信任的人的行为相比,充满了落魄的味道,他感觉到了这次失败,所以他看着我,眼睛里充斥着惊讶和恳求,不肯承认将要发生的事情,不肯承认一切,只是重复着:我好些了,它呼唤生命,呼唤身体的康复,这正和法则要求的一模一样,并且通过我,使房间里充斥着太多我承受不来的侮辱、后悔和希望。"得去通知医生,"我对几个准备下楼去拿饭的男孩子说。他们走了。在他们之后,最健康的那些人下楼去了食堂。在吃饭的这段时间里,我感觉稍微好了点。房间里几乎只剩了一半的人。在我旁边,老人安静地吃着饭,动作认真而严肃。我现在明白了为什么他的瘦这么奇怪:是因为他的胡子本身很稀疏,只剩下两三根细丝,和他的脸完全不相称,而且他的手到现在还在拉扯它们。尽管一直在吃东西,他还是站了起来,跟我打招呼。他把因为怕冷一直裹着的斗篷给我看,还有他腿上一层叠一层的绑带:他把它们当成奇特的东西给我看,觉得我可能会感兴趣,并不是为了抱怨冷,尽管我在这儿已经热得喘不过气来了。然而,他让我见证这些的方式像是在说:"好好享受,但要注意:在单人囚室住过的人身上是带着寒气的。"因为他自己也着急告诉我他是从那里来的,在那里度过了生命中的大部分时间,受法则的桎梏,待在牢房的深处,在那里,他是自己的看守。啊,当然了,被定罪这种事只可能发生在他的时代,那已经是很久之前了。很多年过去了,但按他的说法,监狱似乎就是喜欢通过这种陈旧的记忆来被大家认识,它借此转变为更奇怪的真实存在,对日光更加无动于衷,而他则带着自己所有的回忆掉入其中。提到它的时候,他从来不用监狱这个名字,对他来说,那是牢房,是监牢,因而,尽管他在说到监狱的时候语速缓慢,态度讲究,但言语之间还是有一种危险的狡猾暗示,不停地重复着同一件事:监狱是随着时间的推移走向地下的,它变成了墓穴,变成了地下世界,老人自己的年岁就消失在那里。

"他在说什么?"大卫·罗斯特说,"这老鬼真啰嗦!"他推了推他的胳膊。我站了起来。"你在这儿做什么?你不该出房间的,尤其不该进其他的房间。我没跟你说过吗?"

"我来这儿是护士同意的。"

"哪个护士?"

"让娜。"

"什么?"他把手放在脖子上。

"多特的情况不太好。我觉得最好通知你一声。"

他突然走到床边,俯身检查多特的脸,仔细观察,神情傲慢却饶有兴趣。他用戴着手套的手碰了碰他的嘴唇。接着,他往杯子里倒了些安瓿剂,让他慢慢地喝下。

"老啰嗦鬼,"说着他推开老人,自己在箱子上坐了下来。"你为什么总在说同一件事?"

"这是我的经历,"老人一本正经地说道,"我现在仍在经历着它。我的回忆清晰得就像那些痛苦的日子从未结束一样。"

"他们总是在讲同样的事,"罗斯特看着我说,"好像他们所有人都只有同一个故事似的。要从听到的故事里知道他们身上曾经发生过什么相当困难。"他轻蔑地拍了拍他的嘴唇。"你最好回你的房间去,"他对我说。

"不是我们所有人都经历过同样的痛苦,"阿布朗语气温和地说道,"但描述这些痛苦的故事属于所有人,每个人都从中看到自己经历过的事,这使得他在其他没有经历过的事情上也有了话语权。忘记是不可能的,回忆太过痛苦,重新想起这些回忆也是一种巨大的痛苦。但我们必须唤醒这些记忆,因为这就是我们曾经的生活,其他都不是。"

"听听,"罗斯特说,"他们哀叹没有人比自己更加不幸,搞得像办丧事一样。但实际上,他们就喜欢这样,老重复同样的话,沉醉于自己的一无所有。他们会为了达到好一些的状态尽哪怕最小的努力吗?他们会工作吗?没错,我们最终相信,只有监狱适合他们。他们喜欢的就是监狱。如果不喜欢,那情况就更糟:因为毕竟他们最愿意住的地方就是单人囚室。"

"他们是病人,"我说。

"我也是,我也病了。"他一边说一边摸自己的淋巴结。

我看了他一眼。

"我猜,你的家人也被感染了。"

"传染病确实在那里出现过,"他沾沾自喜地说道。

"医生在映射我们故事的庄严性,"老人笑着转向我说,"即使是最令人难过的典礼,看上去也会有些像是节日的庆典。我们的厄运被提起的方式很严肃,适合悲剧性的事件。我们不能随便地谈论它。我们只是把有思想准备的人引向他们的回忆,充满了惊恐但也充满了尊重。没有人可以独自承受这分量。而且,即使把发生在我们所有人身上最不幸的事情汇集起来,也不足以回应这样深重的苦难:我们还需要加上自己感受到的一切,甚至是从表面上来看已经不合时宜的感受,像是高兴和感激。如果只有眼泪和伤痛,我们的哀悼会显得不够严肃。为什么不论处在生命的哪个阶段,我们都要拒绝它?"

我心想这真是疯话。他的话语中流露出的是极大的热情吗?是在隐晦地提及某种只有通过思考的声音才能显露出来的东西吗?啊,在我看来,这话自然包含着最大的威胁,语气几近疯狂,像是企图按照文化中约定俗成的规则为我准备一个无知下的无知,一个最初的恶劣行为。没错,他想要让我相信:他已经完全适应了自己年老的状态,对他来说,只使用固定的表达方式是可能的,这些表达方式不会随环境而变化,要想回应它们,只能接受仪式事先设定的角色。我也有一个角色。我的角色就是以听众的身份介入这些故事,永远缺席,但始终牵连在内。我什么都不说,但所有事情都得在我面前说出来。当人们庄严地唱着圣诗的时候,苦难过去的记忆重复出现,仿佛是此刻正在经历的苦难,大家自然都在洗耳恭听,高处的某个人也在听,他的专注让这些悲惨的思考变得美丽又充满了希望。

"够了,"罗斯特喊道。"这些话反反复复说多少遍了!你们这些废物,自己已经变得一钱不值了,还不够,还想要拜倒在这段过去面前。你们只想着它,你们爱它。它就是你们的主人。"

尽管有一阵没吭声,他始终在不停地比划。突然,他重新站了起来,险些撞上几乎是俯在他身上的一个男孩。这个男孩包扎着的一只手让我认出了他。他紧挨着罗斯特,低声对他说道:

"为什么不让我出去？为什么我们要交换主任？"

罗斯特微微看了他一眼，耸了耸肩。"装腔作势，"他低声咕哝道，"虚有其表的乞丐。"他站着，看上去矮小而瘦弱。

"即使在我们似乎完全沉浸在那悲惨过去的时候，"老人对我说，"我们对未来也一样抱有希望：充满了希望。"

"什么希望？"男孩低声说道，"是像这个可怜虫一样腐烂在这座疯人院里的希望？还是像其他人一样由于轰炸而变得无家可归的希望？"

"尽管我年纪很大了，"阿布朗说，"监狱仍然是我唯一知道的东西。从前的单人牢房，今天的墓穴：所以我只能把我的希望放在监狱上。怎么区分我们苦难的深渊和摆脱它的希望呢？卑劣可怕的苦难：只是想到它们，就已经让人浑身发抖。你们都记得，我们曾在洞底过活。这个洞同时也为我们提供了庇护，供我们躲藏的避难所慢慢变成了我们的住处，它仍然不适合居住，但还算宽敞。现在，这洞就是这栋大楼，整洁，空气流通，我们在里面觉得有各种不便，但它已经大到足够满足我们的需要。谨慎点说（因为在我们的情况下，说得太清楚了并不合适），我们的希望就好像这个洞一样，时而吞没我们，时而庇护我们。"

"真的吗？"受伤的那人咕哝道，他越来越近地贴向罗斯特，也许并不是出于挑衅的目的，只是为了和对话者结为一体。罗斯特甚至没有躲开，他只是不加掩饰地把头转了过去，脸上带着深深的鄙夷神色，但那仍然是一种孩子气的鄙夷神色。"当我们走出牢房的时候，我们真的会觉得活得自由吗？当我们远离这些死亡之境的时候,我们真的会像是走出了深渊一样获得新生活吗?这些大楼被和我们一样的人管理着,对我们来说,它们不只是我们希望的实现,它们是超越了希望的幸事,是一份恩赐,时时刻刻给予我们一切。而现在呢?我们只知道等待命令:是针对我们的命令,还是针对别人的命令?谁会给我们解释?你说,大楼始终是监狱。的确如此,但它是一个不守承诺的监狱,是一个变成了诅咒,变成了难以忍受的失望的希望。"

"很好,"老人说,"你向我们完全敞开了心扉,有力地表述了自己的想法。但是,你如此卖力地抱怨,恰恰表明这些抱怨并没有充分的理由。尽管你所说的话构成了对这里生活的明确指控,它们所表达出来的仍然是感激和热情。你说自己怀念蟑螂可以趴在两块木板之间的自由。但是,当你开始诉苦和反抗,除了令人窒息的感觉,你还感觉到了生活的轻松和愉快,你以这种感觉的名义提出抗议,非难最终变成了宽恕。承诺没有实现,但也永远不会消失。当一切都失去其光辉的时候,它仍然闪闪发亮。当一切都消失的时候,它仍然在那儿。哦,亲爱的同志,我不明白我们的哀叹有什么意义,也许我们不过是在浪费口舌。我们的苦难确实深重,尽管活到了这把年纪,我仍然觉得自己尚未有足够的时间遍尝人间疾苦。有人能够帮助我们摆脱困境?我不怎么相信这种说法。某个人?比如你,或者是我?就让我在自己的不幸里笑笑一个如此不合理的想法。我请你们所有人作证:如果有需要,请你们为我证明,我没有不适当地恳求任何人的帮助,我没有要求卸去我的重担,对于我的不幸,我毫无怨言,只希望下到墓穴里更深的地方去。"

"够了,"罗斯特吼道,"出去。真是个滑稽的仪式!"他把手伸向脖子。老人安静地回到了草褥上,其他人也都散开了。"这不过是个简单的仪式,"他一边说,一边神经质地笑了笑,"对话的细节在变,但始终围绕着同样的词打转。有时,他们拔高音量,其中一人反驳另一个人,要说的话和自以为没出口的话一样。他们想要什么?他们在想什么?什么都没有,这里一个想法也没有。这单纯是个简单的笑话。"

"仪式?"我说。"你确定?你听到这些话了?"

"听过上百次了,"他蔑视地说道,"这些怪人都在不停地重复。你注意到了吗?你也一样也在重复。"

但他自己也在重复一些话:我好像听见布克斯的声音了。侏儒,我心想,如果我想,我可以让你一无所有。

"这可信吗?"我盯着他说,"他们真的对维护自己利益的行动漠不关心到这种程度?"

他神情愉快又狡狯地看了看我,脸上的表情像是在说:我们到这儿了,我刚刚说了什么?

"不,他们会思考这些,"他突然严肃地说道,"听我说,我们别说这个了。"

他看了一眼也在注视着他的多特。他俯身撑开多特的眼皮,灰色的斑点几乎已经发黑,掩盖了怀疑的眼神。"多可怕的病,"他低声说,"会好的,老兄,会好的。我马上让人给你打一针。"走到了门口,他声音疲惫地冲我喊道:"你,回你自己的房间去。今天聊得够多了！"

他一出去，我就重新坐了下来。这就像是结束了的幕间休息。我们知道，要涨潮了。涨潮了，尽管没有人是它的共犯，尽管在一群打着转的虫子中间，空气带给我们的只有阳光和高温，没有人会不注意到那微微渗出的水流，所有人都已经看到了水流的痕迹，它抵着墙壁，沿着房屋一路漫到了街上。这种事情有可能真的发生吗？我问自己。会不会……现在，一切宁静而安详。是午睡时间。老人把他的斗篷拉到鼻子下面，其他人正张着嘴睡觉。大家都在睡觉。然而，我们每个人都听到了一声低沉的咆哮，在阳光和高温下，它像是某种渗水的东西，像是黑暗中形成的水滴，正盲目地往外淌，在日光中寻找，在白天的光辉中寻找那个唯一让它可以落下，变成一个真正的、无法除去的污迹的裂缝。突然，裂缝似乎找到了。多特又站了起来。他动了动胳膊，连完全瘫痪了的右胳膊也稍微动了动。接着稳稳地一屁股坐在了床上。他抬头看了我一眼。我朝他走过去，但他仍然盯着我之前所在的箱子那儿，清澈的眼神透露出信任。他还在继续，眼睛一动也不动，接着，他看我的眼神飘得更远了，穿过墙壁，进入我的房间，落在我的床上，我的眼睛转向了墙上的污迹。还在继续，我们平静地四目相对，我在他面前，在我站着的地方，他在他看我的地方，睡在我的房间里，盯着墙上的某个东西看。我们两个都盯着对方看，再没有什么比我们更加安静了，没有什么比这房间，这屋子，比我们周围这水流低沉的咆哮声更加清静的了。为了去看隔墙，他慢慢地侧身躺下，动作缓慢而灵活，在他做这个动作的时候,地面开始震动,响起一阵轻微的响声,像是地面裂开的声音。当他的身体调整好姿势,我看见他把一只胳膊伸向隔墙,碰了碰它。他触摸着隔墙,在那里发现了一个图案,开始镇定自若地描绘它的轮廓。于是,当爆炸的轰隆声响起,当裂缝在我们脚下出现,当坍塌的喧闹声在我们周围打开一个黑色口子,按照他手勾勒出的界限,我在隔墙上看到了厚厚的湿印,那是他的汗在经过这么多天以来疯狂的按压之后,透过砖块和灰泥留下的,一直渗透到了我房间的那面墙上。它的样子和我从前看到的都不一样,没有轮廓,像液体一样从墙壁深处渗出来,既不像某个东西,也不像某个东西的影子,在它流淌和蔓延的过程中,没有形成头、手或是其他东西的形状,而只是一个浓稠且不着痕迹的水流。他肯定和我一样,也看见它了。他肯定也听到了爆炸的声音。突然,他翻身坐了起来,盯着我的眼睛,猛地一跳,人站了起来,发出一声尖锐的叫声,像是女人的尖叫声,他开始大吼大叫:"我没死,我没死。"尽管我用手捂住了他的嘴,使劲挤压,好让他小点儿声,叫声仍然不断从我的指缝间流出,什么也不能让他停下。

八

最后,我回到房间,把自己关在了里面。她已经在我的床上坐了几个小时。我说话的时候,她可能在听,但我仍然只是自说自话。我假装在写东西——这是我唯一没有停下的事。我走到桌边,写东西并非我自愿,但满眼写满字的纸张,上面全是真事;也许,我一直在写。她在我背后做什么?这个问题同样在我脑中挥之不去。从前,现在是女人们铺床、整理房间,男人们外出工作的时间。而此刻,楼梯上脚步声不断,人们上上下下,这就像是一个骑兵梦。但不管怎么说,疫情已经有所缓和。可自从情况好转,我发现危险的不再是这病,而是病人。即使在这里,他们的呻吟已经变得不同。仔细听听,就会发现入耳的不再是被死亡的阴影所笼罩的尖叫和沉默,而是不耐烦的野蛮吼叫,除此之外,还有房间里的骚动,仿佛生活恢复了常态,病人和健康人之间的界限越来越模糊。而她呢?她监视着我,却十分漫不经心,既不看我,也不听我说话。在这一刻,我身后的她看的不是我,而是墙壁,如果转过身去,我会看到她那被雨水和洗涤弄得褪了色的灰裙子,雪白纤细的双腿下,是一双笨重的男式皮鞋,这一切被她不知羞耻地坦然展示了出来,暴露了出来,仿佛没人会看见一样。很快,她就会下楼去拿饭,带着餐盘回来,让我自己吃饭,午后再过来。她会给我药,会做这做那,但她可能还做了许多其他的事,而且,也许有时还会继续做,但她笔挺的裙子仍然纹丝不动,仿佛不过是某个东西上手工粗糙的保护层,这东西可能是她的身体,但也可能是骄傲地未经雕刻的花岗石。她可能是那个目睹了罗斯特的不幸的女孩,甚至或许曾经参与其中,我不知道,我一直不知道。无所谓!可她仍然去看罗斯特,而他讨厌我。我也讨厌他,或者说,至少是不喜欢他,我不讨厌任何人。这个毫无气魄的人一心想发挥自己的作用。也许在这里,罗斯特已经取代了布克斯,布克斯的行动影响范围更大,却很少管得到我们这里,尽管罗斯特常常笑着向我保证,我的话都传达给他了。罗斯特不苟言笑,狂妄自大,机智而活跃,不可否认,在某些方面,和他的长官很像;但他缺乏生命力,不够富有悲剧色彩,不够从容,也缺少学识。他从不曾理解我,也没有试图这么做过。至于我在他眼中的样子,我是再清楚不过的了。但他不知道我看穿了他:我想,这就是我们之间的区别。他要做的,是治疗,是就医,这病就是他的事。此外,他为人殷勤热心,身上带着某种野蛮的东西。这种野蛮现在到处都是。我知道它,大街上随处可见;它像是疾病的后遗症,像是痊愈的代价,如果,在持续不退的高烧中,在太过严酷的规章制度所导致的恐慌中,如果,在现在还没有正式回家,却已经重新混入大家生活里的逃逸者中,爆发了一个危险、难以抑制又相当残酷的动乱,那就十分有必要从中看到这个现在情况有所好转的疾病的新形式,看到它所带来的东西,它所留下的东西,以及又是什么让它能够在消失的同时继续存在。现在,所有人都已经看见,和从前一样,西边的疫情稍有缓解,东边的疫情就有所抬头,这病已经突破了防疫线,很快将在目前仍受保护的区域大肆横行。因此人们相信,那些我们曾经历过的恐惧和混乱将再次席卷各地。打着法则的光辉旗号,某些人仍然将鼠疫带来的灾害归咎于对不幸的过分纵容,现在,轮到他们脱离大家,陷入可能被感染的危险之中,这病会使舌头肿胀,身体发热,它会悄悄地腐蚀他们,把他们变成墓穴,让他们在里面腐烂。也许,这正是许多人所期盼的;也许,重新回归生活的病人有着异端狂热的思想,因而,他们希望把这病传染给他人,就像我们在这里所看到的那样,有些快死的人拼着最后的一口气穿过街道,闯进没有病人的公寓里,只为了倒在那里,死在那里,在自己死去的同时,让原本健康的人染上病。而谁又能说,其他地方就没有出现斑疹伤寒和鼠疫的病例呢?但对我来说显而易见的是,传染病这个词因为它所带来的各种严重后果,在这里已经被说烂了,这样的它已经无法突破自身,或者是在别处表现出同等的威力,而是要跨越千百年的时间,进入一个属于它的新时代,如果它此刻真的与法则的绝对领域有接触,试图对其染指,令其瘫痪的话,正如它所显露出来,并且想要克服的违法精神一样。这场转变有不少征兆。当人们为一种比不公更可怕的感受所驱使——我知道这种感受是什么——对政府的好意视而不见,一股脑儿冲进历史的深处,他们发动的事件很容易便出现不同的级别,这些事件虽然粗鲁,却让它们在难以置信的眼神前继续前进,而这眼神从一开始就理解了它们,经历了它们,并且将永远再次看到它们。但无论是布克斯,还是构成这个委员会的其他人,似乎都没有意识到自己要在多么荒谬的环境里行动和生存。关于这一点,我已经跟他说过了,我不停地写信告诉他这一点,现在还在写:

"你的方法错了,在你和这个制度对抗的时候,它在你眼里似乎和其他制度没什么两样。它有可能和它们相似,但同时也非常地不同。它如此深入地融入了这个世界,不可能与之分离,它的构成不只是一个政治机构,或者一个社会体系,还包括了人民和各种事物,俗话说得好,天地即法则,它们服从政府,是因为它们自己就是政府。你攻击政府专员、公众人物,还不如攻击所有的群众和公寓,还有这张桌子、这张纸,效果并不会比它差。你知道,有一天你将不得不攻击自己。你会将每一粒灰尘都看作障碍物。对你来说,一切都是你想推翻的事物的同伙。"

然而,对于我的这些提醒,他是怎么回应的呢?有时粗鲁:

"我们的目的是什么?别猜了,很简单。当我们控制了政府机关,我会认为自己的任务完成了。至于你的观点,哪怕我只是一时接受了它,我也将永远被困在那个我想离开的世界。"

有时更加不安:

"听我说,我不是一个好空想的人。我花了好几年时间观察了这个社会,没有人比我更了解它的权利,我分析过它,深入地研究过它的历史。我重视一切事实。在我之前,也发生过其他的动乱。尽管它们全都失败了，就连那些曾经波及其他平静地区的也不例外，但它们也没少为这世上随处可见的非法权利留下其痕迹。如果在我之前，这一切都没有存在过，不能从留下烙印的年代中找到一定的默契，我可能在人们的简单生活中建成一个如此伟大的机构，一个这样的行动网、宣传网、监督网和报复网吗？没有任何地区、任何地方的破坏性组织雏形，在对自己还没有意识，不了解自己的过去、自己的目标时，就放弃反叛的精神，哪怕是在最为官方的中心地带。正是因为这些雏形，叛乱、战争、罢工和牢房这些词才仍有意义。每个工厂、每片楼群都曾在几个世纪的时间里保存着自己的非法部门，这些部门有时变成无关紧要的联合会，有时变成了由一些喋喋不休的人所组成的合作社，但是，为了一些最无害的目的，仍然向往另类的存在方式。我找回了这些方式，并让它们得以复活。但这当然算不上什么。操控一切的政府声称要消灭所有的混乱。它对挑战自己的事物感到高兴，小打小闹之中，它找到了保存自己的动乱。无边的自信不停地使政府和反对它的公民们和解。永远没有罪犯，有的只有可疑分子。无论我们的罪行是什么，到最后，我们都被解释这些罪行而得到满足的善意重新征服。当然，一些不幸的感觉曾在某个时刻来临时，促进过改变，而过后，它们却比从前任何时候都更深地存在着，但现在，被压迫的悲惨、对不公的厌恶、害怕、死亡，都只是被当作心满意足的表现，并把我们带回到政府面前，从中出走的精神，却最终在这里重新找到了自己。因此，教条对于同这个世界斗争毫无意义，因为这是它们道理和力量的源泉。可是，我讨厌这些观点。

别人说我自相矛盾也无所谓。运用那些写进纲要里的具体方法,对我来说,只有一个简单的目的。他们会说我什么都不要,抢占政府的实质性体制算不上什么。他们会提醒我不会再有什么发生了。好吧。如果这是一个挑战,我接受。不会再有什么发生了。所以我们可以确定,从我们的行动、堕落和眼泪中酝酿出来的东西会战胜未来的障碍。"

他以一个玩笑结尾。可说起来,该怎么回应一个玩笑呢?我只知道这个玩笑是写下来的,而我要做的就是读;我反复读了几遍;为了让它更加真实,我自己动手把它写了下来。这时发生了一件不寻常的事:她肯定站了起来,往我这边走,我感觉到了;她从背后盯着我看,密切注意着我的一举一动。我继续假装读读写写,一边听着她沉重的脚步声,这声音像是干重活的男性所发出的,与此同时,又伴有裙子的窸窣声,像是有一男一女在并肩走来。她几乎是贴到我身上才停下。我任由她居高临下地看着我:我摊开纸张,一张张翻阅,当着她的面写下她想看到的内容。没过多久,我就忍不住把头转了过去。我看见她站在离我只有几步之遥的地方。有那么几秒钟的时间,她表现出来的样子是我从来没有见过的。她的脸在我面前一览无余,跟我不在那儿一样,一边前进,一边踌躇斟酌,仿佛遇到我是件无聊而又极其自然的事,而我却并不在那里。她一步步退向门口,眼睛始终盯着我看:我听见她轻轻地插上了背后的门栓,溜到门厅里去了。"你安安静静地待着,"她走的时候说,"我吓不到我。我现在下去给你拿饭。"我一直等着,可她没有上来。我心中有了怨气,我想知道,为什么自己一个人的时候,我拥有整个世界,而在面对她的时候,我却变成了一个孤独的人。她为什么那样看我?她下午很晚才回来,还有一个小女佣和她一起。她拿来一些床单和被子。她铺好床,接着又整理房间,还把小女佣给打发走了。我正在角落里靠墙站着,过了一会儿,她扔下手头的活儿,转向我:角落里阳光正好。因为太阳的关系,我只能勉强看到她;我往前挪了挪,阳光照耀在她的头顶上,我看见她引人注目的脸颊,她那肥大的下巴被一股力量扼住,这股力量绝非出自她的本意,而是不可抑制的需求,无法避免。我走过去,碰了碰她的胳膊;她双手交握着,僵硬得如同一尊雕塑,一个真正坟墓里的雕塑,而现在,她第一次站起来,能够明目张胆地表现出一个背靠坟墓的女人的骄傲表情。在她身上没有耀眼的光芒,有些暗淡,却十分引人注目,她脚下的影子也没怎么动。我盯着这影子看,留心观察它,始终不见它移动或变长,似乎阳光对我们的关系没做任何改变,又仿佛我们之间根本没有关系。直到夜幕降临(但天气仍和正午的时候一样闷热),我才注意她不在了,于是抬起头,在房间里寻找她的踪影。她在凳子上坐着。我把她拉了起来,把她扔到床上。她脚上宽松的男式皮鞋磕在床架上,又重重地落在了我的腿上。确切地说,她并没有反抗。我扯掉了她的裙子。她身体结实,肌肉强而有力,她的身体接受了对抗,我们打了起来,但是,这场斗争的方式野蛮,并且似乎无关输赢,较量的两个人像是在互相抨击,他们不知道自己想要什么,只是必须这么做。即使是在她最终停止挣扎,并微微转向我的时候,从她的角度上来说,也并不意味着同意或放弃，正如在她努力推开我的时候，并不意味着拒绝或是坚定的抵抗。她没有一刻表现出焦急、不适，或者任何一种情绪。然而，她看似服从了一个决定，可这个决定由别人做出的，只是间接和她有关，并且保留了她自身的意志，她静静地待着，留给我触碰的是一个干涸、生硬的躯体，这个躯体冷漠到甚至没有睡意，它所表现出来的是出色且不可一世的洞察力，而非顺从。

她仍旧照常工作，收拾屋子，给我送饭上来。她继续监视我，履行她的职位，以及医生的命令所赋予她的责任。也许所有的日子就是在看她动作，听她说话的过程中流逝的，她进房间来走动，径直走到桌边放下食物，或者在屋子里打转，无比仔细地擦拭那些无关紧要的东西，过分耐心和认真地关注着那些似乎发生在千里之外的事。她想做什么就做什么，我不管。餐盘放在我面前，有时，当我把手伸向它们的那一刻，我感觉自己在吃东西，日子在一天天过去，感觉直到那时我还只是通过书本了解被叫作时间的东西正试图把我带走；但是，有时正相反，我感觉自己被永远定格在了这些一成不变的夏天里某个极其枯燥的时刻，我不想知道这些沉默的进进出出是从什么时候开始，以及我们是不是还处在第一天，在这一刻，她用一种奇怪的方式看着我，变得比原本更加让人无法忽视，更加没有生气。有时，罗斯特会过来。他坐下来，而我并不总是在听他说什么。据他说，布克斯开始遇到大麻烦了。他甚至遇到了一些人。他们在被抓住之后，只能利用法则来从中逃脱，正如他通过自己想要成功解放他们的心愿来躲开他们一样。他们是灾难留下的可悲残余，因为气馁，似乎学会了始终躲藏在历史的深处,这些人的消极使他不知所措,他们身上最阴暗,对法则最具危险性的东西,也同样阻碍着他与法则的争斗。在它与法则的斗争中妨碍它的并不少。为了让他们活下去,他尝试启动权威,让权力井然有序地、严苛地运行,似乎打算让所有形式的权力信誉扫地,即使是最小的、最虚假的权力,以此来使当局爆发:无尽的和解,互相的信任,职责的公开,这是从法则的方面来说,可针对违法行为本身,还是需要不向规定妥协,并且严肃对待含糊又细致的规章。按照罗斯特异于常人的思维,想要将对现有事物的本能敌意转变为真正的力量,如此严格的组织是有必要的。在他看来,需要一个障碍系统来使这次大规模消极状态的水平慢慢提高,并且,在不改变其被动性的情况下,让它超越其他所有障碍。这就是为什么,在我们这栋大楼里,每个病人,或者说每个之前的病人接受许多的命令,他们不能出门,甚至不能下楼到院子里去,几乎算是被关在房间里,每个人都感觉自己一会儿被医生控制,一会儿又被病情控制,然而,这规定和监视并没有用,严格的监视构成了使人感到耻辱的蔑视,生活似乎变得比人人自由行动的时候更加死气沉沉,更加混乱,更加错综复杂。在别的收容所,情况应该也是一样,在那些普通的住宅里,看守一直在岗位上,继续观察一切,报告一切,没人知道他们身后藏着怎样无声而盲目的蠢动。罗斯特骄傲地从中看出了一个好计划的作用。但他没能明白,而我却知道的是,如此多的权利和命令,这与和他们原本打算组织的无序破坏性质相同。而且,如果布克斯将自己最大的精力用在了写作、组织和管理上面,在这方面比任何一个政府专员投入思考和行动都要多，这是因为对他来说，混乱即是方法，萎靡即是工作，这工作如此疯狂，如此无法改变的，以至于他按最合规矩的方式所做的一切也像是盲目激情的结果，与其说是完成了，不如说是失败了。他还能期待什么？他所缺乏的不是力量，不是谋略，也不是对那些与他自己所犯错误相似的错误的直觉，他能发现这些错误，并让它们出现在所有地方。他逐渐明白了这个道理：法则无所不在，并且在它出现的所有地方，发生的事都闪着光芒，人们不再看得见政府那些尾大不掉的实体部门。当警察出现的时候，当在他的工作的背后，工人瞧见了监视自己的监督者，并且能够揭发他，这些粗暴的言行和监控并不像是通常归咎于环境影响的不幸情况之一，法则容忍它们，但却不牵涉其中。相反，我们应该明白，警棍的落下并不意味着反驳政府没有限制的忍耐，它代表的是最单纯的理解精神，它意味着一个准备出卖你的叛徒的秘密监视，已经完全被当作了发自内心对真相的注视，直接而正义。因此，当一个在监狱里挨了揍，被折磨的人绝望地求助于他认为极其仁慈的法则时，他只会被打得更厉害，并且，警察听到他所说的话，会嘲笑他笑，扇他耳光，用火烧他，大声吼他，表现得如同恶魔一般，因为在这一刻，他们的所作所为就是人类最人道、最好的行为。从这个角度来看，布克斯似乎得出了这样一个奇怪的论断，即他的主要机会是在政府部门这边，那些官方部门里不计其数的公务人员应该是他的盟友而非敌人。同样也是因为这个原因，原本为他所讨厌的整个不平等的、压迫的体系——因为在他眼里，法则的统治除了这个，就什么都没有了——现在变成他自己的体系,建立在他的整个势力范围内,并且通过撕扯着他的有序疯狂而得到完善。他于是和各类公务员建立起关系;在所有政府公开存在的地方,都有他的秘密小组。政府需要在某些地方表现得出色而稳定,在他看来,正是这种需要给了他与之斗争的许多机会。所有的官方组织最后都会庇护他自己的秘密组织:它们使用的是同样的资源,同样的纸张,同样的印章,有时甚至是同样的人,但其中一方的资源是非法的,它对习惯表达的运用不过是又一项伪造,而另一方的则是真的,它让一切号称是它所惯用的东西都变成了真的。布克斯不可能不知道,他如此巧妙、如此精心地构建起来的整个网络,那些他想以此使之感到惊讶的人完全知道,并且,他在建立这个网络的时候,公共部门之间的默契确实使他受益,但这个默契有利也有弊,帮他多少,就出卖了他多少。他所做的一切和他所决定的一切都被人知道,被人归档,被人评估,所有他以为被发现了的事情暴露了他,使他变得无害。他像是自己的间谍,在买下自己秘密的同时卖了它。这并不影响他。他身上有一种可以随时被激发的冲动,越是觉得被利用他自己来对付他的权利游戏所愚弄,就越是觉得他们虚伪、卑鄙,满口谎言,甚至于可以在他的失败中找到去和他们斗争,去战胜他们的新理由。罗斯特进来的时候,护士正要走。他们互相看了一眼。男人们对他通常有所怀疑,女人们则大多欣赏他:他粗暴而又孩子气,加上工作中闲散的状态,能在女性身上激发出某种更为粗暴、更为孩子气的东西,使她们为之吸引。这天早上,她把餐盘放在我面前,上面放着一个碗和一些面包,我急

忙去喝,她推了推我,让我停下来:

"我可能要去负责另外一个工作了。以后可能没有时间再过来了。"

她说这话时语气咄咄逼人。我抬起头,人几乎要从床上跳起来。

"没错!所以呢?"她冷笑着说,"会有其他人来照顾你。"

她想要干什么?这些话让人觉得有些不可思议。我没能明白。某些本不可能发生的事发生了。怎么回事?她说了什么?突然,我想了一件事:我惊讶地发现,这些天来,该做的事她都好好做了,可她没说过话。说话,真正的说话,我不记得她曾经这么做过。当然,她跟我讲过几句话,但那是在绝对必要的情况下,而且语气毫无个性,话一出口,就不再被说了。而且就算是这样的话,也只是在一大早,当她从待了一个晚上的宿舍,或是和其他女人一起工作的厨房上来时才能听到。而一旦她开始给我做检查,让我吃饭,帮我洗澡,沉默就开始了。她脸上想要说话的表情消失不见。我看着她做这做那,甚至不能想:她现在在做这个,她现在在做那个;我甚至也不会想到她;她曾经在几个小时的时间里,不停地告诉我她在我的眼皮子底下所做的一切,连最小的细节也没有放过,沉默没有变得更多,也没有变得更少,久而久之,我不能真正确定日子不是在这样单调乏味的闲谈之中过去的,而我坐在角落里,一步步跟着她,听她说话,在自己都没意识到的情况下回应她。

"你怎么了?"我对她说,"你想要什么?"我想她曾经把下面的部分工作带上来做,好让自己不用加班,比如要熨烫,或是要缝补的衣服。这种时候,她就像个帮工,狭隘而冷漠,盯着她手里的活儿,眼睛都不抬。"你究竟在说什么?"

"我想我以后不能继续来了。"

我听着这个声音:平淡,无形,音量很低。我听了很久。她为什么不能来了?她低声说道:

"我不想的。可……可我没办法。"

她开始盯着碗和面包,不再看我。会发生什么?仿佛是为了重启话头,在她的内心深处,其他话涌了上来,想要破口而出,使她想说话而不能,它们折磨她,使她凝结在激烈而狂热的静止之中。她双唇紧闭;一点口水湿润了她的嘴角。

"我……我不能,"她结结巴巴说道,"我习惯不了。"

小泡沫慢慢变大,接着又干掉了。我拿起碗来慢慢喝。"是身体的原因,"她说,带着她所特有的笑声,像是为了表示歉意。她擦了擦嘴唇。她的整个身体十分突出,我几乎不用看她。突然,她转过身来,眼睛盯着我看,嘴巴微张,手臂展开;她的气味慢慢飘来床边,不是消毒水的味道,而是一种受了惊的、阴郁的、可怜的味道。"是身体的原因,"她重复道,"是身体的原因。"当她这么说的时候,除了这句话,我开始听到,从喉咙管里发出一阵咕噜声:没错,开始是水声,之后她就叫了起来。我抓住她的肩膀,使劲摇她,通过我的手,我感觉她在叫喊,喊的声音越来越大:最后,她的身体僵硬了,叫声苍白而单调,声音中既没有恐惧,也没有狂热,有的只是漫不经心的抱怨,只是一个冷酷的冲动。我放弃让她闭嘴的打算,坐下来听她讲。她微微低下头,开始找凳子。"现在好了,"她说。过了一会儿,她开始往门口的方向走去,我以为她要离开,但她停了下来,往桌子那边去了,在上面一顿乱翻,回来的时候,手里拿着一张纸。她面无血色,连嘴唇都白了。我知道她想让我写点什么。

"写你希望让我继续做你的护士。"她说完之后,把纸塞到我手里。

我看了看这张完全空白的纸。

"写你不想要其他的看护。"

"什么?我得这么写?"

"是。"

"真的会把你换掉?"

"有可能。"

"是罗斯特想把你派去其他地方吗?"她低下头。"写这个干吗呢?不会有任何作用的。"

就在这时,她打了个寒战;她的肩膀塌了下去,开始发抖。

"会的,"她小声咕哝道,"会有作用的。对我来说,会很有用。"

我突然感到害怕:这些话来自如此遥远的地方;它们现在似乎还是很遥远;我想要消失,想要躲起来。我听见自己问她:

"刚刚你为什么突然叫起来?"

"我不知道。"她抬起头,脸上慢慢出现一种怨恨,甚至是憎恶的表情。"我只是突然亲眼看见你在那里,"她说,声音里带着些冷笑的意味。"写吧!还等什么呢?"

她从口袋里抽出一支铅笔,把餐盘扔到我膝上。

"我为什么得要求你留下?你自己本身并不希望这样。"

"情况会更加清楚。"

"我不能勉强你去做超出你能力范围的事。"

"情况会更加清楚,"她迷惘地说道。

因为我一直没有动,她把纸和铅笔从我手中夺了过去,开始自己写,然后又把纸递给我,上面写着这句话:"我希望让娜·加尔加在她空闲的时间里继续做我的看护。"

"就这样?"她点点头。

我把纸还给她。女孩子的鬼把戏,真狡猾!我在床上躺了下来。光线如此晦暗,整个房间像是一个发烫的水管。我脑袋里想着还要几个小时才能结束的这一天。我会继续躺着,看太阳升起,与白天的光亮合为一体,之后开始下沉,发白,在空中漂浮,下沉,昏沉的感觉变得更加严重,与此同时,黑夜开始临近,在白天代表希望的阳光依然在,依然代表着希望,夏天不分昼夜地继续发光,燃烧,既不允许太阳沉落,也不允许秋天的到来。我听见她说,她在这里逗留了太长的时间,比她原本应该要留在这里的时间长得多,她在大楼里还有很多事情要做,其他女人常常抱怨她不在,如果我在这张纸上签字,她至少知道自己在坚持什么,她长时间待在这间房里的事也会更好解释,而她也不必再因为觉得自己把时间用来无所事事而认为自己有错。这些话我听到了,也没听。她在床边坐着,手里始终拿着那张纸在等。

"一场结盟,"她突然抓住我的胳膊,低声地说道。

"什么?"

"这会像一个条约,一场结盟。"

"就这张纸?"

"是的,标志着我是唯一被指派到这里的人,只有我,其他任何人都不行。"

我看了她一眼,她盯着我瞧。她今年多大?和我一样?如果真是这样,那该是多么奇怪!"你多大了?"她把铅笔塞进我手里:"在这里签字。"我签了。她立马站了起来。她脸上的表情令人难以置信:精明,傲慢,心满意足。她重新抬起头来打量周围的一切,像是为了侮辱它们,她带着胜利的表情环顾这里所有的东西:凳子,桌子,纸张,还有我。她拿掉了她的发箍;乱糟糟的头发衬得她的脸有一定年纪了,我立马想到,她现在要开始说话了,从今天早上开始,这些话就憋在她心里,纠缠着她,搞得她像疯了一样。她走到床边,接着跪了下来。她告诉我她三十岁,出生在离这儿不远西部街区,父母住在那里。她父亲是位闲散商人,在市场上卖肉,没有固定的店铺,有时也在街上人多的地方卖。他有许可证,是合法经营。有一天……现在,她滔滔不绝地讲着,面无表情,仿佛过去一旦开始说话,就没有给她留下其他的角色,只剩下消极的声音,与她所说的内容无关。我听到她说,有一天,她爸爸被指控犯了一项轻罪,一个检查员说他出售不宜食用的肉质食品。这不过是小事一桩,最多罚点钱。但加尔加认为有人害他,过分夸大了这件事。最终,他放弃了自己的生意,离开了工作的地方,带着老婆和小女儿,去了郊区,他说,这是为了远离法令的制定者。在孩子的记忆里,那次旅程就像是前往一个蛮荒之地的绝望逃亡。他们也许不过走了几个小时,推着他们的车,从一个小巷转进另一个小巷,最后站在了满是垃圾的郊区土地上。但是,她的记忆向她展示的是日复一日的流浪,生活的内容完全是穿过那些贫穷的地区,从没人居住或是已成废墟的房子前面经过,往下走了又走,直至到达极端不幸和被废弃的状态。记忆说道:我知道就是这样。她想起自己睡着了几次,每次醒来的时候,车都是在无边无际的平原上前进,到处都是瓦砾和废铁。当她真正地醒过来,她被人抱着,天又暗又冷。记忆中,她还看到了一个狭长的砖房,房子的两侧都坍塌了,也没有窗户,任凭风吹,墙上有些潮湿的霉斑,里面住着一些吵吵闹闹、喜欢吵架的人,那天晚上,她就在那儿对付了一宿。其实在这块地方还有许多可以住的房子,因为她还提到了安静做事的手艺人和每天外出工作的工人:这肯定是市郊的一个偏僻角落,是一个几乎到了这个省边界的小镇,却和所有的居民点有着切不断的联系。她爸爸有些家底,原本打算在这个贫穷的地方重新开始他的生意。即使什么都不做,他也可以舒舒服服地过上一段时间。但他突发奇想,跑到一个木匠那儿去上班了。他在那儿干些零活,给自己家里做些家具。奇怪的是,对于自己从事的这份职业,他几乎一无所知,他做这个,只是为了学习这门手艺,成为一个无可挑剔的木匠。但他又什么都不学;他喜欢讨论;就算只是为了把两块木板拼在一起,他也不停地和别人讨论、争论。钉钉子的活儿让他很尴尬,他由此认定,世上再没有比这更难的工作了,总之,在他之前,从没有人钉过一颗钉子,有的话也是不小心砸下去的。他话多,但又沉默寡言,多疑,却又容易轻信他人。他换过几次名字。加尔加可能不过是个假名。他经常发表看法,也谈论政治,但他所说的话含糊而激进,经常显得非常不合时宜;在女儿看来,它们全都是同样的意见:每个人都有他自己的特点,而这也是对所有其他人的一种指责;每个人都反驳他的邻居,而邻居也是对他的惩罚。他十分精通折磨自己周围的人,当村里的居民对他忍无可忍时,他们就开始打架了。在一次争吵当中,他弄伤了雇他的木匠,于是不得不离开当地,那时,他女儿大概最多只有两岁。在孩子的想象中,这些离开就像是法则,并且,和所有服从法则的东西一样,它们在重复中越来越恶化。它们的主要特点是持续的时间总是越来越久,唯一的目的是通过仔细的研究为更差的生活条件做准备,把舒适变成拮据,拮据变成不幸,不幸变成盲目而荒唐的困境。爸爸慢慢变老。在所有他定居的地方,他都打算重新学某个东西。但学东西不是他的目的。他对工作不感兴趣。如果说他对什么感兴趣,那就是找一个说话的人,并且让他相信,不管是他,还是其他任何人,他们都对自己所从事职业的基本知识没有了解。他坚决主张这一观点,在所有场合不停地重复,甚至对既不在乎听见这些话,也不在乎明白这些话的人讲。他人瘦,表情严厉,头发已经花白,他说话不注意其他人,他肯定曾经自言自语,或是在别人和他说话的时候不做回答:他曾在几天的时间里整日安安静静地思考,表情像是沉思的人,也像是睡着了的人;之后,他又开始夸夸其谈,而当一个同事带着嘲笑的语气问他,为什么工作变得如此艰难的时候,他出奇地生气,最后,他杜撰出一些格言:"没有过去的地方,十根手指都不够用。""当空气和土地不复存在,生长的草叫作懒惰。"他变成他们中真正的怪人;妈妈逃走了。他的死有些蹊跷。在他们赶路的途中,他们回过第一次落脚的郊区,认出了曾经住过的砖房,在那里,加尔加失去了理智。他以为自己落在了警察手上,在晚上拿头往墙上撞,死了。人们埋他的时候,似乎十分小心。让娜说,他们把他的尸体扔进一个蓄水池,当时里面已经有其他的尸体,也许是为了烧掉。当他落到这个墓穴底部的时候,当时应该有十二岁的让娜感觉——或者说之后,她相信自己是这么觉得的——父亲到达了人生中最好的时刻:他沉到了最底部,得到了一个有尊严的结局;在孩子看来,这个蓄水池十分重要,并且令人感到安慰。父亲去世之后,大人把她带回城市,让她进了一所孤儿院。九个月之后,她又被送走了,按她的说法,没有原因:她的表现无可挑剔。有一天,一个舍监打了她,同样也没有原因,还有一次,他们不给她吃的,把她关了几天,她不知道为什么;她从来没有不按规矩行事,没有反抗过一个命令。但最终,他们对她越来越严厉,严厉得越来越没道理,她被开除了。"这个舍监是个什么样的女人?"她不记得了,只记得她和其他女人差不多。"他们这样迫害你,只是针对你,难道就没有原因吗?"没有,没有原因。她这么说的时候,脸上表情固执、骄傲而严肃。也许,因为没有办法说服自己,她身上的坚定和敌意就是一个错误,她真的在这种不公平的对待里看到了不可思议的残忍。她被送走了,但是还不算走投无路,因为他们把她放在一个商人家里,那人是市郊一个卖鞋子的,收留她是打算收养她。她在那儿平静地生活,期间逃开了集体劳作的严苛纪律,学习了护士这个职业的基础知识,直到有一天,他们让她改姓。她坚持不改加尔加这个也许并不属于她的姓氏,拒绝用养父母的姓氏。那个商人叫作兰格,在被她拒绝之后,来到给她做卧室的小房间里找她。听见他上楼的声音,她就拿了一个纸盒子,开始往里扔衣服。那个男人打开门,看了看她。他也许只是因为想到自己的计划失败而感到惊讶和痛苦,一个心照不宣的协议原本让他觉得事情已经成了,可是因为一些不合理的原因,因为女孩不可理喻的任性,这个计划失败了;他也许不过是来问她要一个解释,好挽回面子,重新推荐这个她曾经拒绝过的名字。但是,面对男人的沉默,面对她在他脸上、在他眼里看到的决心,她害怕了,拿起凳子就往他头上砸了过去。兰格昏倒在地。让娜连衣服都没拿就逃走了。她独自一人的流浪开始了。完全是出于本能,她去了西街的一个招聘办公室,这个办公室和布克斯的委员会有联系,他们为一些生活困难的人提供工作。她先后在造纸厂、制药厂和矿场工作过,最后是在矿场里负责卫生工作。职业介绍所保护她也监视她;在具有象征意义的矿井里,她几乎算是得到了官方调查的庇护,像是生活在法则之下了,她做各种工作,出于谨慎,她每一种都不敢做太久,几乎是在遵循父亲走过的路:从郊区直到被人扔进去的蓄水池池底。奇怪的是,离现在越近的事情,她反而记得越不清楚,她变得模糊,成了一连串死气沉沉的片段,抽象的参考，同样也是虚构的东西，之所以会这样，不过是因为，准确地来说，她的生命无关紧要。在让娜仍然开着电动翻斗车在地道里没日没夜地工作，与她停止工作，接受门诊所和收容所的苦难生活之间，在用一句简单的"我不干了"所表达出的，固执地排斥一切工作之外的沉重机关之中，像是什么都没有发生，并且，就连这两个同样被流行病的阴影所笼罩的时期，总的来说也很相似，相似到我们很难从中区分出压迫和解放，奴役的凄惨和自由的凄惨。某一天，她从一个世界到另一个世界，可那还是一个相同的世界，有着同样的一群人。之后到了现在，她来到这里，不论是她还是我，都不能肯定她是否真的已经告别了在矿场的黑暗时光。

唯一的不同，如果有，那就是她终于决定开口说话了。我们的关系没有任何变化，没有人会从她的行为举止中察觉到一丝一毫的变化。她把餐盘放在桌子上，即使是我让她跟我一起吃的时候，她也只是坐下尽情地吃饭，既不表现得疏离，也不表现得亲密；相反，她的每个动作都在重复着同一个讯息：你没有妨碍我，我也没有感到拘束。晚上，如果我要求，她会留下；如果我不提，她到点就会走。正如当她离开的时候，她开门的动作里没有着急，更没有懊悔，在我每次用手抓住她的时候，她既不表现出抵抗，也不表现出热情。自从我知道了她的故事，她就抛弃了自己对沉默的偏见，尽管我们的谈话总是枯燥而简短。我听她说话，但就算我不听，她可能还是会以同样的方式同我说话，声音冷漠，毫无个性，急着说完她想要说的话，却又认认真真地，不忽略任何一个细节。在这段时间里，通过向她打探她的同事，打听他们想要的、想说的,我意识到令人绝望的决定时刻快到了。布克斯的情况很奇怪。尽管那些非法机构在外面已经露过面,但它们却仍然不为政府所知道。这种不了解本身不会立刻暴露。看到委员会的经营没遇到多大的反对,大家甚至相信,从前对最小的过失都十分敏感的当局突然换了方法,会正式授权给那些人,即使不久之前它才说过:这些人是历史的堕落,是监狱里的渣滓。委员会的那些人发现自己管理和下命令的权力完全不受任何质疑。现在,他们不再继续躲在地窖里工作,而是占用最大的房屋,不再让传染病引起的混乱控制一切,而是肆无忌惮地直接树立自己的威望,不再讨好任何人。他们不谈论权利,不谈论公道,不谈论获得新的真理,也不谈论提高利益。他们常做的是以羞耻的名义说话,或是以卑鄙和耻辱为理由,因为这些观念在他们看来仍然是最通情达理,而又最不妥协的。但他们不倚仗任何东西。他们没有时间来替自己辩护,也没有想到过要这么做。在谁的眼中他们会这么做?如果只盯着法则看的人只能明白法则的要求,如果一个人不能为其他人提供任何让他们都满意的东西,因为他们极度团结,你无法随时从中分辨出每一个人,或是只讨论他们中的一个,而不提到其他人,不使他们陷入不合群的、孤独的,和普通方式不能和解的命运中去,那么,他们可以向谁宣布:"我们和你们意见一致,我们为你们的权利而斗争,我们代表着你们想成为的样子?"没有人质疑委员会在这些黑暗日子里获得的东西。这些令人惊愕的日子足以让它得到承认,关于它们的记忆始终伴随着它,傲慢和吃惊的神情仍然随处可见,它们代替了最强大的想法,使纲领和承诺显得可笑。行动的力量像是已经得到了实践,敌人却还没被消灭,但是随着地上的装饰,以及疾病的恶臭的消失,人们会看见,在最前沿,向往着的最高权力的,那些最不幸的人。这个不幸的权力机关立刻就掌控了一切。没有人议论。当人们开始接近鼠疫造成的大坑,当官方代表溜进了委员会总部,他们表现得和平常一样,展现出一贯以来的虚伪,除了称赞那些在悲惨的环境下表现出模范品质的技术人员,仿佛没有其他的任务。当然,这些代表得到了残酷的接待。他们被领到街上,看见有些屋子空着,有些还住着人,并且被监督人包围着,门诊所里挤满了从监狱里出来的年轻人。他们往垃圾场走过去,远远地就能看见墓穴上方的雾气。他们进了避难所,看里面的病人,听到他们不断地叫喊。陪同他们的人不和他们说话,他们自己也一言不发。在这样的冒犯之下,我看到了布克斯的精神:带着深深的怨恨,按照自己的想法行事的精神。他让他们自由地离开,这些访客来自最杰出的地区,但在让他们回去之前,他在他们每个人的背后都捆上一具他们难以摆脱的沉重尸体。当他决定公开表示自己是一个领袖,并且,在一个疾病反复无常的地方,他手里掌握着行政机构的时候,他预料会有反对。但其实并没有。尽管有感染的危险,有些公职人员还是坚守在自己的岗位上,因此,证明了他们和他是站在一起的,是在尽心尽责地帮助他。但是,就外部而言,他所预料的反对没有来,也没有其他任何迹象。没有人阻止他,也没有人赞同他,根本就没有人留意他。这些事情在两个权力机关之间造成了一条鸿沟。受到伤害的法则,看着自己的机关之一不知何故地受到了损害,它在沉默中冥想,等待它的恢复。这种自由使一大群人为之陶醉。透过墙壁,人们可以呼吸得到它。但这是一种过分宽泛的自由,无法掌握。布克斯决定的事实现了,他签署了一些文件,这些文件有法则的效力。他将几个人聚集在房间里,对他们说:"从今天开始,你们在某某职能方面代表委员会,这些人履行这个职能,成为委员会的代表。"活动很好。虽然因为经常什么都缺,最后的结果并不与之相称,但还是做了很多事,远远超出了做这些事中的任何人的期望。所以每个人都可以感到高兴,并且,随着无礼拒绝所有辩白的、无视法纪的思想按照他所准备的路线,从一个部门传到另一个部门,延伸到了更大的领域,我们将会看到,这个出自社会底层,出自被强行破坏的房屋,出自冷清街道,充满生机而又如水银般沉重的假权威将如何在所有的地方夺取法则的位置,并损害它的声望。

但据说,布克斯越来越爱把自己关在总部的一间办公室里,有时沉默寡言,有时大发雷霆,很少有热血上头、变得不再那么冷漠的时候。一整晚,他都在辱骂委员会里主要负责与他沟通的伦茨,伦茨是个第一流的人物,曾一度在政府的管辖范围内领导官方反对党,后来,因为自己的角色,在某一天流亡他乡:这是一个五十来岁的男人,身材瘦小羸弱。公职人员非常尊重他。布克斯称他为罗得岛太阳神铜像。说到罗得岛太阳神铜像,没有人比自带威严的布克斯更加配得上这个绰号了,如果他整晚都在大发雷霆地重复这个词,像是在骂人,也许是因为他实际上将自己看作一尊巨大雕像,即使是最小的一步也会撼动世界,但是,看着自己的流星大步畅通无阻,他终于思忖,自己是否已经不再只是一堆泥土,没有个性,没有生气。他肯定太过严肃,以至于被自己篡权的荣誉所欺骗。他确实获得了巨大的成功。在他的周围,所有人都陶醉其中。谁又能预料到法则会如此突然地瘫痪?他们根本没有打算与某种不可思议的东西斗争,与拥有无数触角,能够伸展到各处,却只能做某些动作的怪物斗争;但是,从一开始,这个怪物就躲开了:它好像是累了,又好像是生气了;它受到了侮辱,它的生气可能会带来意想不到的后果。同样是在这天晚上,布克斯说:"当我看到你们因为计划实现,因为决定付诸实施而感到兴奋,我想到了一个死后被葬在自己的地堡里,通过电话继续发号施令的军事领袖:如果事情太过顺利,如果他所有的命令都得到严格的执行,他就会怀疑电话线被切断了,没有人听他说话,所有一切在他看来都是成功的,因为他对发生的事情一无所知。我们所做的一切都成功了,是因为我们被关在一个房间里,我们是在给这个挂钟下命令。我们的成功只表现出这样一个事实,即我们仍然没有出过门,仍然对一切无能为力。"很久以来,布克斯的作用都在遭受猛烈的抨击:他们认为这个有修养的人太过宽容,过分急于亲近权力机关,与它们商谈一些令人尴尬的问题。他的同事认为一旦开始和官方部门对话,所有的事就和解了。而布克斯本身的目的,也许不过是确认政府委员会的人是否重视他的决定,是否认为它们重要,或者简单地说,是否对它们有深刻的印象。我想,在他前进的过程中,他一个接一个地占有了主要的指挥职位,遇到的困难比在空地上散步的时候还少,他晕头转向,并且，首先需要证明所有这一切不是幻影，证明当他和委员会为了决定这个，决定那个围桌而聚的时候，他的决定对得起历史，证明那么多如此激动人心，如此不同寻常的运动，那么多关键的胜利到头来不会变成竹篮打水一场空，而他也许还曾在睡觉之前祈祷，祈祷委员会一切顺利，监狱开放，他不再只是一个被免职的，或者更惨的小医生，祈祷被骗得最厉害的人不会再次沦为梦想体制的受害者，这个体制足以让人们按照自己的身份热情工作。所有的求助者都极好地得到了帮助。门诊所已经彻底装配一新。在满是来自清空大楼的可疑人员的屋子里，他们分发床上用品，被子，衣服；工厂慢慢地恢复了运作。这些在几次短暂的接触之后得到的救助，证明了已经遍及各地的组织的力量，但这对布克斯来说没有任何意义，因为正是他建立起的这个秘密网络，这些指向各个方向的道路。他肯定可以为如此广泛的行动方式而感到高兴，但他想要更多：而不是在进到新的办公室里，进入新的管制区时，因为看见他的同伴们和他打招呼，同他确认他们之间的默契而感到满意，那样的情况其实意味着他存在于各处，但被认出来只有一次，仅有一次，而且还是通过一个代表着敌对机关的陌生人脸，因为长久以来都被认为已经被战胜，被消灭了的混蛋突然出现而露出的担心的神情。

有一天，我从布克斯那儿收到一张小纸条，上面写着："事变即将开始，现在，每个人都应该加入战斗。"就在那时，虽然没有人告诉我，让娜也只是用她那沉默的目光回答我的问题，但我知道了，这整个用了无数个夜晚和睡觉的时间来筹备的庞大集团，所有这些被掩埋在墓穴和监狱里的不幸的人,这场死气沉沉的爆发,这份在街上流动,为了改变自己可怜衰老的外表而慢慢爬上最高房屋的自由,所有这些胜利,所有这些希望,它们怀疑自己,它们将要在疯狂的报复行为和血淋淋的正义之中,试图从和平中取出法则,以便最终让法则来宣布战争的开始。我现在知道,那些在某些时候占领了街道的普通人意味着什么了,然而在其他时候,在临近夜晚的时候,荒凉本身占据了最热闹的街道,仿佛它的存在和刚刚被它赶走的人群的存在一样是可见的。当我在夜里重新听到大水泡的爆裂声,当我在早上,在那些似乎是偶然选定的地方,听见轰鸣声如水滴般一滴一滴汇集,之后因为伤口的贪婪,所有流动的,所有有精力的,全都通过数千血管和渠道向它涌来,我可以猜到,世界上那些耻辱的力量为了从它们的耻辱中提取出和谐与平静之外的东西,是在从事着多么阴暗的工作。我向让娜打听了下那些我认识的人:关于那个手受过伤,还曾经骂过罗斯特的男孩,根据让娜的描述,他在灾难来临的时刻,平静地待在自己守夜人的岗位上,看着原本应该归他看守的工厂被烧掉;关于阿布朗,这个如此庄重的老人家,有一天和一群人联手,用石头砸死了一个工头,把他推进一个小工棚里,朝他的头上扔废铁和老旧的碎玻璃;关于厨房里的一个女人,她曾经在一个漂亮的田园房子里做看门人,房子建在南部,周围绿色环绕:她老公在不同的厂里做工,更多的时候在一家大型锯木厂帮忙整理木材。某一天,劳资纠纷爆发了;但他太过不起眼,以至于没能参与其中;没人在乎他工不工作;他继续一家家找工作,得益于当时的环境,他反而找到了报酬较高的工作。至于厨房里的那个女人,她负责打理那家人的房子和花园,花园里的一小块地供他们家使用;她同时还负责照顾老板的儿子,一个智力发育不正常的小伙子,他的父母是高级公务员,他们把他藏在了乡下。一天晚上,她老公没有回来,第二天也没回来,到了第三天,还是没有回来,她不知道他怎么了。两天过后,一个警察局的人来了,他解释说,在锯木厂的一场打斗中,她老公用十字镐打了副厂长,而副厂长出于自卫,用手枪朝他开了一枪。她老公受了伤,现在在医院。她并不相信这些话。也许她对警察有偏见,认为他们说的总不是事实,而只是赋予他们的报告一种凶兆的模糊意义。也有可能,她是认为这整件事不可思议,她不能接受一个工人会在一场与他无关的打斗中想要杀人的说法。她拒绝去医院,选择待在家里,像之前所有的夜晚一样等她的丈夫回来。当她收到官方的死亡通知,她同样不相信,或者说,她等了太久,以至于那时没法相信了。在接下来的六个月时间里,她都继续工作,之后有一天,她离开了,带着那个小白痴(老板的儿子)一起,直到今天,他仍和她住在一起。让娜语气冷淡地跟我说着这些人,没有一丝的主动,因为说话已经是她和我在一起时的一部分了。但是,当我听着这样一个冷淡的声音讲述这些真实的故事,我同时也不停地听见布克斯写在纸上的那些话,就像有一个喇叭在向我,向所有人不断地重复着:事变即将开始,现在,每个人都应该加入战斗。我知道,这些话在等一个回应,但这个回应注定将被赋予十分悲剧和侮辱的意义,所以世界上没有一个人有勇气站起来,走到桌子那儿,让喇叭停下来一段时间,把它写下来。一个希望让自己被人恨,会因为别人的示好而感到窒息的人,他的盛怒之中也许有某种可笑的东西。但在侮辱无法抹灭的打击之下,这么多人正在从他们之中任何人都没意识到的堕落状态中走出来,为了获得自由,他们需要把自己的敌人变成敌人,把他们与这些人的关系变成斗争关系;这些人全都丧失了冷静,他们已经准备好化身为狼,把每一扇门都变成屠夫的肉案,启动复仇和战争的机器;所有这些罪行,最后只会使人们更加谨慎,这样的情景不是可以提前预见的,哪怕是在某一个瞬间。战争,我在心里想着。但是,和谁作战呢?痛苦的记忆使人感到绝望,人们因而渴望战争。可一旦它开始了,它毕竟不是战争,而只不过是一个使人蒙羞的骗人把戏,一个做鬼脸的愿望,一个和平不光彩的新形象。

一天早上,我们一起出门。因为她接到任务去大楼看看,而她又已经不能将我单独留下。很快,气温升高。我们把背转向街道,房屋变得更加少了;地上几乎是一片黄色。街道变宽了,像是在漂浮,接着又变窄了,木板搭成的小店一家挨着一家,有着铁皮屋顶的破房子偏离了街道原本的方向,形成了一些不知道通向哪里的小路。路上有些地方满是碎铁片,因为它们,这路根本不能走,但在稍远处,在高温笼罩下的房屋之间,我们又发现了永远对自己怀疑又确定的道路。我不知道是我在跟着她,还是她在跟着我。她自顾自地走在我旁边,步伐规律,目不斜视。有些人从我们身边经过,还有些人从我们后面过来,加快步伐,很快就追上了我们。汽车把我们逼到了人行道上,或是木栅栏旁边。有时候,喧闹声会变大,仿佛附近的街道将城市里嘈杂人群全都扔到了这一条街上,百来个行人在上面小溪般的流动,十分缓慢,仿佛这条小溪已经枯竭,并且不知道自己该流向哪里。喧闹声和人群很好地表明了我们前去的是怎样人迹罕至的地方,我们两个人的影子被一条绳子的影子连在了一起。如果这条路迷失在一个人烟稀少的地方,这绝对更加合理;如果离开了生机勃勃的地方,它进入的是一片石海,是寒冷而贫瘠的北国区域,倒是不会让人那么吃惊。但我们看到的是城市,有卡车,有农民的火车,热辣辣的太阳底下,女人们成群结队地从商店里出来,没有目的地慢慢闲逛,可这里也是荒漠,危险的力量不是来自清静,不是来自死气沉沉的大地,也不是来自世界上的任何坏事,而是来自富丽堂皇,来自安稳而又无穷无尽的生活。

在一栋周围到处是车棚和空地的房子面前,她停了下来。走廊里面一个人也没有。在走廊的尽头,是光线昏暗的楼梯,楼梯对面是负责人的房间,负责人走出来,看了我一眼,又看了看让娜,接着让我们进了门。不管是他,还是我在这栋房子里或是其他地方遇到的任何人,都对我们的身份没有怀疑:没有一个人问我我是谁,我来做什么;没有一个人对我的出现感到吃惊。他从一个壁橱里拿出几张纸,摊放在桌子上,其中一张是避难者的名单,上面有他们的姓名,有些可能是假名:住在这栋大楼里的有三百多人。其他登记表介绍了病人、老人和儿童的数量,健康人员的职业,以及食物存货的重要性,上面附有供货商的地址,负责征调者的名字;最后是一长串所缺生活必需品的清单。在她翻阅这些文件的时候,负责人不知道该做些什么,我自己也是一样,眼睛一会儿盯着那些人名和数字,一会儿又转向房间里的劣质电灯泡照不到的阴暗角落。在房间深处,狭窄的凹室里应该放有一张床;两排椅子堵住了走道;屋子里并不脏,但是这一间破旧的小屋被笼罩在黑暗之中的时间太长了,似乎已经没有任何方法能使它再次被照亮。让娜开始往门口走。才一抬脚,我们就被一阵略带甜味,又有些发酸的味道包围了,这种味道使人想到门诊所里那可怕的味道,但要比它更加不真实,像是女性充满着猜疑和非难的窃窃私语声。上了楼梯,负责人推开几扇门,似乎想让我们参观一下公寓套房,但是这些根本不是公寓套房:我们看到的是一个小房间,一个门厅,这个门厅也许还连着其他的房间。房间还算干净,但是没有任何迹象表明人们可以在这里生活,房间里满是卷起来的床铺、被子和堆叠起来的行李,像是外省小火车站里简陋的行李寄存室;这里似乎应该有一些这样的女人,一声哨响,她们就立刻抓起已经打包捆好的行李,把它们扛上肩离开。当我出现的时候,没人说一句话。我是第一个进去的。里面有六七个女人,有的穿着晨衣,有的穿着外套,她们一动不动地看了我一眼,这些人像是被放在这个房间等人的,可能是等我,也可能是等另一个人,但是,单看她们的动作,完全看不出她们对于我这样的出现有什么想法。这时,负责人进来了,他尝试走到窗户边,但还没来得及过去,让娜就进来了,她身后突然涌来这层楼里其他房间的女人,仿佛之前,她用一种神奇的方法让她们待在了一边,而现在,正相反,她自己的突然闯入把她们从大楼各处召唤了过来,告诉别人她们想要下楼。很快,房间里又多了十个人,这十个人好奇又冷漠,她们长得很像,既不年轻,也尚未年老,看不出是城里人还是乡下人,那种样子像是来自一个与众不同的家庭,来自一个固定又耐心的环境,而不是血肉之躯真正居住的房间。她们的脸上没有一丝惊讶,没有任何指责的意思,也没有一点感兴趣的表情。她们的眼神无礼,默默地表示我不是她们其中的一员,并且停在这个判决上,没有进一步的表示。因为闲着没事做,她们不自觉地朝我看过来,这份闲散是她们看我的原因,而这份近乎狂热的闲散也使我感到害怕,害怕某种无法挽回的东西,某种后果难料的疯狂行为。我向让娜示意想出去。几个小孩子混入大人之中,他们缠着我不放,其中一个紧紧抓住我的上衣;我猛地推开他,他跌倒了;但是,他既没有叫,也没有把眼睛从我身上挪开,甚至在跌倒的过程中,他都在继续盯着我看,表情勇敢而满足。我从这群人中间冲了出去。在楼梯平台上,在通往的其他楼层的台阶上,还有很多人。我心想,真是一群苍蝇,秋天的苍蝇,阿谀奉承又纠缠不休,已经有四分之三被消灭了。

接着,我们继续走。此刻,街上也已经弥漫着那股味道:它和高温一样难以摆脱,它在各个房子里蔓延,而这些房子全都失去了所有边界,像是在无止境地延伸,占据所有还有空间的地方。沿着马路,我们撞见了一些行人,他们静静地待在这个临时的海滩上,相信既然潮水把他们带到了这里,那么这里就是唯一留给他们的地方。无论躺着,站着,吃饭,还是睡觉,他们都静静地待着,接受一切,灼热的阳光,汽车的灰尘,行人的踢踹,他们看我的神情带着一种傲慢的沉着,他们在通过沉默,用某种疯狂的、后果严重的东西来威胁我。在我旁边,让娜又变得如此安静,完全不知道将要发生什么事,仿佛我没有听到她在这段路上自顾自地重复喇叭里的发言一般:现在!现在!现在!每次我们回来,都是这样。然而我知道,我和她的关系在改变。她越来越冷淡,但这份冷淡透露出某件不愿被坦白的事。她曾经偶尔表现出对我的厌恶,但这种反感是永无止境的。她确实冷淡,但在我身边,在我周围的圈子里,她还表现出一种冷淡的沮丧,一种冷淡怨恨,一种冷淡而不外露的残忍,活着和死去的两种状态,虽然紧密地联系在一起,却又始终隔着两步的距离,我所感受到的,只有因为愤怒和贪婪而落在我身上的冷漠目光。她为人谨慎,什么事都听我的;但是,她对命令的态度非常无所谓,仿佛她出色完成任务也只是不小心做到的,这个行为并非出自她的本意,也无可非议。她言行谨慎,我固执于消极而匿名的事情,站在那里,面前没有任何东西,除了自己,一片空荡荡的,没有任何东西,不知道她还在不在,感觉在她身上,隐藏着其他某个人,就是那些凶猛的人之一,他们有一副容易被认出的面孔,但因为他们,你和我陷入了一场永无止境的虚假对话中。

有一天,她突然大发雷霆,搞出了疯狂的一幕。她宣布从今以后都将留在我的房间里,不准我出去。她让我跟着她念一些话,内容我没怎么听清楚,好像是在说:"我将珍爱你,保护你,只看着你一个人。"她抓伤了我的脸,我不得不躲开她。我在角落里蹲了下来,她哭得抓心挠肝,大喊大叫。但当我望向她的时候,我发现她很快又恢复了倔强的样子,人几乎半裸着,但表情依旧严厉而镇定,仿佛她刚刚只是作为一名有资质的护士,因为某个我自己没有意识到的错误训斥了我,我注意到她的身上有浓稠的黑水在一滴滴流淌,那水和以前通过墙壁渗进来的水很像。也许这不只是水:它还是一个预兆,来自一个尚未变质,却已经准备好液化的东西,某个渗水的、迟疑的东西,它出现在太阳底下,又玷污了阳光,用如同气味一般的方式散开,飘荡,腐臭,随后继续作为冰冷而浓稠的黑水的幽灵上升。

这事发生在快到中午的时候。当水消失之后,房间就重新变得可见了:房间,正午太阳的光辉,还有被飞舞盘旋的苍蝇反衬出来的安静。接着,日子又重新回到了原来的样子。她还和原来一样监视我。但再也没有一个人到房间里来,当我们出去的时候,她让我在走廊里快速地溜过去,把我关在电梯里,到了街上,我们完全是在人群中踽踽独行,我谁也不看。所有这些街道一天比一天更荒凉。大家感觉,现在只有事变能在街上招摇过市,并且,如果似乎还有人在封锁的房屋之间走动,奔跑,那不过是为了暂时掩盖事变的事实,由于缺乏持久性和计谋,虽然成功地一点点收集到了足够的坚固材料,形成了一个群体,但是,最轻微的触碰就能够让它失控。这些事随处可见,随时可见。每天晚上都有人被处死,而白天就是混乱,它带着令人惶恐不安的沉重前进,盯着每个人,每样东西,没完没了地追求着灾祸的目标。是谁放的火?是谁在搞破坏?没有人思考这个问题,因为出现在受害者眼中的并不是单个的人,而是一群双手沾满鲜血的危险分子,每个人都认为自己才刚刚开始的生命,因为那些被关起来的,遥远的,难以置信的回忆而受到了威胁,而它们突然获得了自由,变成了历史的报复和新的正义。每天晚上都有无休无止的破坏场面。黎明时分,一些地方醒来,像是一个迟钝的人,忘了地震,也讲不清楚为什么街道和房屋都变成了一个无声的大火堆。让人更加错愕的是,混乱完全不能区分造成它的人和承受它的人。在游行的队伍当中,人们有时候会看到,那些最守纪律的团体狂妄自大地用自己毫无瑕疵的秩序挑战既有秩序,放任自己,采取一些暴力和极端的行为,把每个屋子都变成了纵火者和受害者共同的坟墓:一个这样的运动更像是道德败坏而不是动乱,至于那些小团体,它们打破秩序,加入暴乱的队伍,胡乱开枪,拿刀和居民打斗,这些居民之前被他们杀害,却又突然在这些攻击者身上看到救了他们命的保护者角色。结果就是关系错综复杂,事变的价值不确定,让人没法看清火把和炸药是在为谁工作。夜晚的暴行甚至没有损坏良好的邻居关系,这简直疯狂:也许在那些眼看着自己的房子被毁、自己又受伤的人,和那些抢他们东西、伤害他们的人之间并没有丝毫真正的好意;也许受害者们只有一个愿望,那就是隐藏他们的恐惧和不满,尽可能地延长虚构的人情温暖;但是,那些言行粗暴的人并没有因为自己的言行而受到影响,他们没有寻衅的意图,只是在让他们害怕的人周围继续生活,无视他们的所作所为,并且抹去自己放纵行为的痕迹。

这些空荡荡的街道从来没有如此安静,如此不安,它们说明了什么?这些甚至波及废墟的行动和破坏意味着什么?一个非正义的东西为了变得正义所做的努力？一个通过死亡达成的和解？一个疯狂梦想的行进，它从自己的王国走出来，带着被歪曲的法则的面具游荡？平时，警察都是怎么做的呢？他们逮捕嫌疑人，通过漫长的司法程序，使他们得到判决，这个判决与其说是定罪，不如说是关于被告人的所有故事的研究，等到研究结束，摆在被告人面前的是一个沉重的、惊人的现实，他发觉自己被限制在这个故事里，就像被关在监狱里，或者正相反，他消失不见，挥发到空气中，重新找到了他完全看不见的无辜。但今天，顷刻之间，人们就被怀疑，被定罪，被执行判决，而那些或是被割喉，或是被枪决的可怜人，他们从死刑中得到的错误，是甚至连这个处罚也会让他们做出补偿的。这样，人们可以说最粗暴的非法行为秘密充当权力，那种仍然太过简单的权力，过去并不存在，然而对专家来说，已经是令人敬仰的了，但是，这些非法行为所带来的隐隐约约的恐惧同样也证明罪行换了阵营，它通过打击的严峻和可怕，在受害者周围画出一个怀疑的、有罪的圈。

法则在哪里？法则在做什么？这样的呼喊总能听到，即使是在幸福美满的时刻，虽然表达出来的是指责和不满，但也是对它神圣地位的敬意。因为隐藏和展示的正是法则的神圣：对每个人来说，它是隐藏起来的，对大家来说，它是展示出来的；当人们没看到它的时候，他们知道是它；当人们看到它的时候，他们不再知道自己是自己。这就是为什么，举报和猜疑这么长时间以来被认为是高尚的，并且，这种高尚的印象让人们忘了，大家对这种行为也一定会产生轻蔑的感觉。告密者表现出权力的无用，可以说，它几乎满足于存在于你们背后：他们沉默的缓慢步调证明了整个统治机构的顾忌，甚至于它的顺从，它退缩的办事方法，它是阳光和空气，涉及所有人生命中的每个动作，但不怎么可靠，几乎算得上是不幸和流亡。如果有人突然觉得被人从背后袭击，听到不可避免的指控：蓄意破坏，蓄意破坏，他当然觉得伤心和忧虑，但不是为自己感到伤心，而是为了这个机构，它为了保留每个人的自尊心，继续假装听凭任何人摆布。

法则在哪里？法则在做什么？这些呼喊现在听来让人受不了。我在空无一人的街道上能听见它们，这就是为什么，尽管嘈杂的人群兴奋地在几个小时的时间里，从各个地方涌了过来，这些街道仍然是空荡荡的。我在屋里的百叶窗后面听到它们，而这些屋子已经不过是些废墟，有些工人在里面工作，他们清除瓦砾，往里面倒煤油，在地基里埋炸药。让他们如此悲惨的，并不是他们控诉的咆哮声，因为还有谁敢高声抱怨，并公开自己的不幸呢？人们没有听见，这正是最坏的。他们像是窒息而死的：从地下室传来的叫喊声，从墙背后传来的呻吟，它们没有出口，它们拒绝被听到。所有人都看见烧伤和饥饿走到他们的面前，却不知道说些什么；他们没有一声怨言，已经准备好滑向历史曾经绊了一跤的大坑，这份沉默像强有力的尖叫声一样击中我，它喊叫，哽咽，低声咕哝，让人一听就疯狂。这痛苦的叫喊声不只是这里有。我知道，那些想要法则死的人和别人一样发出这种叫声，我知道这份一成不变的沉默，通过它，一些人继续表达他们对这个不可动摇的制度的信心，甚至于对发生的事情漠不关心，听到人们说的时候也只是耸耸肩,对别人来说,它意味着混乱,不可能知道公正止于何处,恐惧始于何方,不可能知道为了政府的伟大和政府的毁灭而做的告密在哪里取得了胜利,我知道,这份沉默是如此悲惨,比任何相信它的人还要可怕,因为它来源于法则本身沉默的死尸,拒绝透露它为什么进了坟墓,以及它进去是为了摆脱,还是接受坟墓。

这些天,我一直在发烧。我开始像其他人一样等待,仿佛紧迫的时刻像对待其他人一样,拒绝让我知道它的名字,不愿让人知道它究竟该被称作惩罚的时刻,还是辩护的时刻。我继续躺着,用尽一切力量不去做某些事,不去写某些字眼,没有人知道,在这场睁着眼的睡眠中,我烧毁了怎样的生活。我不看她,她也不看我;最常发生的情况是,她到别的房间里,回来的时候带着血腥味和被烧焦的肉体的气味。当她在的时候,我尽可能不动,除非必要,不跟她说话,而她则跟我讲她在做些什么,其他人在做些什么,语气十分地平静和理智。一天晚上,她撕毁了几张我写过字的纸;她把它们撕得粉碎,但她在这么做的时候十分平静,没有流露出一点不耐烦的迹象,也没说一句话。另一天晚上,我实在没法咽下她给我带来的食物。她在的时候,我没有表现出恶心。当她走了之后,这股恶心的感觉越来越强烈。仿佛它在我面前轻轻地飘动,把我引向洗手池旁边,接着突然改变路线,把我引到走廊,让我打开门,小心翼翼地上了楼梯,像个随时准备躲避的共犯一样,我一路跟着它,而当我发现自己身在二楼厨房的时候,我发现它消失了,留下我一个人不知所措,使我不得不思索自己到这里来是干什么的。最后,为了回答一个女人的问题,我要了点东西来喝:最好是酒。她给我倒了一杯,我重新上楼,在上楼的过程中,在身体抽动的过程中,开门的过程中,恶心的感觉重新出现在我面前,它刚刚给我做了向导,现在则微微带了点酒的味道。这个向导也许并不可靠,或者它还有我不知道的意图:进房的时候,我跌倒在地上,吃了一嘴的灰。没过一会儿,她就进来了。她直接在床上躺了下来,我不知道她想干什么。接着,她探过身来,在我身上闻了闻,口气十分傲慢地说:"你喝酒了。"我没动。她重新坐了起来,身体向前倾,人几乎要站起来了。

"我不在的时候,你不准出去,"她说,"不准和这些女人说话。你就待在这儿,如果需要什么东西,你只能找我要。"

我还是没动。她直起身子,开始机械地脱衣服。可是,有一颗扣子解不开,她于是直接扯开了衣服。撕裂的声音让我感到害怕。我听见自己问她:"我为什么要藏起来?"她侧过身去,查看被撕坏的地方,猛地又扯了一下。我听见自己又问了她一次:"我为什么要藏起来?你为什么把我隔离起来?"她走到我身边,淡淡地说:

"这样比较好。"她看都没看我一眼,只是继续拉扯衣角,用同样冷淡的声音补充道:"你需要绝对的安静和大量的休息。你看看现在发生的事。"

"但只不过是几步路……到厨房而已!"

"不行。这些女人又蠢又坏。她们不明白你需要什么。谁给你的酒?"

"我不知道，我忘了。"

"是那个孩子，"她愤怒地低声说，"她监视你，知道你做的所有事，而且当笑话跟人讲。我不会再让她这么做了。我要揍她一顿，弄死她。"

"不是她。"

"是她，"她吼道，"起来，快起来！"

她抓住我的胳膊，把我拉了起来，又把我从头看到脚，然后笑了出来。我感觉那天的情景即将再次重演，她人在发抖，嘴半张着，而且，嘴张得越大，牙关就咬得越紧。我觉得头晕，想要走开，但她激动地抓着我不放。她低声地说了两三次："现在！现在！现在！"接着匆匆忙忙地继续嘀咕，我听见她对我说：

"我现在知道你是谁了，我发现了，我得告诉别人。现在……"

"你小心，"我说。

"现在……"她突然直起身子，抬起头，说话的声音足以穿透墙壁，撼动城市和天空，它如此洪亮，却又十分镇静，如此蛮横，却又不强迫我做任何事，她嚷嚷道："没错，我看见你，我听到你说话，而且，我知道至高者是存在的。我可以赞美它，爱戴它。我转向它，说：'大人，请听我说。'"

我没法继续看她。我想到了几天前发生的一件事。那天出门时候，我遇上一个女人，我给她开门，打了声招呼。这个女人盯着我看了一会儿，就开始浑身发抖，脸色变得惨白，缓缓地倒在了我的脚下，动作像是早就想好了的，额头磕到了地上，之后，她急忙忙地站起来就走了。她走之后,我激动万分。我想做些不同寻常的事,比如自杀。为什么?当然是因为高兴。可现在,这份高兴在我看来简直难以置信。我只觉得痛苦,心中沮丧气馁。

"你可以替我保守这个秘密吗?"我说。

我坐在床上,她走了过来,轻轻地说:

"我可以走。如果你希望的话,我会离开这栋大楼。"

"你为什么这么说?你记住:我不负责你的秘密。责任不在我。你刚刚说的话,我不懂。我听过就忘了。"

她没有动。

"你的话没有任何意义,"我严厉地说,"这点你别忘了。即使它说的是事实,也没有任何价值。"

"我还是离开比较好,"她说。

我重新回到了房间的中部。我发觉自己在不停地走动,现在还在走。我浑身是汗。浓浓的水汽从敞开的窗子进到房间里。我想要穿过房间,却撞上她笨重的皮鞋,轰的一声跌倒在地。"出去,"我大声嚷道,"你出去。"我对自己的乱吼乱叫感到羞愧。但还是恶狠狠地接着说:"我受够你了。我讨厌你的皮肤,你的眼睛,你的鼻子。它比我的还要大。"她坐在房间一角的床上,没作回答。我默默在她身边坐了下来。

"我累了,"过了一会儿,我说,"我几乎没吃什么东西。现在几点了?"

我们俩谁也没想去开灯。没过多久,有人来敲门,在门外喊她的名字。她去开门。回来的时候,她递给我一杯喝的东西,我才知道她下楼到厨房去了。

"罗斯特叫我,"她说。

一听到这个名字,我就开始发抖。

"他是你的朋友?你和这个罗斯特是什么关系?"

她一直把杯子举在我面前,我把它抢了过来,摔在地上。液体的污迹在缓缓流动的过程中变得浓稠,蔓延到了她脚边。

"这是我的事,"她一边往后退一边说。

"所以说,你和我在一起的同时,也和他在一起!"

"这是我的事,"她背靠着墙,重复道。

我看了看她的额头,她低垂的脸。我走上前去,但我的手才刚碰到她,她就叫了起来,像是想羞辱我:"啊!别碰我,你怎么敢碰我。"尽管我已经离她很远了,她还是继续厌恶地把我往外推,骂了两句脏话,接着又说:"离我远点。"我得试着开口让她走,但是,我的嘴唇直哆嗦,我的手附在唇上,慢慢地变得湿润,也渐渐开始发抖了。突然,我如梦初醒,一种奇怪的感觉袭来:那是一种壮丽的感觉,一种威严的、炫目的狂热。仿佛白天发生的那些事、那些话找到了真正属于它们的位置。所有的一切都坚定且不可动摇。一件显而易见的事改变了一切。与此同时,我发现这个覆在我的脸上,湿漉漉的手是她的:它在我脸上来来回回,我一想说话,就又盖住我的嘴巴。

"你现在该睡觉了,"她说。

我直起身子;她坐在我身后不远处,脸色看上去不怎么好。

"我只是个普通人,"我看着她说,"请你记住。"

"我知道。"

"我想出去就出去,我想和谁说话就和谁说话。"

"好的。"

"今天晚上来过什么人,发生了什么事,我完全不知道。"

"知道了。"

"你想蒙我,想耍我。我一早就猜到了。"

"是,"她说,"没错。现在过来睡吧。"

我盯着她看。

"玩笑只是玩笑,是丢人的笑话。"

"是,是,是,"她嚷道,"我是开玩笑,我现在还是在开玩笑。你想怎样?你要干什么?"

我扑过去掐住她的脖子。"你出去,"我说。她躲在角落里,人蜷缩成一团。"现在就走,马上走。""好,让我走。我没有开玩笑。我向你保证。"她抬眼看我,看向我阴影一般悬在她头顶的手。

"听我说。"

她轻轻地推开我,站了起来,呆了般的一直站着。过了一会儿,她低声说:

"我还是希望能把我的话变成玩笑,因为它们使我感到不安。但现在,你得相信我。我要说的话是真话。听我的话,说你会相信我,你保证。"

"好,我会信你。"

她迟疑了一会儿,费了好大劲,笑着低下头,说:"我知道你是独一无二的,是至高无上的。谁能在你面前继续站着?"

  我转过头去避开她的目光。她一动不动地又待了一会儿。紧接着,她朝门口走去。我想,她要离开了。我很高兴一个人待着。她穿上鞋,真的到走廊上去了。

九

第二天,她跟我解释说,我们也许不得不离开。可是,我不起床,不吃饭,也不看她。我做这些原本是想讨她欢心,但现在,我知道我必须这么做。我得待在自己的角落里,一动不动地装死。为了说服我吃饭,她使出了浑身解数。她没完没了地折磨我,在几个小时的时间里不断地重复着"吃饭、吃饭、吃饭",声音单调乏味,和她塞到我嘴里让我吃的东西一样。累了的时候,她也会昏昏欲睡,但即便如此,她仍然时不时在睡梦中重复着"吃饭,喂,吃饭"。我没有一刻的清净,只是一动不动地待着,为此做出了一个人可以做出的最大努力。

最后,她对我说:

"你可以继续绝食。我是不会通知任何人的,也不会叫任何人来。"然后她就去工作了。

她一关上门,我就有逃走的冲动。房间里墙面下方有一根粗大的水管,差不多在洗脸盆的下方。这根水管在那儿弯得厉害,微微渗着水,在周围弄出了一大片水渍。这水渍看上去很脏。有时候,可以看得见水渗出来,如果仔细辨别水流渗出的声音,可以恰好碰上水滴形成的时刻,水滴慢慢变大,沿着金属管流动,最后落到地上的抹布上。这是一块颜色很亮的红色抹布。现在,我意识到自己肯定看了它很久,然而只有我一个人在,我于是继续盯着它看。抹布很厚,被折了好多道,皱成一团。它的颜色耀眼,红得很正。也许并不是真的耀眼,因为其中还有某种暗淡的颜色,只是慢慢才显露出来。然而正是这个暗淡的、还未显露出来的颜色使它如此危险地被人看见,以至于它所在的地方离我越来越近,到了这里,接着又走远,到了街上,慢慢往前走,在我的眼皮底下走开,调皮得没有道理,然后走得更远,我感觉它就像挂在绳子上的一块布料,随风摆动,我看着它危险地在垃圾桶里和垃圾混在了一起,缩成一团,引人注目而又不可触及。它一动不动,一直等着水流源源不断地渗出。突然,像是接收到了内部的命令,完全成形的水滴滑过金属管,快速聚集在一起,慢慢变大,直至形成了一个真正的大水滴,在那里停了好一会儿,挂在红色抹布上面,看上去危险、贪婪又害怕,始终没有动一下。然而只要它还没有落下来,希望就还在,尽管在它背后,仿佛有种本能在推它,像是水管肮脏的生活,日子也仍然完好无损。即使落下,在它下坠的过程中,轻盈透亮的它也像是什么都没猜到一样,仍然可以相信即将到来的事情不会发生。然而,它滑进褶皱里,被完全地吸收,消失不见了,不留一丝痕迹,彻底隐藏了起来,在这个时候,只有水滴流进布料的声音让我知道它遇见了某种东西,我不知道那是什么,只知道那东西湿得厉害,比它本身湿得多,黏黏厚厚的,浸满了水,不停往外流。这声音要把我逼疯了。那是液体变质的声音,它不再清澈,从一个冰冷厚重的黑色污迹中渗出,变得越来越湿润。让情况变得如此危险的原因,并不是水流的渗出要等几个小时,并不是这个小水滴的下落需要准备,甚至是期待,也不是听见它,或是感受到缓慢的渗透本身,而是每一次水滴落下时,抹布看上去都是干的,颜色一样红得发亮,经久不变。该死,这正是整件事狡猾的地方。我没法不去想,这片厚颜无耻的红色在它始终干燥的身体里储存着静止的水,它抓住我的胳膊,拖着我的身体,让它向前倾,给我的手指以一种真正的兴奋,让它们想到只要突然握紧这块如此显而易见,如此干净的抹布,就能表达出潜在的亲密,让它喷涌而出,以一个去不掉的、厚重的黑色污迹的形式永远展示出来。

她又回来了几次,每一次都更加烦躁,更加生气。慢慢地,她注意到我之所以不看她,是因为我在看其他的东西,我之所以不和她说话,是因为我一心扑在自己关心的东西上,不想分散精力。弄清楚这一点费了她一些时间。但她一发现就变了脸,揪住我的耳朵,用尽全身的力气将我拉到她面前,像是要强迫我看着她,不停地推搡我,一会儿揪左边,一会儿揪右边,接着冲向洗脸盆,抓起水管和抹布,我没看见她做了什么,只听见一声疯狂的喊叫,这才看见她拿着水管冲了出去,脸上的表情像是得胜了,报了仇。

回来之后,她仔仔细细地给我洗脸。这个时候,她对我非常好。因此,当她递给我一满碗冷咖啡,我努力喝了一大口。我自己拿着碗,眼睛转向那个奇怪的、完全不怎么黑的水滴,我观察着它,它让我着迷。但是,几乎就在同时,她又变得不耐烦起来,伸手来夺我正拿在手里的碗,作势要将它扔掉,接着又自己仔细查看,眼神愤怒而疑虑。

"啊,我受够你了!"

她在房间里走来走去,幸好速度不快,不至于弄得我头晕眼花。

"我承受了很多。但是说真的,这些本不该由我来承受。"

她看到桌上那些带字的纸张,停了下来,像是要用眼神将它们撕成碎片,接着又开始打量周围的一切。

"还有这个房间!我再也不想看见它了。我现在只盼着马上来枚炸弹,把这里炸没了才干净。"

她猛地一脚踹翻了凳子。

"这里的所有东西都跟你一个样!好像因为你看它们,只看它们,它们就都很满足。呸!简直可笑!"

她双手掩面,但很快又把眼睛抬了起来,她肯定以为我继续看着某个东西是在跟她作对,因为她一下扑到我身上,拿枕头蒙住我的头,接连打了好几拳。我就那样待着。我听到一声冷笑,像是从远处传来。"胆小鬼,没用的家伙。"这最后一句话在我耳里爆炸开来,再看她时,她已经重新站了起来,双手就在我面前,距离之近让我不由得往后退了退。她也看了看自己的手,石膏像一般没有生气。

"我没瞎,"她继续看着自己的手说道,"我一靠近你,你就躲开。我要是走开了,你根本不会察觉。你从来不看我,不听我说话。你对我的关注还没有对一块抹布的多。"

她慢慢地说着,声音几乎算得上平静,而她所说的内容已经超越了讨论的范围,不适用于任何人。她用手瞄准床铺。

"你为什么到这里来?我早就可以问你这个问题。这种时候,你为什么在这里,在我身边?如果是为了嘲笑我,我不会觉得难为情,我将以此为荣。如果是为了抛弃我,我也不会觉得受伤,我对此早有准备。因为我也没把你放在眼里。我知道你是谁,我根本没把你放在眼里。"

她又开始喊叫,但听在我的耳朵里,总有一种悲伤又自负的平静。我听着这些话,它们不过让人觉得是玩笑,是不正经,是亵渎,表明了一个让人伤心的、冷冰冰的真相,即她的脸就在我的脸旁边。"我对你的情绪不感兴趣。"她现在重复着这句话,带着无端的愤怒,仿佛除了这些机械的语言,过去的那些日子什么也没有留下。

"我要把你像狗一样关起来。不会有人知道你的消息,除了我,你再也见不到任何人。"

"让我说,"她又叫了起来,脸离我越来越近,我感受到她的气息,闻到的气味仿佛来自破土而出的植物。

"对你,我没有任何期待。我从来没有向你提过要求。我的生活里没有你的存在。你要知道,我从来没有求过你。我从来没有说过:过来,过来,过来!"

她发出一声可怕的尖叫:从她那儿涌来的卑鄙的黑色浪潮瞬间就淹没了我。她的头发盖住了我,身体在我身上流动。我不知道这一切只是说说,还是真的。她的四肢上湿答答的全是口水,她把我拉到房间的角落里,拉到街上,拉到那些总是浸着水、被淹没了的地方。我的嘴里不停有水流出。我感觉她贴在我身上,身体很奇怪,是死人般瘫软的身体。我越是推她,她就越是支持不住,在我身边缩成一团。最后,我似乎朝她脸上吐了口痰,用尽了全身的力气,但她也朝我的眼睛和脸上吐了痰,什么话都没说,听到她喉咙里发出的奇怪叫声,我猜是她赢了。

叫声还在自顾自地继续,而她却像是消失了。声音四处飘荡,脱离了肉体,安静平和,有些害怕被关在这间房里。有时,它不过是低语声,是一个张着嘴的人的想法,然而紧接着,它再次变大,越过墙壁,覆盖了无限宽广的空间,驱赶它面前庭院里、屋里的哄闹声,以及整座城市的喧闹声。在某一个时刻,她站了起来,聆听周围的动静。街上传来喇叭里洪亮专横的声音,这喇叭声不仅出现在街上一个无法定位的点,也出现在那些发生了火灾和饥荒,让人进不去的地方,它一刻不停地同步播报着。声音突然停了,取而代之的是沉默。然后,那声音在更远的地方响起,同样是不易接近的地方,充满着威胁和恐惧;一阵沉默之后,又更远了,还是不变的绝望,继续在死亡的深处同某个人说话,寻找某个找不到的,不知其名的人,他既听不见,也听不懂。

她突然站了起来,径直往前跑,弄出了很大声响,对房门和墙壁视而不见,仿佛自己正身处乡间的广袤天地之中。但这声响刚离了她,又以迅雷不及掩耳之势朝她奔去,包裹一切,收集一切,最后全都扔在了我这里,自己也扑到了我身上,重量相当于一个大型固体物,同时也是一个摇摇晃晃的海绵状空隙。我没动。空气中升起厚厚的灰尘,十分呛人,而我正慢慢将它们吸入肺中。因为身在角落里,我需要趴在墙上,才能感受到它在我的周围和皮肤上流动。通过沙子,我触碰到的墙壁几乎是干的,再嵌进去一点,我就在自己胸前闻到了因为潮湿而发出的臭味。"别害怕,"她说。她在离我相当远的地方待了一会儿,人几乎是蹲着的,在这段时间里,她的声音一直在试图找到我,像是始终记着事物之前的状态,想要在一堆不知道是什么的渣滓中间辟出一条路。而她自己在前进的时候,像是在从一个摇摇欲坠的地方艰难脱身,可实际上,她并没有摆脱这个地方,这地方摇晃着一路相随,为了跟着她而放松了下来,并且突然将她往后拽。"你害怕,"她粗暴地抓着我说道。我竭尽所能地往墙上贴。她的身体继续摇晃,像股气味一样移动,苍白得和死人一样,让我对她的触碰感到害怕,或者,她有时会消失在骚乱之中,到我身后飘荡,出其不意地向我靠过来。这股气味充满了威胁。它无形地躺在那里,和一具身体有着同等的重量,慢慢散开来,存在于各处,带着狡诈的耐心,等待自己被闻到。而我觉得,因为有耐心,愿意等待,又足够狡猾,它最终是会成功的;就连墙壁的温柔都被充分感受到了,但是,当它说着"现在,已经过去了,结束了",这些话并没有传到我们这里,它并不是真的在说话,而是在被自己的话牵着鼻子走,过着一种隐形的生活,一种土和水的生活,耐心地等候着还未到来的、将会把它纳入其中的气息。它固执地待在那里,一会儿使我感到窒息,淹没了我整个人,仿佛它就是那要吞没我的泥浆,一会儿又离开了,让人在远处水坑的底部寻找它,感觉它的存在。

当夜晚过去,她把我领到了街上。可我看得很清楚,这条路有所迟疑,它看上去是静止的,陷在烟雾和灰尘之中。接着,前进的热情占据了它,它兜兜转转,伸展开来,又变得窄小,布满了黑色灰尘,从一所样子像个工厂的大房子旁边经过,最后穿过一个院子。它的终点是一个小屋,它轻轻地把我往那儿推,和我一同走了进去,仿佛这间房子此刻就是道路。"现在,你静静地待一会儿,"她说,"这里不会有其他人来。"房间里有两张床,她让我躺在其中一张上面之后,我就看见她在搬那些挡了道的箱子,抬起来,翻个面,整整齐齐地摞在一起,靠墙放着。过了一会儿,她开门走了。透过门上的玻璃,我看见了一丝暧昧的光线,像是黏在玻璃上的,使它变得昏暗。这光线从那里慢慢流淌到房间中央来,随着它越升越高,我在对面的墙上看见了无数灰色的小点开始晃动,接近这片乳白色的区域,动作极其微小,却非常频繁,以至于墙面本身开始晃动。这时,整个光线开始摇晃、移动,仿佛长久的窥伺之后,此时的它决定和猎物做个了结,实际上,它一扑上去,那些小点立刻变大,变成了没有翅膀的小飞虫,慢慢爬行,才刚生下来,就被纳入了植物消化的沉默之中。这时,她踢开门,走了进来。一手拿着扫帚和包,另一只手拿着一个盆。她从包里拿出一小盏灯,吊在我的头顶上。她进进出出,拿来一块木板,放在两个支架上,打开手提箱,把手伸了进去。过了一会儿,她瞧了瞧遮住房间一角的窗帘,自己消失在了窗帘的后面;当她重新出来的时候,她的脸、脖子和胳膊上全都淌着水。我看见她试图坐下,保持着一动不动的姿势,脸看上去有些筋疲力尽,双手搭在脑袋上,漫不经心地拉扯着头发,分拨搜寻,时不时往嘴巴里送些不知道是什么的东西。她在做这些动作的时候,头始终垂着,突然,她轻轻叫了一声,那小动物似的叫声令人担心,像是小狗因为害怕而发出的声音,我立刻确定,一种野兽的本能在她身上苏醒了过来,就在不知不觉之中,人的本能不安地预感到某种恐怖的东西正在接近,因为她继续平静地整理自己的头发,即使在我看见她从自己的嘴巴里拿出大头针,望向门口,嘴里叫着"不准进来"的时候,我仍听见这个尖叫声在她的言语背后回响,像个人们永远无法抹去的标志一样存在。她进来看了看我。"我去门诊所了,"她说,"那儿死了很多病人。你千万别乱动。"她把头发包在一块布里,看了我一眼就走了。

我一动不动地待着。我知道,不论会发生什么事,我现在都得一动不动地待着。我的机会就在那儿。实际上,一切都很平静。我听见外面有些嘈杂的声音。心里想着这个自己一进来就喜欢上的新房间,它和之前的那个很像,墙壁门窗都像;而且,我在里面觉得没那么热,进来得也很容易。过了一会儿,我几乎有些高兴。我的想法如此激烈又如此地平静,以至于在我看来,这个下午成了很长一段时间以来最棒的一个下午。我想起来什么都不可能发生,也想起来自己知道这件事。我知道这件事。这个想法是极大的安慰,一下子使我完全恢复了过来。我要起来,我心想,还要整理一下房间。房间确实很乱,手提箱没关,被扔在地上,桌子上堆满了衣服被子,角落里还有一把梳子和一面镜子。

我站了起来,拿起扫帚。我想起之前看见她进来的时候,还曾希望看见她去拿起这个扫帚,因为地板砖上满是灰尘,干了的泥浆,甚至还有稻草。很明显,谁都可以进来。我打算好好打扫一番,这样,等她回来的时候,就会为这里变得如此干净而感到惊叹。这时,我突然想到:她和我妹妹有些相像。我站在一个支架旁边,人靠在上面,思索的时候,听见了一阵轻微的嘈杂声。我整个人定住,什么地方也不看;过了一会儿,我重新开始打扫。我打扫了很长时间,投入了一些热情,整个人都被灰尘包围着。我先把垃圾聚在一起,堆成一个小丘,然后开始把它们往箱子里扫。虽然头有点晕,但我感觉状态非常好。垃圾进到箱子里的时候,我又清楚地听见了一阵轻微的嘈杂声。我在墙边蹲了下来,就在垃圾堆的旁边。这些垃圾散发出一股潮湿泥土的怪味,这股潮湿虽然还没有冷却下来,却始终在变冷。我慢慢呼吸着这股潮湿,感觉有些奇怪,因为我明显是在呼吸某个人的恐惧:我嗅到了阴暗的味道,它贴着地面浮动,来自发出那嘈杂声的地方。我得站起来,但我没有,相反,我倒在了垃圾堆上。从这一刻开始,我再也没有任何怀疑:在这些箱子的附近,正发生着什么。我听到一声动静,动作缓慢,像是在拖拽。一个动作?不是,是某种远没有那么真实的东西,一个怯弱而笨拙的努力,是某个个体的匆忙尝试。啊,我不能动,不能动,不能动,我在心里不断重复着这句话,我也在听着,越是听着,我就越是恐惧,因为我的心已经疯了,没救了,它的每一次跳动都发出可怕的声音,那声音像是来自另一个人的心脏。然而,我终于可以一动不动地待着了。

等我冷静了下来,天还没黑。东西都还在原处,房间在我眼里只是更空了一些:更加令人吃惊,更加混乱,却更加空旷;它像是往后退了些,在后面一点的地方等着,向我索求某些东西来填补空白;我得重新抓住它,并且需要为此做些什么,可我没有,因此没有履行自己的义务。究竟要做什么?看它?很快,它从我这里逃走了,而我感觉到自己在移动,掉进漩涡之中。我没法动作。人被沾满泥土、有些冰冷的唾液包裹住,唾液一直流动,流进我的鼻子里,嘴里,注满我的身体,使我感到窒息;我已经透不过气来了。但就在这个时候,它从我的身体里退了出去。过了一会儿,它重新开始流动,浸透了我,进入我的体内,我带着它呼吸,像感觉到自己一样感觉到它。接着,它又从我的身体里退了出去。与此同时,我身边再次响起一阵嘈杂声,它就在我的旁边,是泥沙不断流动的声音,是极度缓慢的喘息声,仿佛有人在那儿,他呼吸,屏住呼吸,就藏在我旁边。我想要睁开眼睛,摆脱束缚,然而我恐惧地发现自己的眼睛本来就睁着,并且已经看着,触碰到,看见了任何人的目光都无法触及,无法承受的东西。我抑制不住地尖叫出声,我大声喊叫,仿佛是在另一个世界喊叫,感觉痛苦万分。

她进来的时候,我还在叫。但是,也许是因为我已经喊了很久,声音不怎么大的缘故,她表现得像是什么都没注意到。我站了起来,走到桌子的另一边。在我的背后,箱子越摆越高,"你为什么叫成这样?"她撑着木板问。她从篮子里拿出一个大手表,一把手枪,一盒塞满纸的香烟。"这些东西是一个病人的,他交给我保管。"她仍旧盯着我看。"你能不能别待在那儿?"她伸手越过木板来抓我:她手放在我的胳膊上,仔细地观察着我,眼睛只看着我,其余什么都看不见。她轻轻地拉了拉我,我一路走到床边。她一句话也没说,只是让我吃饭。她自己也吃,站着吃,望着门,扬着头。我听见她说自己凌晨要值班。"之前得休息一下;必须得睡一会儿。"她迅速穿上旧雨衣,腰间用一根皮带系上。"别走,"我说。外面响起一阵模糊的喧闹声,大家走了出来,还有一些人拿着锤子一顿猛敲。她收回胳膊,用手偷偷抚摸我的脸,然后将手放在我的肩上。她的另一只手在工作服的口袋里不停摸索,从里面掏出一张纸,往眼睛处举,眼睛变得细长发亮。"情况在好转,"她说。她把那张纸转向我,好让我看见上面写的字,接着突然停下来听外面的动静。我坐了起来。床头有一阵轻微的声响,大概是在隔墙中间。她的目光像是被某个东西吸引住了,之后又变得心不在焉,四处流连。我听见她问今天星期几。

"我完全没法相信,"她说,"这样的事情有一天真的会发生。这可能吗?你有一天会说:'正是从这一天起……'?"

看见她脸上的表情,我知道她又在听外面的动静了,她没法不去听。但是,我什么也听不到,我不可能听到。我自己就在这喧闹声中,它的音量慢慢变大,又一点点变小。我注意着这个漫无目的的探索,它通往各处,目标巨大,令人讨厌,它已经被捕捉到,处于厌倦了它的惊恐之中,恐惧地将自己的存在越来越多地散布在光天化日之下。当我确信这声音在袭击墙壁之后,将会开始在我周围行动,并往户外发展,我突然冷静了下来,抓住了让娜的手腕。

"那是……那是只癞蛤蟆,"我明确地告诉她。

她微微往后退了退。

"你什么意思?你刚刚说什么?你为什么和我说这个?"

她试图反抗。

"它在哪儿?"

她先是不经意地瞥了我一眼,然后盯着我的脸看:只是看着我的脸,而不是整个人。她还是有些生气,目光怀疑地停留在我的脸上。也许,她的目光已经在床上搜寻了一番,但是速度非常之快,所以马上又回到了我的脸上,表情还是一样的不安和猜疑。她说:"我在想你会变成什么样。"她把雨衣推到一边。我听见衣料轻微的摩擦声,当她走去关门的时候,夜晚的声音已经伴在她的左右。回来的时候,她伸手把桌子上的东西装进篮子里。她举起胳膊,把东西吊在了灯旁的小木板上。

"我要躺躺,"她说,"我得睡一会儿。"

我贴着墙壁。她在我们俩身上盖了床被子,然后躺了下来,不再动弹。

"我太高兴了,"黑暗里,她说,"我得克制自己,才能不沉浸其中。白天,事物都有自己的面貌。但到了晚上,你得学会想办法,接受新的想法。"她的声音迟疑了一会儿。"我累极了,"说完这句之后,她就不再说话了。

我有点冷,把被子拉高了些,身体紧紧地贴着墙壁。我一度以为自己不会再觉得冷,但很快,我开始发抖。战栗来自远处,来自房间的各个角落,它们让我尴尬地哆嗦,然后去往别处,却并不离开我,折磨的范围越来越广。她的声音也进入了这战栗的世界。

"永远别丢下我,"她说。"我没有要求你来,可现在……"她凑了过来,粗暴地撞上我。"我知道总有一天,我会为自己做过的事情付出代价。无所谓。你的名字是我给的,我是唯一知道的人。"

她的声音抖得厉害,以至于我觉得有人在外面呼喊。

"发生了什么事?"我说,"怎么了?"

我的声音沙哑难听。她也坐了起来,两个人一动不动地待着。"多么不幸的事,"她低声说道。继续等了一会儿之后,她钻进了被子里。

过了一段时间之后,我感觉自己在往冰窟窿里掉;我重新站了起来;黑暗像是在隐藏某些东西。我的手小心翼翼地往墙上伸,但是,它离我那么远,我的手没有碰到任何坚硬的东西,只是无力地探索着,在黑暗中的表现已经不完全是一只手。突然,我意识到她起来了。我回想起之前敲在门上的几下,以及她的身体在空隙中滑动时床垫的摇晃。我慢慢地找自己的鞋子,人已经站了起来,缩起来的双脚比钢铁还要硬,还要凉,握在手中僵硬得可怕。我揉搓它们,让它们暖和一些;慢慢地,它们摆脱了这种死过去的状态,带着我在房间里慢慢走动,围着东西打转。我在桌子前面停了下来。接着又回到床边,在那里,我伸出胳膊,手指够到木板,抓住了一个小盒子,一盏灯。我把它举了起来,灯光微弱。我呆呆地站着,把它提在我面前:它发出的一片冷光也是陷阱。

我迅速俯身将它放在地上,自己退到床边,双脚缩在凳子下面。我看见眼前一片空白,像是一个边界明显的水泥墓穴,嵌在阴影里。我没有移开眼睛,只是面色铁青地定在那里。在我眼里,它空荡荡的,没有装饰,没有尽头,轮廓清晰锋利。然而,真的可能吗?这个凹槽靠近床的那一边没有其他地方锋利,它形成了一个柔和的线条,慢慢变得圆润起来,像是另一处阴影的轮廓……上帝,这个阴影的位置不断在变,微微摆动,逐渐变大。我俯下身子,疯狂地将那盏灯一把推开。就在这时,一阵爆裂声响起。水在器皿里啪啪作响,发出的声音大得可怕,它超出了一切边界,向上升起,撞在墙上。我看见床铺立了起来,它周围的一堆东西,甚至是黑暗都在翻动,这一切都是因为一个巨大而又盲目的压力,它比所有的障碍物都要更为强大,我看着它变得越来越强,用野兽般的力量去对付那些它完全不了解的东西。突然,不知道谁推了我一下,我可以动了,于是把灯放了回去。周围立刻就没了声音。这寂静十分奇怪,令人吃惊:空白而令人吃惊;过了许久,仿佛之前的空白是一阵考虑,微微的下沉出现了,它一直继续,不断地继续,速度慢,但规模大,无穷无尽,延伸的范围极其之广,广到我想试着让它停下,广到之前所做的一切都被完全撤销,彻底不见了,这个撤销像是一个轻蔑的、气势汹汹的收回,收回的不只是它的动作,甚至还有它的存在,某些时候,我会被迫看到它,因为什么都没有了:一切恢复了原样。

和之前一样,我的眼睛盯着发亮空间的四周看。和之前一样,灯光安详而平静。和之前一样,后面的一切都沉默着。什么都没有发生。我再也受不了了。我站了起来,走进光亮里。我进入了这个空间,疯狂地跑了过去。之后我想退回去,身体却动不了。我试着把目光转过来,可就在这个时候,我身边响起一阵轻轻的爆裂声(它离我如此之近,以至于我弄不明白它的意义所在),仿佛是缓慢吞咽的开始,它变成了一条痕迹,一个波浪,从各个角落聚集而来,在一瞬间变成了一股疯狂的力量,让某些原本静止不动的东西跳了起来,令人厌恶。我心里觉得它肯定会掉在我身上,所以脑袋往后躲。我感觉到胸前有一个气囊的重量,遭到重击之后,它很快散开,舒舒服服地黏在了我的衣服上。我的手突然在空气中胡乱挥舞。我试图摆动身体,但它太重了,弄得我喘不上来气,它就像个大肿瘤一样,已经融入了我的生命。为了吸点空气,我的嘴巴还是得张着。没有空气,我的嘴巴便抽搐着呼唤它,整个口腔一片油腻,黏糊糊的。一阵突如其来的厌恶感使我弯下了腰,而就在我试图找到一条通往外面的自由之路时,我感觉到那个空间在晃动,人也跌倒了,一半在地上,一半在床上。

我回头,身体跟着转了过来。我追随着闪烁的灯光,眼睛掠过一个暗绿色的东西,它一动不动地待在那儿,被彻底照亮;我的眼睛没有注意到它,却一直看着,越过降落时被压扁、缝隙中有裂纹的土堆;小土堆和土地的颜色几乎是一样的:一个结实而张开的土堆——一个洞。但是,当我做了一个动作,像是要用手去了解自己看到的东西,我的手指立马失去了控制:蜷缩、放松、翻转,我感到呼吸困难,咬住了自己的皮肤,从手上面看过去,眼睛着迷而害怕。它完全没有动,一动不动地待在地上,它在那儿,我看着它,是整个儿的它,而不是它的外表,里外都看见了,我看见某个东西在流动,凝固,再流动,而它身上什么都没有动,每个动作都是绝对的麻木,这些波纹,这些凸起,这个满是干泥的表面是它坍塌的内部,这个土堆是它萎靡不振的表面,这一切不在任何地方开始,不在任何地方结束,无所谓哪一边,我隐约看见它几乎变成了扁平状的,之后又重新变成一个团状物,让我的眼睛永远不可能离开。

我知道自己没办法承受这个空洞的眼神。我站起来走了一步,接着又是一步。我在灯旁蹲了下来。那个土堆完全没有注意到我的存在,由着我靠近。我离它又近了一些,它没有动,我对它来说甚至不算陌生,我朝它那儿挪过去,从来没有人这么做过,而它没有自己躲起来,没有离开,没有任何要求,也没有从我这里拿走任何东西。突然,我看见这土堆里面冒出了一截东西,它像是要求成为独立的存在似的,奋力往外面冲,仍然保持着条状的样子,整个土堆试图慢慢转动,看上去笨拙而灵巧,但没能成功。我看见两个透明的球体,它们就被放在表面上,没有根基,油光水滑的,十分光滑。它们不看我,在它们身上也没有影子和动作,而我,我看它们就像是看自己的眼睛,我已经靠得太近了,近得危险,还有谁曾经离得这么近呢?这时,我感觉自己的手臂在往前伸,朝着那盏灯移动,我的手指抓住了它;它们轻轻地吸引着它。我看着它们接近,缓缓经过我面前,速度变得无比之慢,陷入土地之中,嵌在了里面,但最后还是到达了某一点,停了下来,然而已经在更远的地方了。这一切是怎么发生的？这时，我发现自己现在是一个人，没有人制止我，没有命令，没有想法，没有障碍，我知道会有事发生，非常难堪的事，我明白，我都知道……我的手突然举了起来，在它面前投下一片光芒，而我整个人倒在了地上，蜷缩着挣扎，试图用自己的叫声来覆盖可疑而无力的噪音，这噪音已经和我混在了一起。

听见她回来，我跳上床。她把另一个草褥拖到了房间中央。她肯定在上面躺下了，但是，过了一会儿，她想碰碰我的床尾，摸摸我的床单，试图经由床单摸到某个东西。这个动作，她重复了好几次。尽管已经快睡着了，手还是往我这边伸。没过多久，她翻来覆去，我看见她圆盘一样扁平的脑袋从被子里抬了起来，到了和我的床齐高的位置，然后继续往上，试图搁在我的对面，在那个她以为我在的位置的对面。"你在哪儿？为什么我一进来，你就躲起来？"说完，她重重地倒了下去。当我再次睁开眼的时候，她就在我旁边站着。但是，我没有动。她待在那儿，上身微微向前倾，眼睛盯着被单，试图移动它。我屏住呼吸。她的目光从我眼前经过了两三次，却没有看我。我感觉被子在滑动，抓不住，但她没听见。她一下子呆住了。人站得笔直，浑身僵硬，眼神极度紧张地盯着我看；轮廓肿胀，下颚变大，脖子突出。她整个人一度膨胀了起来，试着摆脱自己，试着离开，只有与我四目相接的眼睛使她没法立刻逃走，它们慢慢转动，无辜地看了看我，使人着迷。我想躲进被子里，想钻到里面去，我缩成一团，整个正面裸露了出来。她自己掉了个头,但又立刻来到我面前,使劲朝我摇晃胳膊。我人往后退,想要逃。她把一床被子扯到草褥上,往前抖了几次,害得我在边上一直跳,最终,在我半个身子不在床上的时候,她把被子扔到了我头上。

我脚下踩空,跌倒在地,四肢和身体都裹在了被子里。黑暗使我彻底没法动弹。周围一片寂静,被子下面有水的声音。我的眼皮越来越重。我觉得自己必须立刻爬起来。我撞上一块木头,紧紧抓住它,攀了上去,但我弄翻了某个东西,所以移动得很慢。我试着重新站起来,床单缠得我越来越紧,粗糙得令人不舒服,接着就又是空白了。这下落使我开始疯狂动作,我一下下跳动,拼命挣扎,扯下被子,放在地上踩。当被单松掉的时候,我发现自己几乎是在床边趴着,头抵着盒子。我呆在那儿,呼吸声越来越轻,眼皮合上,在一阵轻柔的水声当中,我看见了远处的鞋子和裸露的双腿,我看着它们,越发往下陷了一些,无边的沉默中,我隐约看见这两条腿慢慢离开,越来越模糊,最终彻底变得毫无血色。我立刻认出了它们,人重新站了起来。我直起身子,她的脸也出现在了我的眼前,它在空间中移动,靠近又离开,退到受惊的远处。我钻进被子里。她坐在草褥上,手肘抵在膝上,脸在最上方。实际上,她是在盯着我身后的某个东西看。眼睛直勾勾地望着那一点,半起身,沿着床弯腰过去,接着又退了回来,手里拿着灯,眼睛盯着它看,还用手碰了碰那些玻璃碎片。她拿起扫帚。一切安详又宁静。她望着地面打扫,朝我这边扬起一股黑色的灰尘,使空气变得更为柔和,使我呼吸得更为顺畅。接着她就出去了。

半睡半醒之间，我听见远处有苍蝇的声音；虫子一跳一跳地往墙上撞，落下来，冲上去，再落下；即使在地上，它仍然嗡嗡作响，发出沉闷的声音，它不停奔跑，沿着墙壁艰难前行，没法休息，周遭弥漫着这无法抑制的过多噪音的气味。突然，有人猛地撞在了门上，门被撞得颤颤巍巍地摇晃着，我起身，门正开着，敲打着墙壁，门口出现了两个人，一起走了进来。"哦！抱歉。"他们边说边往外退，仿佛门上的窗扇在把他们往外推，之后又慢慢回到门边，我看见他们还在门外，探着脑袋往房间里面瞧，人稍微往前进了一点，直到能够看见扔在草褥子上的裙子和雨衣。"啊！女人。"这时，猛地响起了一阵粗野的叫声，嘈杂的声音中带着哽咽，某个东西朝他们腿上扑了上去。我人缩成一团，紧紧地贴着墙壁。我试图起身到窗户边上去。狗开始对着我叫，接着又闭了嘴，它的声音是可怕而绝望的叫喊和呻吟。它跳上床，摊平了身体叫唤：啊！我认出来了，这一刻我期待已久，我看着它，它的皮肤灰白，没有毛发，眼睛充血。"你疯了，"她喊道。狗开始在被子上蹦蹦跳跳，这下轮到我尖叫了，我大力用床单将它赶了下去，狗叫声被引到了下面，听上去喘不上气，变得更加古怪，更加遥远。即使是在叫声消失之后，我仍然紧贴着墙壁，感觉那声音始终纠缠在被单里，被单下面不停地冒出些可怕的臭虫。

她试图让我喝酒，人走了过来，手臂向外伸出。我看见玻璃杯在空中浮动，她又走近了一些，酒水大面积的阴影开始转动，我张嘴开始喝，但玻璃杯抖动得越来越厉害，她还急急忙忙地把杯子往回撤。我没有动弹。她的眼睛始终盯着我的下半张脸看，盯着我还在往前凑,还在吸气的嘴看。慢慢地,玻璃杯被重新递了过来,我感觉到辛辣的味道扑面而来,让我难受,让我透不过气来。她看见了我的上半身,由着我自己呼吸。她的手掠过我的脖颈。她试着整理被子,铺床单,并把一个枕头移到了我后面。我尽可能一动不动地待着。等到弄完了,她把我推到角落里,大大方方地坚持触碰我,她的手仿佛想告诉我:你看,我在摸你。然后,她在床边的凳子上坐了下来。我听见虫子嗡嗡作响,它停在墙上,已经进入了灯光区,但还在边缘处,发出的声音十分轻柔。

"我觉得,"她说,"这个地方很快会被清空。但我会继续照顾你,不会抛下你的。"

那只虫子发出响亮的一声,十分狂热;我看见它的一只翅膀有四分之三被扯了下来,黏在墙上,强有力地举着。

"我会全力以赴地去工作,"她说,"不分昼夜,不眠不休。"

她停了下来,和我一起望向那面墙。虫子快速地往上飞,发出低沉的嗡嗡声。它来到窗户边,被木窗扇拦了下来,它的翅膀展开,开始不停地震动,样子迷人,却像饥饿一样使我感到头晕。她突然猛地站了起来。

"求你了,听我说,"她气喘吁吁地说道,"到目前为止,我的表现都不怎么样。但现在,我将去斗争,我所有的一切都将是你的。啊,我知道我会成功的。"

我开始轻轻地吹口哨。口哨声稍微变大了些,虫子翅膀发出的轻微响声就变小了;就在她盯着我看的时候,虫子飞了起来,在空中盘旋,接着重重地仰面掉在了床单上。它一动不动地待了一会儿,只有一只脚在微微抖动,我看见了。接着,它的脚慢慢摆动,轻柔而使人厌烦的嗡嗡声重新响起,穿过床单而来;旁边的几条腿紧紧勾住床单,轻轻拉扯上面的织线,把它弄湿,然后猛地用力一翻身,便垮了下来,不再动弹。我听见她叫道:"我将是你的人。你永远,永远不会抛弃我。"虫子跑得飞快,每一次转变方向,它的前后都会出现同样的威胁。为了更好地观察它,我直起了身子,它气喘吁吁地停了下来,接着箭一样飞了出去,不辨方向,不加考虑。她朝我冲过来,却又往后一退。我仍然紧贴着墙壁躺着,下颚绷得紧紧的,嘎吱嘎吱作响。过了一会儿,她踢翻凳子,跑了出去。我微微张开嘴,让自己不至于窒息。

等到她回来的时候,她神秘地向前走,一副心不在焉的憔悴模样,不自觉地将袖子压在唇上。她漠不关心地看了我一眼,然后走到草褥上躺了下来。没过多久,她就跑去了门口。"我想这是第一批人,"她回到房间里说,"我得过去转转。"她拿起一块头巾,把头发绑了起来。她越过桌子,看着镜子里的自己,没有发出一点儿声音。突然,她在床前跪了下来。"我一会儿就回来,"她小声说道,"我会克服一切困难。不论发生什么,我都会跟着你,待在你身边。有你我才能活下去。"她神色惨白地看着我,迅速欠身,嘴唇从我这里掠过。"吻我,"她坚定地低声说道,"真正地吻我。做事别只做一半。来吧,来吧。"她一面喊,一面试图将我拦腰抱住,但这时,她的胸脯开始贴在我的胸膛上,她于是痉挛着弹开了。她被绊了一下,重新站了起来。"好吧,"过了一会儿她说,"我这么做了。除了我,从来没有人这么做过。"一道白光在她眼里闪过,她拿了雨衣就出去了。"就是现在,"我对自己说。空气很闷。我努力转向窗户,但在这么做的过程中,我把眼睛闭了起来。再次在房间里看见她,我并不惊讶,手提箱开着,搁在凳子上,她安静地走来走去,把东西堆起来,整理房间。她踮着脚够到上面的木板,把病人的东西打开,摆在桌子上。她静静地盯着我看。"现在,"她说,"我想是时候了。"她拿了病人的盒子就出去了。我试着下床,却让被子绊住了,像是被绑住了似的。我扯开被子,挪到床边上,准备慢慢下去,但我注意到,门是开着的,她在那儿观察我。她关上门,继续看我;盯着我的眼睛瞧,她朝我走过来,前进的时候身体基本没怎么动。到了床前,她还在看我,并且低声说道:"我从来没有求过你。我不认为自己在你面前有什么丢脸的。我们互不相欠。"她一直紧紧抱着她的盒子,并且开始拆了起来。

"现在,"她说,"是时候做个了结了。"

被子扼住了我,我几乎看不见她,她的脸慢慢远去,消失不见。她猛地踹了一脚床。

"你听见我说话了吗?我是在跟块石头说话吗?或许你打算一直骗我?"

我开始发抖,身体动弹不得,一切都在移动。她走近了许多,快速地低声说道:

"但我看见你了。你不只是人们想象中的,我认出你来了。现在,我可以说:他来了,他在我面前,就在那儿,这简直是发疯,他在那儿。"她看了眼盒子。"我必须这么做,"她轻轻地说,"我不能让你活着。"

我感觉自己抖得厉害,已经到了喘不上气的地步,有种疯狂的东西贯穿全身。"我得说点什么,"我心想。

"活着,你活着只为我,不为任何人:世上任何人,任何人,任何人。你就不能为此而死吗?"

我准备开口,得先让自己不发抖,但我全身抑制不住地战栗,一张嘴就打了个响嗝。

"现在是时候了。只有对我来说,你是活着的。所以得由我来取你的命。"

我感觉这声嗝来自身体的深处,它震动着我,让我挺直了身体,让我窒息。

"没有人知道你是谁,只有我知道,但我要你死。"

我喊了一声,但是,和我原本希望的不一样,我出口的不是一个词:只是一阵嘶哑低沉的咆哮。这阵咆哮使她浑身颤抖,动弹不得。然而,她像是慢慢从中看出了什么,因为她的眼睛像是在询问我,等待,犹豫,又继续等,但我抖得越来越厉害,而且,她不讲话,我也就不想对她讲了。她于是跪了下来,拔出手枪。我盯着门槛看,阳光在上面移动。她也看着手枪。我知道,只要她不抬眼,我就还有一点时间。我屏住呼吸,垂下双眼,什么也听不见。手枪被慢慢地举了起来。她看了我一眼,微微一笑。"那么,"她说,"永别了。"我也想笑。但她的脸突然僵住了,她的胳膊猛地放松了下来,我于是一边跳回墙边,一边叫道:

"现在,我现在说话。"

图书在版编目(CIP)数据

至高者 / (法)布朗肖著;李志明译.—南京:
南京大学出版社,2016.6(2022.5重印)
(布朗肖作品集)
ISBN 978-7-305-16524-5

Ⅰ.①至… Ⅱ.①布…②李… Ⅲ.①长篇小说—法
国—现代 Ⅳ.①I565.45

中国版本图书馆CIP数据核字(2016)第029252号

Le Très-Haut
de Maurice Blanchot
Copyright © Editions GALLIMARD, Paris, 1948.
Simplified Chinese translation rights © 2016 NJUP
All rights reserved

江苏省版权局著作权合同登记 图字:10-2011-126号

出版发行	南京大学出版社
社　　址	南京市汉口路22号　　　邮　编 210093
出 版 人	金鑫荣
丛 书 名	布朗肖作品集
书　　名	**至高者**
著　　者	[法]莫里斯·布朗肖
译　　者	李志明
责任编辑	唐洋洋　芮逸敏
照　　排	南京紫藤制版印务中心
印　　刷	南京爱德印刷有限公司
开　　本	850×1168　1/32　印张 9.75　字数 194千
版　　次	2016年6月第1版　2022年5月第3次印刷
ISBN	978-7-305-16524-5
定　　价	60.00元

网　　址:http://www.njupco.com
官方微博:http://weibo.com/njupco
官方微信:njupress
销售咨询:(025)83594756

* 版权所有,侵权必究
* 凡购买南大版图书,如有印装质量问题,请与所购
　图书销售部门联系调换